HUGO VERLOMME
VALENTINE KARWOSKI

LES ROCHES DU DOIGT MORDU

{roman}

Feel SO Good

Travail éditorial : Pierre Moquet
Création graphique : Marie Zuurbier
Ce livre a été imprimé par CPI Print (174696)
N° ISBN : 978-2-8177-0995-6

1

UN COUP DE GOMME

L'impératrice a choisi l'une de ces belles journées de septembre, son mois préféré dans la région, pour aller pique-niquer près de l'étang d'Hossegor, voisin de Capbreton. Eugénie de Montijo est une femme libre qui adore la nature, la forêt, la plage, et surtout l'Atlantique et ses vagues. Elle se baigne à Biarritz depuis l'âge de 8 ans et son amour pour l'Océan ne fait que croître. Devenue bonne nageuse, cette audacieuse n'hésite pas à se jeter dans les vagues tous les jours, même lorsque l'eau est froide. Parfois aussi, elle aime quitter son palais de Biarritz, les fastes de la Cour à la villa Eugénie, pour profiter des forêts, des dunes et des plages de sable encore sauvages qui s'étendent à perte de vue vers le nord.

Ce jour-là, dans le sud des Landes, l'épouse de Napoléon III, empereur des Français, voyage incognito en carrosse avec les soldats de sa garde rapprochée, ainsi que trois suivantes et quelques amis. Le but de l'excursion est le point culminant d'Hossegor, nommé colline de la Vigie, d'où, dit-on, le panorama est exceptionnel : on y domine l'étang et l'Océan. L'altitude de cette dune boisée n'est que de cinquante-cinq mètres, mais la montée est rude ; on laisse les carrosses en bas pour soulager les chevaux, le chemin sablonneux se finit à pied, ce qui convient parfaitement à Eugénie qui adore marcher par tous les temps, même sous la pluie. Dans l'air flotte une délicieuse fragrance de résine de pin, de thym et de fleurs, caractéristique de la pinède. Des écureuils, inquiets de voir débarquer cette petite troupe, se mettent à cavaler sur les branches des conifères et quelques corneilles s'envolent en croassant. L'alerte est donnée.

À droite d'Eugénie, une jeune femme d'une vingtaine d'années marche en dansant, et en chantonnant *Le Temps des cerises* avec un entrain juvénile. Ses cheveux cuivrés flamboient au soleil et sa peau est constellée de taches de rousseur. Les parents de Jenny travaillaient au service de la Cour lorsqu'ils sont morts dans un incendie. La petite s'est retrouvée orpheline à l'âge de 8 ans et l'impératrice a décidé de la prendre sous son aile, d'autant qu'elle possède un don qui l'enchante. En effet, Jenny sait tout dessiner et elle remplit des pages et des pages de ses « croquis exquis », comme les appelle Eugénie. Celle-ci lui demande souvent de représenter une personne, un animal, une plante ou un paysage pour en garder le souvenir, et sa jeune suivante s'exécute à la perfection. Les deux femmes s'entendent à merveille et la grande dame considère sa protégée comme faisant partie du cercle familial. Les mauvaises langues l'appellent « l'orpheline rouquine », mais Jenny s'en moque, car elle sait se faire apprécier de presque tout le monde tant elle est gracieuse et enjouée. Parfois, pour amadouer quelqu'un, elle lui offre un portrait.

Le sommet de la colline est proche et l'impératrice, qui n'est pourtant plus toute jeune, ayant passé la quarantaine, grimpe allègrement le chemin sans s'essouffler, habituée qu'elle est à nager dans les vagues ou à marcher en forêt. Au loin, on entend gronder l'Océan.

— Tu me dessineras une image de là-haut avec tout le paysage, Jenny, dis, tu veux bien ?

— Mais bien sûr, Votre Majesté !

— Allons, Jenny, nous ne sommes plus au palais, je te l'ai déjà dit, tu peux m'appeler madame.

— Oui... Madame Votre Altesse ! lance la jeune femme en pouffant.

Elles se mettent à rire, tandis que le chant des cigales redouble d'intensité. Le cocher qui les devance, accompagné d'un soldat et d'un résinier ne parlant que gascon, précise qu'ils sont presque arrivés au sommet de ce qu'il appelle un tuc. Le haut de la colline semble aménagé depuis longtemps, car une clairière a été ouverte de façon à pouvoir profiter de la vue majestueuse. Plus bas vers l'ouest, on surplombe l'étang, coupé de la mer par quelques dunes boisées. D'ici, on voit parfaitement l'Océan ; ce poste d'observation, la colline de la Vigie, devait permettre de repérer les navires venus du nord ou de l'ouest. D'un coup d'œil, on embrasse la forêt, l'étang, la mer, la côte espagnole, les Pyrénées et, au premier plan vers le sud, apparaît le port de Capbreton.

Pendant qu'un campement s'organise en vue du piquenique, l'impératrice contemple le paysage. Cette harmonie de la nature l'apaise ; entre l'Océan et la forêt, Eugénie est au paradis. Alors que son regard se porte vers le sud, une idée lui vient. Elle désigne à Jenny l'étang, séparé du port de Capbreton par une bande de forêt d'environ un kilomètre :

— Fais-moi plaisir, ma petite Jenny, dessine-moi ça !

Aussitôt, sa jeune protégée s'installe sur le sol, sort son grand carnet de croquis, ses crayons, et se met à tracer des lignes en levant et baissant la tête avec la fréquence d'un oiseau qui picore. Emportée par l'inspiration, Jenny boit le décor avec les yeux et le retranscrit sur le papier avec sa propre émotion. Quelques instants plus tard, le panorama est fidèlement esquissé, avec une touche artistique ici et là dans les nuages, les arbres, les reflets de l'eau, les oiseaux… L'impératrice se penche vers le dessin, charmée. Jenny a bien retranscrit tous les éléments du paysage, ce qui donne une meilleure vue d'ensemble à Eugénie :

— C'est très beau, Jenny, bravo. Maintenant, je voudrais que tu prennes ta gomme…

— Il y a quelque chose qui ne vous plaît pas ? demande la suivante, inquiète.

— Mais non, bien au contraire, la rassure Eugénie. Je viens d'avoir une idée saugrenue…

— Eh bien, moi j'aime vos idées saugrenues, madame ! répond Jenny.

Les yeux plongés dans le dessin, l'impératrice continue :

— As-tu entendu parler du gigantesque canal que nous sommes en train de creuser avec les Égyptiens, pour que les navires du monde entier puissent aller d'Europe en Asie sans devoir contourner l'Afrique ? Nous avons dû faire preuve de beaucoup de diplomatie avec mon illustre cousin, Ferdinand de Lesseps, pour ne pas déclencher les foudres de l'Angleterre…

— Euh, oui, j'en ai un peu entendu parler, répond Jenny, intimidée.

— Le canal de Suez, entre la Méditerranée et la mer Rouge, sera bientôt ouvert. Le moment va être historique, Jenny, et ça, nous le devrons à Messieurs Linant de

Bellefonds, qui le premier a eu cette brillante idée, ainsi qu'à Ferdinand de Lesseps, le maître d'œuvre. Je serai sûrement présente à l'inauguration…

— Si loin, là-bas, au pays des pyramides ? s'interroge Jenny, rêveuse.

Eugénie observe sa suivante avec un sourire malicieux :

— Tu dois te demander pourquoi je te parle de tout ça ?

S'agenouillant dans le sable près de sa protégée, Eugénie pose son index sur le croquis. Elle désigne d'abord l'étang, puis elle tire un trait imaginaire vers les eaux du port de pêche de Capbreton :

— Vas-y, Jenny. Prends ta gomme et trace un espace blanc, comme si tu voulais créer un petit canal entre l'étang et le port !

Sans hésiter, Jenny suit les indications de l'impératrice et sa gomme fait apparaître une bande blanche, de l'étang au port. Eugénie poursuit son raisonnement :

— Tu vois, là aussi, on pourrait creuser un petit canal. L'eau de la mer rentrerait alors dans l'étang, qui se viderait et se remplirait avec les marées en formant un refuge pour les bateaux…

Attirés par la talentueuse Jenny, les personnes présentes s'approchent pour regarder son travail. Parmi eux, le cocher accompagné du résinier, un jeune homme de petite taille, costaud et intimidé. En voyant le dessin, il lance un « Diu biban ! » pour exprimer sa surprise, puis explique son étonnement au cocher, en gascon. Ce dernier traduit, à l'intention de Jenny :

— Le pitchoun dit que vous avez sûrement dû parler avec des pêcheurs de Capbreton, mademoiselle !

— Ah bon ? Et pourquoi ça ? demande la jeune artiste, amusée.

Après un échange en gascon avec le pitchoun, le cocher explique la raison à Jenny, sans remarquer que l'impératrice l'écoute attentivement :

— Vous savez, mademoiselle, les Bayonnais nous ont volé l'Adour en 1578 grâce à un barrage ! Depuis que le fleuve ne se jette plus à Capbreton, voilà presque trois siècles, la sortie du port est devenue très dangereuse. Les naufrages se multiplient, le sable s'accumule dans la passe, car il n'y a plus assez de courant. Voilà des années que marins et pêcheurs réclament à l'État l'ouverture d'un chenal entre l'étang d'Hossegor et le port de Capbreton ! Cela devrait créer une chasse puissante qui renforcerait le courant dans la passe, pour qu'elle redevienne plus profonde et navigable… Et c'est exactement ce que vous venez de dessiner, mademoiselle !

— Mais ce n'est pas mon idée, répond Jenny, rougissante…

À ce moment, l'impératrice s'avance, toute simple, et s'adresse au cocher :

— Eh bien, dites à ce monsieur Pitchoun que je lui promets d'en parler à l'empereur… Je lui montrerai aussi le dessin de Jenny.

La suivante sourit en les écoutant, sans se douter à quel point ce simple coup de gomme allait bouleverser sa vie…

Pendant que leur dialogue se poursuit dans la chaleur de la pinède, à quelques mètres d'eux, un barnum abrite des techniciens, une batterie d'écrans et une régie. L'un des écrans montre la scène filmée depuis un drone, de façon à disposer de plans de coupe aériens. Mais l'engin volant, stationnaire à une quinzaine de mètres au-dessus du plateau, filme aussi l'Océan, et il a capté la silhouette d'un voilier venu du nord qui se dirige vers le port. Bérénice sursaute, se penche dessus, zoome et pousse un cri. La voile porte une large bande bleue aisément reconnaissable. La jeune femme connaît très bien ce beau voilier en bois, un sloop Colin Archer qui fait route vers Capbreton. Penchée sur l'écran, elle agrandit encore l'image et n'en croit pas ses yeux : *Non, non... C'est impossible ! C'est lui ? J'hallucine ! Y a que lui pour débouler comme ça en plein tournage !*

Alors que le cocher se tourne vers l'impératrice pour reprendre leur dialogue, Bérénice se lève, brandit son haut-parleur et lance un ordre sans appel :

— COUPEZ !

L'ordre est si surprenant que, dans un premier temps, rien ne se passe. Astrid, qui joue le rôle de Jenny, se tourne vers les caméras avec une moue d'incompréhension. Consterné, Milo Karzac regarde Bérénice penchée sur l'écran de contrôle :

— Mais enfin... qu'est-ce qui te prend, Bérénice ?

En retrait des comédiens, plusieurs véhicules tout-terrain sont garés là, près du sommet de Super-Hossegor, point culminant de la commune. Bérénice répète dans le micro :

— COU-PEZ !

Milo, chef-op' multi-oscarisé, écarquille les yeux en essayant de comprendre quelle mouche a bien pu piquer mademoiselle Conti.

— Mais enfin, pourquoi tu coupes maintenant ? La scène n'est même pas finie. Jusque-là c'était nickel... Meeerde !

Bérénice semble ailleurs, imperméable aux remarques ulcérées de Milo. Autour d'eux, tout s'arrête. Techniciens et comédiens, désemparés, ne comprennent pas ce qui se passe. Milo les regarde, puis retire sa casquette des Mets de New York qui ne le quitte jamais et, dans un geste de rage, la balance dans les broussailles, sous les yeux éberlués de ses techniciens. Costumée en Jenny, Astrid s'approche pour avoir une explication. La jeune comédienne, qui est aussi la fille de Rufus, le grand patron, préfère s'adresser à Milo, qu'elle connaît depuis longtemps, qu'à Bérénice, qui est plus jeune qu'elle. Astrid ne comprend pas que son père puisse lui confier de telles responsabilités alors qu'elle n'a presque aucune expérience, humaine ou professionnelle.

Après avoir observé le voilier sur l'écran, Bérénice enfile sa veste et se dirige vers la route tel un automate, sans tenir compte des questions qui fusent dans son sillage…

Un peu plus d'un an auparavant, alors qu'elle étudiait le cinéma à Paris, elle avait été retenue parmi plus de 250 candidats pour suivre un stage avec le grand réalisateur Rufus Andersen. Sur ce, son père, sa mère ainsi qu'elle-même avaient été convoqués à un étrange rendez-vous dans une maison de Capbreton nommée Le Doigt Mordu. S'était ensuivie une aventure menant à une découverte archéologique majeure, que Bérénice avait été la première à filmer : la crypte du Doigt Mordu. Là se trouve un bateau-tombe, sépulture d'un chef viking sans doute nommé Asgeir. Or, Rufus croit dur comme fer que cet homme, portant le même pendentif en spirale que son grand-père danois, est son propre ancêtre… Cette découverte très médiatisée avait ainsi amené Rufus à Capbreton, où il s'était rapproché de Bérénice, au point de lui proposer de coréaliser avec lui son prochain film, tourné à Hossegor et Capbreton, intitulé *Les Amants du canal* [1].

Cette soudaine ascension a valu à la jeune femme bien des jalousies. On a même dit que Rufus ne l'avait engagée que pour faire parler du film. Certes, l'équipe de tournage lui sourit et lui obéit, mais Bérénice se doute bien qu'ils ne se privent pas de la dézinguer dans son dos. Un film est aussi un parcours d'obstacles, une bataille fastidieuse. Il y a tant d'étapes, de paperasses, de discussions, de repérages, d'attentes interminables, de prises de tête, de répétitions avant de pouvoir commencer un tournage… Tout cela pèse lourd sur ses frêles épaules. Bérénice n'a que 19 ans et déjà, par moments, une étrange lassitude l'étreint. Elle en viendrait presque à regretter sa petite caméra dans les rues de Paris et ses montages bidouillés sur son ordi… Vivement que Rufus revienne de Los Angeles, car le poids du tournage repose trop sur elle, et cette charge l'épuise.

En attendant, elle n'a qu'une idée en tête : rejoindre le port. Bérénice est tellement centrée sur son objectif qu'elle occulte les personnes qui la regardent avec des yeux ronds. Elle passe les barrières de sécurité d'un pas allègre, comme si elle se rendait à un rendez-vous galant. Et il y a un peu de cela aussi… C'est à peine si elle entend la voix de Nadia, l'insupportable directrice artistique, essoufflée, qui ne parvient pas à la suivre avec ses talons :

— Eh ! Oh ! Bérénice ! Tu ne peux pas partir comme ça ! Rufus va être furax ! Et Astrid aussi ! Bérénice ! Tu m'entends ? Non, mais je rêve ou quoi ? Pour qui elle se prend, cette morveuse ? Pour Coppola ?

---

1. Voir des mêmes auteurs *Le Doigt mordu, ou comment aller au bout de ses rêves*, collection Feel SO Good, 2022.

Les petites récriminations de Nadia se perdent dans les rafales d'un vent chaud, parfois annonciateur de mauvais temps. Bérénice marche d'un bon pas sur la route ; son cœur fait du yoyo à l'idée qu'elle va enfin retrouver la seule personne capable de lui remonter le moral : Hubert ! Parti depuis des mois à bord de son voilier *L'Archimède*, il n'avait donné aucune date de retour…

C'est par Hubert que tout est arrivé. Hubert et sa mystérieuse maison. Hubert, ce loup de mer qui travaillait dans les sémaphores et dont elle avait découvert, avant tout le monde, qu'il n'était autre que son grand-père ! Ainsi, tout comme les marées effacent nos traces sur la grève, notre passé se réécrit-il sans cesse, et parfois des révélations, telles les vagues, viennent bousculer des vérités que l'on croyait immuables. Ces événements intenses avaient créé des liens privilégiés entre Hubert et Bérénice. Mais ce qui les reliait par-dessus tout, c'était qu'elle était la seule à voir et entendre les deux présences qui partageaient la vie d'Hubert. Deux créatures aussi foldingues qu'immatérielles : Jacquotte et La Nèhe.

Six mois plus tôt, Hubert avait largué les amarres à bord de son voilier, sans préavis, sans le moindre au revoir, laissant derrière lui un simple message qui se voulait rassurant : « *Je pars seul, enfin libre comme l'albatros qui jamais ne se pose avant d'avoir traversé l'Océan. Je suis heureux, ne m'en veuillez pas si je ne connais pas ma date de retour…* » Lorsqu'il naviguait, Hubert coupait tous les moyens de communication. « Sinon à quoi bon partir en mer ? » ajoutait-il. Mais Bérénice se désespérait de ne pas savoir quand il reviendrait, ni même s'il reviendrait jamais… Ces dernières semaines de tournage avaient été pénibles et tourmentées, elle aurait tant aimé pouvoir lui expliquer ses doutes. Parfois, elle se demandait même si Rufus n'avait pas commis une erreur en lui confiant un poste aussi lourd. Lorsqu'elle lui avait posé la question, il avait eu cette réponse :

— C'est pour ça que je te veux sur le film, Bérénice, ton côté juvénile et pur. Tu n'as pas encore été pervertie par l'industrie du cinéma. Tu as des *guts*, tu prends tes décisions sans flancher. Et tu sais provoquer l'émotion. Ce film, c'est d'abord une histoire d'amour. Et toi, tu es ma mascotte, je sais que tu vas nous porter bonheur !

L'image ne lui plaisait pas trop ; Bérénice n'était pas une peluche… *Y a pas à tortiller, au bout du compte, le succès ne me réussit pas. Tout ça, c'est de la fumée.* Suite à la découverte de la crypte, elle avait été photographiée, filmée, interviewée, invitée, mise à l'honneur, avec l'impression de participer à une imposture. À ce sujet, Rufus lui avait dit en riant :

— C'est normal, Bérénice, le succès fait toujours cet effet ; au début on croit à un malentendu, à une imposture comme tu dis, mais tu verras, on s'y habitue très bien !

Tout en songeant à ces perspectives, Bérénice descend la route pentue qui fait le tour de Super-Hossegor lorsqu'elle voit arriver Enguerrand, ce grand dadais frisé au sourire d'Arlequin qui sert d'assistant, ou plutôt de larbin, à Nadia. Malgré la côte, il pédale allègrement sur un beau vélo électrique loué par la production, et s'arrête poliment pour la saluer :

— Bonjour mademoiselle Conti ! Tout va bien ?

— Oui, oui, tout va bien, merci ; mais j'ai absolument besoin de ton vélo. C'est une urgence, dit-elle en le réquisitionnant.

— Mais… mais je suis allé chercher un poke bowl et une boisson vitaminée pour Nadia, bredouille-t-il tout penaud en descendant de la selle et en montrant le sac qui contient le repas.

Bérénice enfourche le cycle et lui adresse un sourire complice :

— Tu es presque arrivé ! T'inquiète pas pour Nadia, et dépêche-toi de lui porter sa laitue, ça va la calmer !

— Ah bon, pourquoi ? Elle est encore énervée ? demande-t-il, inquiet.

Bérénice bredouille avant de botter en touche :

— Euh… Au fait, Enguerrand : merci mille fois pour le vélo, tu me sauves !

En trois coups de pédales, Bérénice s'éloigne à toute allure, car la descente est raide. Quel bonheur de sentir la vitesse, ses cheveux au vent, avec la route qui défile… Ouf ! Elle avait sacrément besoin de prendre l'air. Un peu de liberté, enfin… Tous ces gens passent leur temps à lui prodiguer des conseils et n'espèrent qu'une chose : qu'elle se plante en beauté. Eh bien ils vont devoir attendre !

*

Bérénice est si heureuse de filer sur la piste cyclable qui longe le lac d'Hossegor qu'elle se sent rajeunir. Elle en a oublié le tournage, et n'a qu'une idée en tête : filer au port et voir Hubert ! *Hubert ! Enfin !* Tous ces mois sans lui ont duré une éternité. Cet homme sage et spirituel est bien plus qu'un grand-père pour elle ; ils ne se sont pas trouvés, tous les deux, ils se sont plutôt retrouvés, comme s'ils s'étaient toujours connus. Bérénice sait qu'elle peut tout lui dire et qu'il va l'écouter, la comprendre, l'aider. Elle a tellement hâte de le revoir, de le prendre dans ses bras... Et puis elle adore son voilier, *L'Archimède*, avec son carré confortable, ses livres, ses souvenirs des îles et ce parfum ambré. Le vieux loup de mer a dû vivre des aventures extraordinaires pendant ces huit mois seul sur son voilier. Il va tout lui raconter. Elle se met à chanter de joie en filant : « On se sentait pousser des ailes, on était tous amoureux d'elle... »

Bérénice bouillonne d'impatience. Le ciel est tourmenté, parsemé de nuages en filaments, des cirrus polis par le vent du sud ; le lac marin sent bon les algues ; des parcs à huîtres apparaissent dans la transparence de l'eau. À la fin du XIXe siècle, il n'y avait là que les baraques en bois des premiers ostréiculteurs. Deux ans seulement après l'ouverture du canal, en 1878, on en dénombrait déjà plus de quarante-cinq sur les rives du lac ! On y goûtait différentes variétés d'huîtres sur une simple table en bord de route, tout en dégustant un petit verre de vin des dunes... Un siècle et demi plus tard, les cabanes en bois et les tables du bord de route sont devenues des bistrots chers et branchés, ou des hôtels haut de gamme.

Le travail de recherche accompli par Bérénice pour le film lui a fait voir Hossegor d'un autre œil. Difficile de croire qu'un demi-siècle plus tôt, cette station balnéaire était encore un secret bien gardé, avec ses immenses plages de sable qui valent bien celle de Californie, ses vagues sauvages propices au surf, la forêt, la montagne... Le Valhalla des Vikings ! Aujourd'hui, le monde entier s'y engouffre à la belle saison, et la moindre maison y coûte une fortune.

Pour Bérénice, une seule chose compte : Hubert. Elle veut être la première à le saluer, puisqu'il n'a prévenu personne de son retour. Son téléphone se met à sonner dans son sac. Elle n'en a cure, même si elle se doute que la production doit être furibarde, et elle traverse Hossegor sans regarder personne, malgré l'affluence à la terrasse du *Café de Paris* ou au *Touring*. Elle file droit vers le pont du Bouret, cette rivière qui sépare Hossegor du port de Capbreton, puis s'engage sur la piste cyclable.

Arrivée sur le môle du marché aux poissons, Bérénice voit le voilier qui longe la digue Nord, en sécurité dans le Boucarot. On sent qu'il a bien bourlingué et qu'il rentre à son port d'attache après un long périple. Le cœur de Bérénice bat la chamade, comme si le seul fait de retrouver Hubert allait résoudre tous ses soucis. Avec lui, elle le sait, « il n'y a pas de problèmes, il n'y a que des solutions ». Tremblante d'émotion, elle l'aperçoit, debout dans son cockpit avec sa vareuse lie-de-vin délavée, tenant fermement la barre, qui dirige son bateau vers le ponton d'accueil. Deux minutes plus tard, elle est là, prête à recevoir les amarres. En la découvrant, Hubert lève les bras au ciel, tel un naufragé qui voit un bateau venu le secourir :

— Merveilleux ! Merveilleux !

Comme il a changé ! Hubert a les cheveux délavés, une barbe couleur d'écume, le teint buriné, les yeux plus bleus que jamais, il ressemble à un aventurier au long cours. Le vieux marin semble calme, ses gestes sont précis et il lance l'amarre à Bérénice avec son sourire lumineux. Dès le bateau à quai, il saute pieds nus sur le ponton pour prendre sa petite-fille dans les bras :

— Ma chérie, quel bonheur ! Comment as-tu su que j'arrivais ? Je n'ai prévenu personne !

— Mais c'est parce que tu es toujours dans mes pensées !

— Toi aussi, tu sais. Tu es radieuse !

Ils se serrent fort et Bérénice sent couler une larme sur sa joue. Elle le tient par les bras et le regarde dans les yeux, les mots se bousculent dans sa bouche et sa voix se fait enfantine :

— Oh, Hubert, j'ai tellement de choses à te dire ! Si tu savais, il s'en est passé des belles, ici ! Ah là là ! Tu ne peux pas imaginer comme tu m'as manqué ! Et puis il y a le tournage du film avec Rufus Andersen, tu te rends compte ?

— Oui, c'est génial !

— Mais dis-moi, tu reviens pile aujourd'hui pour l'anniversaire, pas vrai ?

— Quel anniversaire ?

Bérénice le regarde, fronce les sourcils, puis sourit, espérant qu'il plaisante :

— Oh allez, ne fais pas l'andouille ! Tu es là pour Antonin !

— Antonin…

— Ton petit-fils ! Mon petit frère… Il a un an aujourd'hui !

Le voyant perplexe, Bérénice continue :

— Il grandit à vue d'œil, tu sais, c'est incroyable ! Tout le monde l'appelle Tonino. Il commence à marcher, tu vas être épaté ; il est vraiment craquant, oh là là… C'est trop mignon, on se fait des câlins pendant des heures.

Les joues rouges, Bérénice est folle de joie de pouvoir lui raconter tout ça, depuis le temps qu'elle l'attend…

Haletante d'émotion, elle continue avec la voix d'une petite fille émerveillée :

— Et puis tu sais, Maïté aide beaucoup maman. Elle adore Tonino et s'en occupe dès qu'elle peut. Heureusement qu'elle est là, parce que c'est un sacré boulot, un bébé ! Et puis il faut aussi que je te montre l'observatoire, j'ai fait des petites transformations là-haut, j'espère que tu vas les aimer… Et puis…

Hubert la regarde avec un sourire plein d'amour :

— Calme-toi, Bérénice, je suis là, je ne repars plus. On a tout le temps devant nous…

Bérénice souffle de bien-être et lui sourit :

— Oui, maintenant que tu es là, je ne te lâche plus ! Et tu sais, j'ai découvert deux nouveaux restos, il faut absolument que je t'y emmène ! Tu vas halluciner en goûtant leur chuleta, la côte de bœuf à l'espagnole, et aussi les sardines grillées… Et puis, au fait, tu es au courant qu'ils ont ouvert un petit musée viking à Capbreton ? Avec un bistrot à bières qui s'appelle *Sköll* ! Et tout ça à côté de la Maison du Gouf et de l'Océan !

Hubert éclate de rire face à l'enthousiasme inextinguible de sa petite-fille, mais Bérénice est si heureuse qu'elle ne peut plus s'arrêter :

— Je suis trop trop contente que tu sois là, tu n'imagines pas ! Tu m'as tellement manqué… Il faut aussi qu'on aille déjeuner chez ton ami Ramon, là-haut dans sa palombière ! Et j'ai aussi besoin que tu m'aides et que tu me guides… Et puis… Et puis…

Voilà longtemps qu'elle n'a pas été aussi heureuse, soulagée d'un énorme fardeau. Inondée de bonheur, elle est convaincue que, désormais, tout va rentrer dans l'ordre grâce au retour d'Hubert. Mais d'un seul coup, cette joie se mue en une douche glacée, car elle vient de remarquer un visage derrière le hublot de *L'Archimède*! Quelqu'un se trouve donc dans le carré du voilier, et ce quelqu'un, c'est…

Une silhouette surgit dans le cockpit ; on sent qu'elle est ici chez elle, à bord de *L'Archimède.* Sous les yeux horrifiés de Bérénice apparaît le visage de Jacquotte. *Oh non, pas elle!* Face à cette présence immatérielle, son sang se fige dans ses veines et son bonheur vole en éclats. Les deux rousses se dévisagent un instant, des flammes dans les yeux. Toujours élégante et hautaine, Jacquotte détaille la jeune femme et lance, d'un air supérieur :

— Bonjour, Bérénice. Tu sais que tu es très belle ? On dirait que tu as changé de look. Le succès te va bien… Tu sembles plus pétillante que jamais !

Bérénice est verte de rage. Comment Hubert a-t-il pu se laisser envahir sur son bateau par un esprit, un fantôme aux humeurs imprévisibles ? Elle sent monter en elle une vague de jalousie à l'idée qu'Hubert et Jacquotte aient passé tous ces mois seuls en mer, loin de tout, et loin d'elle… Elle n'ose même pas imaginer à quoi ont dû ressembler leurs folles soirées au grand large…

Bérénice dévisage Jacquotte sans baisser les yeux, elle-même étonnée de son aversion, alors qu'elles avaient été si proches dès le début de l'aventure du Doigt Mordu. Les voilà donc devenues rivales ? Un silence écrasant flotte sur le ponton. Hubert tente de détendre l'atmosphère en s'étirant :

— Le plus dur, c'est de revenir à terre… Le sol continue à tanguer…

Hésitant entre colère et dépit, Bérénice reprend son souffle et essuie ses larmes devenues glacées, avant de se détourner de ce spectacle désolant :

— Bon, ok, à plus tard…

Le cœur lourd, elle part d'un pas vif pour aller reprendre son vélo sur le quai. Hubert se tourne vers Jacquotte avec un regard courroucé :

— Ne lui fais plus jamais de mal, tu m'entends Jacquotte ? Plus jamais !

2

L'ÂGE DE L'AMOUR

Le bout de la route, putain ! Voilà où j'en suis... Au volant de sa vieille voiture hybride, le commissaire Benoît Garland ne s'est jamais senti aussi usé et inutile... Le pot de départ à la brigade de Bayonne était pathétique. Le divisionnaire est même passé lui serrer la pince. Ils étaient moins de dix pour « fêter » sa retraite. Le crémant n'avait pas le goût du champagne et les pains surprises n'étaient pas suffisamment décongelés. La pilule était amère. Il avait été poliment mais fermement poussé dehors, rapport à son âge. Benoît ne voulait pas vraiment quitter ce boulot auquel il avait voué sa vie ; il était né flic et mourrait flic. Ce n'est pas un métier dont on se débarrasse comme d'une vieille chaussette. On reste toujours flic dans l'âme, quoi qu'il advienne. D'ailleurs, Benoît ne s'est pas privé d'emporter quelques dossiers de cold cases sur Seignosse-Hossegor-Capbreton, même si c'est strictement interdit.

Plus de quarante années de bons et loyaux services, avec quelques hauts faits qui lui ont valu d'être médaillé, des dizaines d'affaires résolues, des amitiés professionnelles à Paris, Nouméa, Bordeaux et Bayonne... De tout ça, il ne reste qu'un pot de départ à dix balles. Et cette route qui n'en finit pas... Faut dire que Benoît n'a pas pris l'autoroute ; il n'est pas si pressé d'arriver au bout de sa vie. Alors il suit une départementale et, pour éviter le trafic, décide de longer l'Adour vers le port de Tarnos. Derrière les silos, la silhouette d'un cargo vraquier émerge de l'ombre. Benoît songe que cette zone industrielle n'est pas dénuée de charme, comme dans ces vieux Simenon des années 1960 qu'il affectionne tant. Et dire qu'il ne mettra plus les pieds au bureau... Impensable ! Comment peut-on jeter les gens après les avoir côtoyés et employés si longtemps ? On lui a même proposé un suivi psychologique gratuit ! Le comble...

Benoît regarde sa montre. Il a promis à Louise de ne pas être en retard au Doigt Mordu pour l'anniversaire du petit Antonin. Heureusement qu'il a pensé à lui acheter un jouet à Bayonne. Benoît n'a pas d'enfant ; Mireille n'en voulait pas. En un sens, c'est plus pratique pour accomplir son boulot de flic, surtout avec les mutations et le travail de nuit...

Tout en retournant ces sombres idées dans sa tête, il finit par arriver à Capbreton et se dirige vers le tuc du Doigt Mordu, où il a ses habitudes. Il ose à peine se l'avouer, mais c'est là qu'il trouve son réconfort, sa seule vraie famille. Benoît, c'est l'ami de tous, celui qui a su se rendre indispensable. Être flic ouvre bien des portes, et parfois des cœurs.

Louise l'aime beaucoup, aussi l'attend-elle sur le perron avec un grand sourire, consciente que c'est un moment difficile pour le vieux flic. Benoît lui tend un bouquet qui lui fait grand plaisir. Thomas, le Canadien comme il l'appelle, est là aussi, toujours en forme, les bras musclés et sa fine barbe bien taillée sur des dents très blanches. C'est le frère de Louise, et pourtant, un an auparavant ils ne se connaissaient pas. Les événements qui ont réuni ces deux familles – celle de Louise et celle de Thomas – autour du Doigt Mordu, la maison d'Hubert, ont tissé entre eux des liens très forts. Aussi, Louise et Thomas rattrapent-ils le temps perdu avec une étonnante complicité, malgré l'absence prolongée de leur père, Hubert, parti en solitaire sur le voilier de ses rêves. En outre, l'arrivée inattendue d'un bébé dans la famille a contribué à renforcer les sentiments des uns et des autres.

Quant à Octavio, le mari de Louise et l'heureux père du petit Antonin, il jouit de l'air du temps. Après des années à Paris à travailler dans un cabinet vétérinaire, il profite pleinement de la vie à Capbreton dans cette fantastique maison située à cinq cents mètres de l'Océan. Désormais, Octavio passe une bonne partie de son temps sur les vagues, les plages, ou chez ses amis surfeurs. Il lui arrive parfois d'effectuer quelques remplacements locaux en tant que vétérinaire. La belle vie ! On ne dirait pas qu'il vient d'être père… En réalité, ni lui ni Louise ne s'attendaient à cette naissance tardive. Mais le petit Antonin est bien accaparé, par sa mère qui l'allaite et par madame Cazaubon qui ne peut plus se passer du gamin. Sans oublier Thomas, toujours présent auprès de sa nouvelle sœur. En vérité, Octavio doit reconnaître qu'il n'a plus l'âge de pouponner. Leur grande fille, Bérénice, vient d'avoir 19 ans et il ne pensait pas rempiler dans le rôle de père…

À la maison, Thomas est l'homme parfait. Il répare, entretient, bricole, pour que tout soit « tip top ». Sa femme Wendy est repartie quelques semaines au Canada pour régler des affaires de famille. Leurs deux grands ados vivent ici, à Capbreton. Jo fait ses études de restauration au lycée professionnel Louis-Darmanté, et Zack est devenu l'un des responsables de la crypte viking qui a rendu célèbre Le Doigt Mordu.

Située à quelques mètres en contrebas de la maison, entourée de grillages, cette extraordinaire trouvaille archéologique n'a pas fini de faire parler d'elle. Non seulement le grand réalisateur Rufus Andersen tourne un film en partie inspiré de ce lieu, mais un petit musée viking s'est ouvert sur le port, qui attire beaucoup de monde. La découverte d'un bateau-tombe datant du IXe siècle sur le tuc du Doigt Mordu a fait la une des médias scientifiques du monde entier, sous la supervision du professeur émérite Olafsen de l'Université de Copenhague, une autorité en la matière. Le lieu est aujourd'hui sécurisé et étudié au peigne fin. Zack y travaille depuis le début, accueillant les chercheurs afin de leur expliquer les procédures.

Pour la première fois de sa vie, le jeune homme touche un salaire ; il est même grassement payé pour ce job plutôt intéressant, bien que statique et répétitif. Mais Zack commence à en avoir plus que marre de travailler à l'ordi enfermé dans un Algeco, ou dans une crypte obscure, équipé de vêtements de protection. Il lui arrive de ne pas quitter le domaine du Doigt Mordu pendant des jours, et cela en devient étouffant ; sa peau est aussi blanche que celle d'un touriste fraîchement débarqué. Et une partie de son cœur bat encore pour sa cousine Bérénice, dont il est secrètement amoureux. Sauf qu'avec son film, elle est hors d'atteinte, évoluant parmi les stars, pendant que lui vit comme une taupe...

Son frère Jo, parfaitement intégré à Capbreton et son lycée hôtelier, complète son cycle d'études en restauration.

C'est là qu'il a rencontré Rodrigo, d'origine portugaise, dont il est très amoureux, et qu'il va bientôt présenter à la famille.

Pendant que tout le monde s'affaire et que des odeurs succulentes montent de la cuisine, Bérénice se faufile à l'arrière de la maison vers l'escalier dérobé menant au premier. Elle a pris l'habitude de passer par là lorsqu'elle veut monter à son observatoire sans voir personne au rez-de-chaussée. D'un coup, elle ne sait plus où elle en est. Son téléphone n'arrête pas de sonner tandis qu'elle grimpe les escaliers. L'observatoire, c'est cette pièce cachée aux murs arrondis, tout en haut du Doigt Mordu, qui a été l'antre d'Hubert – et de Jacquotte – pendant ses années de sémaphoriste. On y surplombe les pins jusqu'à voir l'Océan, le chapelet blanc des vagues et la côte qui se courbe vers l'ouest, aux pieds des Pyrénées. La vue est telle qu'on pourrait passer des heures à y guetter un aperçu d'éternité.

Une sonnerie de trompette fait vibrer son téléphone, la cavalerie… Son cœur s'emballe… C'est la sonnerie de Rufus ! Il doit être furieux. Bérénice regarde son téléphone comme s'il s'agissait d'un serpent à sonnette. Elle est si troublée qu'elle ne distingue même pas les ombres qui s'agitent sur le miroir. Tandis que la jeune femme, terrifiée, hésite à répondre au grand cinéaste, Jacquotte repousse sa comparse, La Nèhe, qui joue des coudes, elle aussi, pour apparaître dans la glace. Ces deux-là se connaissent, se jalousent et se chamaillent depuis des siècles. Leurs disputes peuvent durer des années, et soudain elles se réconcilient et font les folles, nuit et jour pendant des semaines, s'amusant avec les vivants comme des marionnettes, jusqu'à les aimer, parfois.

Mais Bérénice est en difficulté, et Jacquotte s'en veut de l'avoir narguée; elle voudrait se rattraper et l'aider, mais La Nèhe tente de s'incruster, ce qui énerve Jacquotte:

— Ce n'est pas le moment! Tu es un vrai pot de colle, toi. Et puis tu sais bien que la petite ne doit en aucun cas voir ton visage avec tes yeux blancs...

— Mes yeux blancs? Peuh...

Vexée, La Nèhe masque son visage avec ses longs cheveux fauves, et tente une fois de plus de s'immiscer dans le miroir en se moquant de Jacquotte:

— Ah, ben tu peux parler, toi, avec ton vieux loup de mer qui sent le hareng!

— Cause toujours... N'empêche, mon vieux loup sait sacrément bien y faire, et crois-moi, ses histoires sont plutôt salées. En pleine mer, on est libres! Le temps ne passe plus. Mais toi, ma chère Nèhe, comment occupais-tu ton temps? Tu rêvassais dans ton coin en contemplant tes sources chaudes qui portent malheur?

— Ah ah ah! Tu n'y es pas, ma pauvre. Moi je n'ai aucune envie de me retrouver prisonnière d'un bateau et d'un seul homme au beau milieu de l'Océan... Pendant que tu jouais les naufragées solitaires, j'ai écumé la côte basque, au pied des falaises, là où il y a des grottes et des sorcières... J'y ai retrouvé une bande de fiers Vikings venus des fjords, les amis de Ragnar. Tu ne peux pas savoir à quel point ils sont imaginatifs en amour, surtout lorsqu'ils s'y mettent à plusieurs...

— Encore des Vikings?

— Toujours des Vikings, Jacquotte... Tu oublies mes origines nordiques... La Nèhe vient des glaces et des mers froides, c'est bien pour ça que je suis la déesse des eaux chaudes...

Jacquotte la bouscule un peu pour la faire taire :

— Chhht... Arrête de pérorer comme une vieille perruche. Ne bouge plus. Bérénice va répondre à Rufus et elle est terrorisée...

En effet, Bérénice, tremblante, se décide à appuyer sur l'écran pour décrocher, laissant filtrer un « allô » timide. Rufus parle si fort qu'on peut l'entendre au-delà du téléphone :

— Bérénice ! Ça fait des heures que j'essaie de t'avoir !

— Oui, je sais, Rufus, mais j'ai eu un problème de...

— Écoute, ce qui compte, c'est le film, et rien d'autre !

Convaincue qu'il va la débarquer du tournage, Bérénice contemple l'horizon avec un début de vertige, comme si le sol allait se dérober sous ses pieds. La voix métallique de Rufus perce le silence :

— J'ai regardé trois fois les rushes de ce matin...

— Oui, oui, je vais tout t'expliquer, Rufus...

— Attends, attends, Bérénice. Laisse-moi d'abord te dire ce que j'ai ressenti. Ça m'a rappelé mes 20 ans, quand j'ai eu la Palme d'or du court-métrage. Ce moment précis où j'ai pris conscience que j'avais vraiment du talent et que je devais aller au bout de cette passion, en n'écoutant que moi-même. Tu comprends ?

— Euh... oui... à peu près.

En réalité, Bérénice ne comprend pas très bien, mais le cinéaste continue, avec de la ferveur dans sa voix :

— Maintenant, je suis sûr que tu as du génie ! Peut-être que tu es une surdouée du cinéma, Bérénice. Tu travailles à l'instinct. La scène entre l'impératrice et Jenny est très réussie, l'ambiance me rappelle *Barry Lyndon*... Milo aussi a fait un superbe travail. En tout cas, l'émotion est là et tu as interrompu la scène juste quand il le fallait pour qu'elle ne tourne pas au mièvre. J'ai été bombardé de coups de fil disant que tu avais pété les plombs et que tu étais partie en plein milieu du tournage. Même ma chère fille, Astrid, m'a appelé.

— Je vais te… commence Bérénice.

— Non, non, Bérénice, tu n'as pas à te justifier, c'est toi la réalisatrice. Tu as fait preuve d'intelligence et d'autorité. Il ne s'agissait pas d'un caprice, comme le dit Nadia ! Je suis fier de travailler avec toi. Je déteste la tiédeur, comme tu le sais. La tiédeur, c'est la plaie du cinéma. Si on ne crève pas l'écran, inutile de tourner ! Et toi, ma chérie, tes plans sont vraiment originaux et tu vas droit au but, j'adore la façon dont tu mêles les plans serrés et les paysages, tu sais guider Milo pour cueillir l'émotion sur les visages. J'aime beaucoup la séquence du dessin entre l'impératrice et Jenny. Ça sonne juste et l'image marquera les esprits.

— Merci Rufus…

— Non, surtout ne me remercie pas, c'est moi qui te remercie. Je ne dis pas ça pour te faire plaisir, tu sais, mais pour te rendre plus forte.

— Merci, euh…

— Et voilà pourquoi j'ai décidé de te confier la scène d'amour finale…

— La quoi ?

— L'amour, Bérénice, toujours l'amour ! C'est le moteur de la vie, l'unique, il n'y a que ça de vrai, tu le sais bien, pas vrai ?

Choquée, Bérénice ne répond pas. Elle s'attendait à se prendre une volée de bois vert en pleine face, et voilà qu'elle se retrouve sous une pluie de compliments. C'est à n'y rien comprendre. Mais la suite va s'avérer encore plus compliquée, lorsque Rufus lui explique ce qu'il attend d'elle :

— Tu es jeune, Bérénice, mais tu as forcément connu l'amour, belle et brillante comme tu l'es... Alors écoute-moi bien : à partir de demain, comme prévu, l'équipe est en pause pour une petite semaine jusqu'au tournage de la scène d'amour finale, au bord du canal.

Bérénice acquiesce sans comprendre, car ils ont déjà discuté de cela. Mais Rufus continue, car il a quelque chose à lui dire :

— Écoute, j'ai beaucoup réfléchi à cette scène. C'est à la fois un moment d'intimité et de grand spectacle...

Bérénice est de plus en plus perplexe ; le ton de Rufus a changé :

— Il y a plusieurs choses. La première, c'est qu'Astrid est ma fille. Tu comprendras donc que c'est très délicat pour moi de tourner cette scène d'amour et de nudité. Elle-même se sent gênée. Il vaudrait mieux que ce soit une femme de sa génération qui dirige...

— Mais je ne sais pas si...

— Tu as tout ce qu'il faut, Bérénice, et tu viens de le prouver. Tu as 19 ans, l'âge de l'amour ! Et tu dois faire tourner la tête aux garçons... Moi, je ne suis qu'une vieille pomme, j'ai oublié ce que c'est, à vos âges. Astrid n'a que cinq ans de plus que toi.

Bérénice n'en croit pas ses oreilles ! *L'âge de l'amour...*

— Et Julius ? demande-t-elle pour détourner la conversation.

— Julius est d'accord, j'en ai parlé avec lui. Il préférerait ne pas être dirigé par le père biologique de celle qu'il va déflorer dans la scène finale des *Amants du canal* !

— Ah, euh, en effet...

— Et dans la mesure où il s'agit d'une scène de sexe, tous les deux préfèrent que ce soit toi, une jeune femme cool et talentueuse, extérieure à la famille surtout, qui les dirige, plutôt qu'un vieux réalisateur grincheux qui verrait sa fille à poil...

Soudain Bérénice prend conscience de la charge qui s'abat sur elle :

— Mais enfin Rufus... Tu seras là aussi ? Pas loin ?

— Pas loin, pas loin... Je serai quand même à plus de sept mille kilomètres !

— Comment ça ?

— Je serai à Mumbai, en Inde, pour recevoir un prix.

La jeune femme est sidérée :

— En Inde ?

— Oui, le plus gros producteur de films au monde, Bérénice. Imagine : plus de trente millions de spectateurs vont encore au cinéma chaque jour en Inde, et ils ont adoré mon dernier film...

— Mais, mais... C'est impossible !

À l'autre bout du fil, Rufus rit amicalement :

— Mais si, mais si, c'est possible ! Ne t'inquiète pas, il y aura très peu de monde sur le plateau, et puis tu auras Milo et mon assistante à tes côtés. Ils te guideront. Tu feras ça beaucoup mieux que moi, j'en suis sûr ! Il faut juste que tu lises plusieurs fois le scénar pour mener la scène vers ce moment crucial, alors qu'ils sont au comble de l'extase... Suis ton instinct de cinéaste et tout ira bien. Je te fais 100 % confiance. Et puis réjouis-toi, nos deux stars sont ravies de cette idée. J'ai déjà bloqué les rendez-vous de boulot avec eux. Il te reste une petite semaine pour te préparer...

— Mais il faudrait quand même qu'on...

— Excuse-moi, Béré, maintenant je dois vraiment filer… Il y a trois personnes qui m'attendent. N'hésite pas à m'appeler, bien sûr, mais n'oublie pas le décalage : il est neuf heures plus tôt à LA. Ciao, ciao !

Puis plus rien. Rufus est parti. Bérénice se retrouve seule dans le silence de l'observatoire. Elle pose le téléphone et marmonne :

— Alors là… C'est carrément la cata… La ca-ta !

Hébétée, au bord de la colère, elle marche dans la pièce arrondie :

— Non, mais c'est le pompon ! Je dois pas être normale, c'est sûrement ça. Y a quelque chose qui cloche chez moi. Et l'autre qui me dit au téléphone, avec son accent : « Tu es jeune, mais tu as forcément connu l'amour, belle et brillante comme tu l'es… » Il me prend pour qui ? Non mais j'te jure ! Et de quoi j'me mêle ?

Bérénice se retrouve face au grand miroir dans la pénombre de l'observatoire, et elle invective son propre reflet :

— Franchement, regarde-toi, ma pauvre ! Même pas foutue de tomber amoureuse ! Tes copines ont toutes des petits copains, et toi… Toi, tu es juste la célib' de service. C'est quand même un peu chelou, non, pour une fille soi-disant « belle et brillante » qui bosse dans le cinéma ?

Bérénice s'approche de la glace, comme pour voir à travers ou découvrir ce qui ne va pas avec elle :

— Ah bonjour la vieille fille de 19 ans ! Ils s'imaginent que je cartonne avec les mecs, alors que je dors avec ma caméra et mon ordi…

Elle ricane de dépit, sans se douter que Jacquotte et La Nèhe l'écoutent de l'autre côté ; moqueuse, Bérénice continue à s'adresser à son reflet :

— Franchement, c'est à mourir de rire ! Quand on pense que Mister Rufus Andersen a confié sa grande scène d'amour et de cul à une pucelle qui ne connaît rien à l'amour… Chapeau !

Bérénice rit de bon cœur tant la situation lui paraît absurde :

— Alors, comment on fait pour diriger une scène torride avec deux comédiens nus, qui vont s'enlacer et se chuchoter des mots doux ? Tout ça quand on a juste zéro expérience ? Sauf la langue d'un cousin dans ma bouche, le soir de mes 12 ans… Beurk !

Passant du rire aux larmes, Bérénice commence à craquer, le regard humide. Elle scrute le miroir comme elle l'avait fait, plus d'un an auparavant, lors de sa première rencontre avec Jacquotte, puis continue sa complainte :

— Le pire, c'est qu'ils vont comprendre que je suis carrément niaise ! Je vais juste me ridiculiser… Non, non, non, ça ne va pas le faire !

Mais une part indéfectible de Bérénice fait d'elle une guerrière, une battante, et toujours le ciel bleu finit par attirer le soleil. Passé la stupeur, une lueur d'espoir naît dans l'esprit de la jeune femme, qui interpelle sa propre image, saisie par une idée folle, l'index tendu :

— À moins que… Rufus a bien dit : « Il te reste une petite semaine pour te préparer » ? Une semaine… pour trouver l'amour ! Sept jours, pas un de plus. Évidemment, se faire sauter c'est pas très compliqué… mais trouver l'amour, c'est une autre histoire. L'amour, ça ne se commande pas. Même avec un pistolet sur la tempe, on ne peut pas forcer à aimer. Et puis, il y en a qui passent leur vie à le chercher sans jamais le trouver. Moi, je n'ai que sept jours. C'est vrai qu'il y a suffisamment de mecs qui me tournent autour pour que je puisse en dégoter un de potable, quand même, non ?

Bérénice se met à réfléchir, comme si elle faisait son marché :

— Voyons, voyons… Il y a bien Igor, le maquilleur, avec ses yeux de prince indien, mais je crois qu'il est gay… Ou le petit Benji, l'homme à tout faire, couvert de tatouages. Il est pétillant, costaud et pas prise de tête… Mais pas sûr qu'il soit bon amant ! Ou alors le régisseur, Paul, avec ses cheveux longs et son corps de trapéziste. Lui, il se colle à moi dès qu'il peut, mais il n'a pas d'odeur, et ça c'est insupportable !

Elle rigole de ses propres hésitations :

— Bon, allez ma fille, courage, lance-toi ! Rien qu'une fois ! Dis-toi que c'est purement professionnel…

*

Dans l'ombre transparente du miroir, Jacquotte et La Nèhe se regardent l'une l'autre sans être vues de la jeune femme ; toutes deux pensent la même chose. Pendant ce temps, Bérénice rassemble quelques affaires dans un sac, prenant trois livres au hasard sur les étagères, comme si elle partait en voyage, puis elle quitte l'observatoire en hâte.

Une fois qu'elle est sortie, Jacquotte lance :

— Et la princesse fuit son donjon…

La Nèhe prend son air coquin :

— Et qu'est-ce qui manque dans un donjon ?

— Ben, le prince charmant, tiens !

— Pauvre petite… Et dire qu'elle va aller se jeter dans les bras du premier nigaud venu et qu'après ça, elle sera dégoûtée de l'amour pendant des lustres…

— Tu penses comme, moi, pas vrai La Nèhe ? On ne va pas la laisser se faire déniaiser par n'importe qui ?

— Ah ça non, sûrement pas, ma Jacquotte !

— Et puis, toi et moi on est quand même les reines du casting… Alors on va s'occuper bien comme il faut de notre petite protégée.

*

La tête en vrac, Bérénice s'esquive par l'arrière de la maison. Pour ne pas se faire remarquer, elle descend à travers les buissons, non loin de l'enceinte délimitant la zone grillagée où se trouve la fameuse crypte viking. Elle ne se doute pas que Zack la voit passer depuis son bureau installé dans un module proche de l'entrée. Des rires et des voix proviennent de l'extérieur de la maison. Ils doivent festoyer pour fêter l'anniversaire du petit Antonin. Mais Bérénice s'en moque ; même si elle adore ce bébé rieur, elle se sent extérieure à ces célébrations familiales. Elle joue gros avec ce tournage, et la jeune femme a du mal à gérer sa vie au jour le jour. Elle voudrait juste qu'on lui foute la paix, pour qu'elle ait le temps de se poser dans un endroit tranquille où réfléchir à la situation et au film. Bérénice espérait filer à l'anglaise, mais au moment de franchir le portail, où elle a laissé son vélo, elle tombe nez à nez avec Hubert… Elle aurait préféré l'éviter, mais il vient vers elle et lui touche le bras :

— Bérénice, attends ! Excuse-moi pour tout à l'heure. Tu connais Jacquotte… Elle est toujours un peu imprévisible. Mais crois-moi, elle s'en veut beaucoup de t'avoir parlé comme ça. Désormais, tu peux compter sur elle.

Bérénice se renfrogne :

— Ça m'est égal. Je n'ai besoin de personne…

Le vieux loup de mer lorgne le sac de voyage sur son épaule :

— Et où tu vas, comme ça ? Tu sais que tout le monde a besoin de toi…

— Eh bien justement, j'en ai marre. Je n'ai pas envie qu'on ait besoin de moi !

— C'est ponctuel, Bérénice. Tiens bon, tu es au centre de beaucoup de choses, que tu le veuilles ou non. Quand le tournage sera fini, tu pourras te reposer. Pour l'instant, tu dois avant tout retrouver ton calme, ta sérénité.

Bérénice semble soulagée qu'il la comprenne si bien :

— Oh oui, tu as raison, grand-père !

— Et moi, je sais exactement où t'envoyer… Là-bas, personne ne viendra t'embêter, crois-moi. Avant, c'était une pension de famille, maintenant c'est plutôt un hôtel pour les habitués, et ça s'appelle *La Palombe*. Dans le temps c'était pratique pour les rendez-vous galants. Les chasseurs disaient à leurs épouses ou à leurs copains : « Je vais à la palombe… »

La jeune femme fronce les sourcils et hausse les épaules :

— Je n'ai pas tout compris, mais c'est pas grave. Alors, il est où, ton havre de paix ?

— À Hossegor, de l'autre côté du pont. Je connais Yvonne et Claudia depuis longtemps, elles s'occuperont bien de toi. Tu seras tranquille là-bas. Et je viendrai te voir.

Pendant qu'il griffonne l'adresse sur un bout de papier, elle l'embrasse sur sa joue à la barbe d'écume, puis disparaît sur son vélo électrique, direction Hossegor…

3

CHAMBRE 8

Avec cette adresse en poche, Bérénice se sent plus légère, sûre que l'endroit va lui plaire, car elle a toute confiance en Hubert. Le vélo file vers le port de Capbreton par les petites rues aux noms évocateurs : rue des Basques, des Corvettes, des Marsouins… Là-bas, de joyeux drilles coiffés de casques à cornes se prennent en photo devant le petit musée viking, sans imaginer que ce type de casque n'a aucun lien avec le peuple scandinave.

Depuis sa venue à Capbreton, Rufus est convaincu que la dépouille du guerrier trouvée dans la crypte du Doigt Mordu est celle de son propre ancêtre. Il croit également que la nombreuse famille de ce fameux Asgeir, arrivée ici à bord d'un knarr, un bateau de seize mètres, s'est implantée dans la région depuis le IXe siècle et qu'elle y a laissé des traces. Ainsi, semble-t-il, le nom d'« Hossegor » pourrait même venir du patronyme « Asgeir ». C'est également ce passé que le cinéaste souhaite évoquer dans son film à travers une histoire d'amour centrée sur la création du canal d'Hossegor au XIXe siècle, et qui se prolonge de nos jours…

Aux abords du port, Bérénice ralentit, car il y a de l'animation devant les tables des pêcheurs. Ça signifie qu'il y a du poisson, du *peuch* comme on dit en gascon, peut-être même des chipirons, ces délicieux petits calamars, une spécialité locale. Le vélo glisse sur la piste cyclable tandis que Bérénice passe le pont Bonamour qui enjambe le Boudigau, puis elle contourne la marina aux mille bateaux de plaisance. Après le chantier naval, vient un autre pont, celui du Bouret, qui relie Capbreton à Hossegor. « Si tu veux comprendre cet endroit, lui avait confié Hubert, commence par connaître les ponts. Ils sont la clé de tout, ici ! » *L'eau, toujours l'eau*, se dit-elle en pédalant dans la fraîcheur humide de l'avenue Brémontier avec ses belles villas historiques, Le Haut Regard, La Villa sans nom, Une Fantaisie, Ather Bea… *Hossegor l'élégante*, songe Bérénice, *et Capbreton la cité portuaire, les deux villes sont encastrées comme des sœurs siamoises, mais n'en gardent pas moins leur identité propre.*

Bérénice aborde le pont d'Hossegor et s'étonne de trouver une nappe de brume flottant sur sa chaussée, image très cinématographique. En travaillant sur le film de Rufus, *Les Amants du canal*, elle a découvert l'histoire du canal, mais aussi des ponts, de bois et de pierre, qui ont écrit la naissance de cette ville. De l'autre côté, sur la rive ouest, l'imposant hôtel *Mercedes* semble ouvrir les portes menant aux plages. Le puissant vélo électrique de Bérénice se dirige tout seul et tourne à droite sur l'avenue du Tour-du-Lac avec ses pentes et ses tournants. Elle n'est plus très sûre de la route à suivre pour arriver à *La Palombe*, mais prend plaisir à s'égarer dans ces rues pentues et boisées, « entre lac et mer », s'amusant du fait que, grandes ou petites, larges ou étroites, elles portent toutes le qualificatif d'avenues : avenue des Mésanges, avenue du Capitaine-Olchansky, avenue des Fauvettes, avenue de la Côte-d'Argent…

Elle finit par dénicher *La Palombe* à l'ombre des pins, dans une rue en pente. On dirait que le temps s'est arrêté sur cette maison à la fois classique et rustique. Une moto noire est béquillée à l'ombre d'un tilleul, l'air sent bon la résine, et une vieille enseigne « Pension de Famille » est toujours là, de guingois, délavée, mais on devine que l'établissement est bien entretenu. Une agréable tonnelle ombragée, entourée de troènes, abrite quelques tables ; assis sur le muret, un matou poilu la regarde descendre du vélo sans bouger une moustache. Voyant la porte ouverte, Bérénice pénètre timidement dans le hall. Ça sent bon le café et le bois ciré. Il n'y a personne au comptoir et l'établissement est calme. La jeune femme pose ses sacs lorsqu'une voix nasillarde la fait sursauter :

— *C'est qui la nénette ? Claudiaaa ! C'est quiiiii ?*

Dans un coin du hall se trouve une grande cage avec un bel oiseau noir à la collerette jaune et au bec orange, un mainate. Voilà qu'il siffle Bérénice comme un mauvais garçon une jolie fille dans la rue. Cela fait apparaître une femme d'une petite soixantaine d'années, avec une prestance inattendue et une démarche élégante :

— Vous inquiétez pas, mademoiselle, c'est Milord ! Cet oiseau ne dit que des bêtises, il a été très mal élevé !

L'oiseau se tourne vers elle :

— *Tais-toi, Claudiaaa !*

La femme hausse les épaules :

— Arrête, Milord, ou je couvre ta cage !

Nullement impressionné, l'oiseau répète d'une voix grotesque :

— *Arrêêête, Milooord !*

Claudia porte des cheveux courts, à la fois blonds et blancs, un collier de perles trois rangs ainsi qu'un maquillage surprenant, vue l'heure. On sent qu'elle a dû être jolie et qu'elle a vécu beaucoup de choses dans une autre vie. Sur le mur, des affiches style 1900 avec les cabarets de Pigalle, *Le Moulin de la Galette*, *Les Folies Bergère*, *Le Moulin Rouge*… Bérénice lui demande si elle aurait une chambre libre. En réponse, elle toussote :

— Une chambre libre ? Ah ça non, je ne crois pas, non…

Bérénice fronce les sourcils :

— Euh, vous ne croyez pas ? Ou bien vous êtes sûre ? Parce que je vous promets que j'ai vraiment besoin d'une chambre, et je peux même payer une semaine d'avance…

— Holà ! Mais qu'est-ce qui vous arrive ? Vous avez des ennuis ? Je préfère vous dire tout de suite qu'on n'aime pas trop ça, ici.

Alors que la jeune fille s'apprête à répondre, une autre voix s'élève d'une petite table ronde qu'elle n'avait pas vue, où un homme mince et élégant lit le journal en tenant une cigarette éteinte à la main :

— Vous avez une date de naissance, mademoiselle ?

— Moi ? Euh… oui.

Claudia fait un clin d'œil complice à Bérénice et chuchote :

— Dites-lui. Ce monsieur, c'est l'Astrologue. Tout le monde le connaît, par ici.

Comme l'homme attend, elle lui répond, un peu gênée. À sa demande, elle ajoute même l'heure et le lieu de sa naissance. Aussitôt, le gentleman note quelques chiffres puis marmonne :

— Ah oui, avec Jupiter en double dans votre signe, vous êtes plutôt chanceuse. Protégée et audacieuse… Sauf que là, on dirait que ça bloque avec le Scorpion.

À ce moment, une porte s'ouvre derrière la réception et une vieille dame s'approche en s'appuyant sur une canne noueuse :

— Donne-lui une chambre, Claudia…

Intimidée, Bérénice ajoute :

— Au fait, je viens de la part d'Hubert…

Claudia se fige et la vieille tend le cou, surprise :

— De la part d'Hubert ? Mais je croyais qu'il était parti pour un tour du monde ?

— Il vient juste de rentrer…

Devant tant de méfiance, Bérénice hésite à s'en aller, mais la dame la regarde différemment. Son regard bleu la transperce, ses yeux n'ont rien d'émoussé et semblent au contraire d'une acuité de rapace. Une odeur de savon et de pétale de rose flotte autour d'elle, tandis que la Daoune, comme on l'appelle, jauge la jeune femme :

— Ma parole… On dirait même que tu lui ressembles… Claudia, va, donne-lui une chambre !

Claudia regarde la vieille dame en faisant la moue :

— Mais vous savez bien qu'elles sont toutes prises !

— Arrête un peu, Claudia ! Et donne-lui donc la 8…

La dénommée Claudia sursaute :

— La 8 ? Ah, euh, non, pas la 8, Yvonne ! Pas aujourd'hui… Je vais plutôt aller voir si Solange a préparé la 17…

— Donne-lui la 8, je te dis !

Cette dernière phrase est un ordre lancé d'une voix sans appel ; Claudia s'exécute et se met à chercher la clé de la chambre 8 dans un petit tiroir spécial, sous le regard étonné de Bérénice, que la Daoune continue d'observer :

— Et comment une aussi jolie fille peut-elle avoir des yeux aussi tristes ?

Bérénice détourne le regard et espère s'en tirer avec une phrase style réseaux sociaux :

— C'est compliqué !

— Oui, oui, bien sûr, la vie c'est toujours compliqué, ma petite. Mais plus tu imagines que c'est compliqué, et plus ça le devient, crois-moi ! Allez, sers-lui un café, Claudia, après ça, tu l'emmèneras dans sa chambre.

Ces paroles dites, la Daoune retourne vers la petite pièce où elle disparaît comme un diable qui rentre dans sa boîte.

En buvant son café, Bérénice observe les photos noir et blanc qui ornent les murs, des images de l'ancien Hossegor des baby boomers, le lac, la plage Blanche qui grouille d'enfants, la plage du Parc et ses gradins, les petits dériveurs de type Optimist, les pédalos, les matelas pneumatiques, les parcs à huîtres, le pont en fête, le canal et ses nageurs, une photo de François Mitterrand, familier des lieux, puis l'élégant Sporting Casino, et l'emblématique hôtel *Mercedes*…

Claudia la guide vers le grand escalier. Tout est en bois et sent bon le pin, au point qu'on pourrait se croire dans un chalet de montagne. À l'étage, elles suivent le couloir qui mène vers l'arrière de la maison. Le plancher grince et craque sous leurs pas. Ici, impossible de passer inaperçu. Près des portes, elle perçoit des bruits étouffés en provenance des chambres. Puis au fond du couloir vient la chambre n° 8. Bérénice est si perturbée qu'elle ne voit pas vraiment la pièce en y entrant. Ça sent le propre et légèrement le camphre. Claudia lui remet la clé et s'en va en refermant la porte sans un mot. Bérénice pose ses deux sacs sur un petit banc avant de s'affaler sur le lit douillet en poussant un profond soupir. Enfin seule…

On voit bien que la chambre 8 n'est pas comme les autres, avec son bouquet de fleurs séchées, ses livres sur Hossegor, les petits tableaux et les images au mur, un cendrier Suze à l'ancienne, quelques coquillages et bois flottés artistiquement disposés, ainsi qu'une fenêtre donnant sur un petit coin de pinède. C'est une chambre habitée et, curieusement, Bérénice s'y sent bien, comme chez elle. *Merci, Hubert!*

Aussi décide-t-elle de ranger ses affaires pour mieux s'installer. L'ordi est posé sur la table, mais elle n'a aucune envie de l'allumer. Pas plus qu'elle ne consulte son téléphone, qu'elle a mis en charge. Le porte-documents contenant les papiers du tournage est soigneusement placé dans un tiroir parmi les vêtements. Les trois livres qu'elle a pris sont rangés sur une étagère. Ses deux sacs vidés, elle s'installe sur le lit avec son stylo à plume et le cahier qui ne la quitte jamais, dans lequel elle inscrit à la fois ses idées, ses pensées les plus intimes et les choses qu'elle doit faire, la fameuse *To-do list*.

Des images de la matinée défilent dans sa tête. Le tournage en costumes d'époque sur la colline de Super-Hossegor, l'arrivée imprévue du voilier d'Hubert, la méchanceté de Jacquotte, la fête au Doigt Mordu et ce coup de fil de Rufus qui lui assène la nouvelle: Bérénice doit diriger la scène d'amour finale entre Julius et Astrid dans une semaine... L'heure tourne, tic-tac, tic-tac... Il ne lui reste déjà plus que six jours pour vivre une expérience amoureuse. Elle est terrorisée à l'idée de se retrouver devant les deux comédiens pour leur donner des indications sur cette scène cruciale, paroxystique, menant au dénouement...

Des gens rient dans une chambre voisine. Cela lui rappelle la fête qui doit battre son plein au Doigt Mordu.

Antonin, le petit dernier, se fait sûrement dorloter par toute la famille, comme s'il était la huitième merveille du monde. Ce gâtisme autour du bébé l'énerve au plus haut point. Les bras en croix sur sa couette, Bérénice est un oiseau sans ailes qui tombe du ciel. Son regard se perd dans les lambris du plafond, les nœuds du bois ressemblent à des tourbillons. Elle entend sa petite voix intérieure qui se moque d'elle, parfois en anglais : *Now, what ? Et maintenant, tu fais quoi ?*

Alors qu'elle se noie dans ses pensées, son regard accroche ce livre couleur océan qu'elle a pris machinalement dans l'observatoire du Doigt Mordu. On voit qu'il a été beaucoup trimballé, prêté, annoté, corné, décoloré, pelé par endroits, comme tout livre lu et relu… Ses doigts courent sur la tranche ; prise d'une intuition, elle l'ouvre au hasard :

> À présent, Horn était réveillé, mais la vision de cauchemar persistait. Au travers du toit d'algues tressées, un éclat de lune apparaissait dans la courbe de son balancement, avec une délicate discrétion. La mer était particulièrement calme sous le long roulement des houles venues de loin. On percevait les doux baisers du clapot sur le radeau. Enfin, se mêlant au murmure marin, il reconnut le souffle familier et la nage un peu maladroite de sa mère.

Ces mots résonnent en elle comme s'ils lui étaient destinés ; Bérénice en a les larmes aux yeux. Elle qui peine tant à trouver sa place dans le monde, se sent plus que jamais attirée par les forces de l'Océan.

En ouvrant la fenêtre, elle espère capter le grondement des vagues, mais le vent chantonne dans les pins, portant avec lui des senteurs de résine et de fleurs sucrées.

Plus bas, entre les troncs tordus des arbres, Bérénice distingue une bande d'eau verte où se reflète le soleil. C'est le lac marin d'Hossegor, qui vit et respire au rythme des marées. Une mélopée monte d'on ne sait où. Bérénice referme la fenêtre, mais la plainte persiste et ce n'est pas le vent qui la produit. Une voix langoureuse, peut-être douloureuse, laisse monter un gémissement étouffé, sanglot ou plaisir ? À moins qu'il ne s'agisse d'un râle animal ? Que peut-il bien se passer derrière ces murs ? Bérénice colle son oreille sur le papier peint, puis se rapproche pour mieux capter le son, qui devient saccadé. Elle croit distinguer deux voix qui dialoguent de façon inaudible. C'est bizarre… En se déplaçant au-dessus du lit, elle bouscule un petit tableau de forêt landaise dans le style de Jean-Roger Sourgen, qui tombe sur l'oreiller. Intriguée, Bérénice remarque alors un patch de ruban adhésif sur le mur. Elle ne peut s'empêcher de le décoller et découvre, incrustée dans le lambris, une pastille métallique ressemblant à un écouteur. En posant l'oreille dessus, un son lui parvient par intermittence. Une lointaine voix d'homme semble débiter des mots les uns à la suite des autres, pas tous audibles dans le petit écouteur :

« Toi… oui, c'est pour toi, Suzanne… Ouvre-toi en grand… Laisse monter les images dans ta tête… Regarde… mes yeux… Dans le noir… tu sens une chaleur dans ton ventre… Là… tu t'approches… plus près encore… Écoute bien ce que je te dis… Suzanne… Les mots sont comme des soleils… Ils te pénètrent… Te brûlent de l'intérieur… C'est bon… tellement bon… ils sont pour toi… Viens… Viens encore… Maintenant… Je veux t'entendre… »

S'ensuivent un râle, un chuchotement, une voix étouffée, presque suraiguë, qui semble dire : « Oh mon Dieu ! Mais qu'est-ce qui m'arrive ? »

Le cœur battant, l'oreille collée au minuscule écouteur, Bérénice se demande si elle n'est pas en train de jouer les voyeuses, à l'écoute de ce qui ressemble fort à un échange amoureux ! À cette idée, la jeune femme s'écarte du mur comme s'il était devenu brûlant, avant de remettre le tableau en place d'une main tremblante. Elle ne comprend pas ce qu'elle vient d'entendre, mais elle est très mal à l'aise. Il y avait cette voix masculine, monocorde, débitant ces mots bizarres, comme un vieux chaman… Et plus tôt, Claudia avait insisté auprès de la duègne pour ne pas lui donner la 8. Que fait donc cet écouteur dans le mur ? Qui espionne qui ?

D'un autre côté, ce n'est sûrement pas un hasard si elle se retrouve ici aujourd'hui, guidée par Hubert jusque dans cette chambre… Elle qui cherche l'amour, voilà qu'elle l'entend, même à travers les murs ! Le calme et le silence revenus, Bérénice reprend ses esprits. Plus tard, des bruits proviennent du couloir : une clé tourne dans une serrure, une porte s'ouvre et se referme en grinçant, des pas lourds font couiner le plancher. Bérénice entrouvre sa porte par curiosité, le temps d'apercevoir une silhouette d'homme vêtu d'un blouson de cuir noir qui s'éloigne et disparaît au bout du couloir. Sans réfléchir elle s'avance, comme si elle voulait rattraper le visiteur qui dévale déjà l'escalier. Elle l'entend parler à Claudia puis, un instant plus tard, une moto démarre devant l'hôtel et le rythme cardiaque de Bérénice s'accélère, comme si elle venait de rater quelque chose de crucial.

Cette journée est tellement bizarre… De retour dans sa chambre, ne tenant plus en place, elle décide de descendre travailler près de la charmante piscine cachée à l'arrière de *La Palombe*. Il n'y a là qu'un couple de retraités allemands lisant un magazine et sirotant une boisson colorée dans leur transat, ainsi que quelques oiseaux qui volettent au-dessus de l'eau turquoise. Bérénice s'installe à une table ombragée et ouvre son scénario annoté. La construction du film est particulière, car Rufus aime jouer avec le temps et les flash-back. Dans *Les Amants du canal*, il promène le spectateur à travers diverses époques, l'ère des Vikings, bien sûr, mais surtout la fin du XIXe siècle et le début du XXe, l'époque des premiers bâtisseurs d'Hossegor, jusqu'aux surfeurs d'aujourd'hui. La scène que Bérénice doit tourner avec Julius et Astrid se situe en mars 1876, à la fin du creusement du canal d'Hossegor. Tout se passe dans une cabane de chantier, à la chandelle, en pleine tempête, et ce premier amour va culminer avec le paroxysme des éléments…

À ce moment, Claudia se présente avec un café qu'elle pose sur la table. Bérénice ne comprend pas :

— Ah, désolée, mais je n'ai rien commandé !

La serveuse répond sans sourire :

— Oui, oui, je sais, mademoiselle, je sais.

En disant cela, elle avance la tasse, qui sent bon, sous le nez de la jeune femme. Bérénice découvre alors un dessin fait avec la mousse à la surface du café. C'est un point d'interrogation. Elle reste perplexe :

— Mais qu'est-ce que c'est ?

— Ben vous voyez bien, c'est un point d'interrogation !

— Oui, merci, ça, je sais, mais puisque je vous dis que je n'ai rien commandé !

Claudia hausse les épaules comme si sa question était stupide :

— Ah, ben ça, c'est monsieur Jorris ! Il fait toujours des trucs comme ça, lui. Faut pas vous étonner.

— Jorris ? Mais je ne connais pas de Jorris, moi !

— Vous êtes bien dans la chambre 8, il me semble ?

— Oui, mais je suis toute seule et…

— Alors si vous êtes dans la 8 et que vous n'êtes pas complètement sourde, vous connaissez forcément Jorris…

Cette dernière phrase est prononcée avec une intonation pleine de sous-entendus ; soudain, Bérénice comprend ce que veut dire Claudia, et elle se met à rougir comme une tomate, ce qui fait ricaner la servante :

— Ah ben oui, vous voyez ! Vous connaissez Jorris !

Bérénice est horriblement gênée :

— Mais… Mais…

— J'avais bien dit à la Daoune de ne pas vous y mettre. Ça se voit tout de suite que vous êtes une oie blanche…

Bérénice sursaute et répond un peu fort, au point de faire lever la tête aux deux Allemands en train de bronzer :

— Une… quoi ? Quoi ?

— Vous voyez : « quoi ? quoi ? » vous caquetez déjà ! Et puis c'est pas parce que vous êtes dans le cinéma que vous connaissez la vie, permettez-moi de vous le dire, mademoiselle ! Ici à Hossegor, c'est un nid douillet, loin des grandes villes qui palpitent la nuit.

— Mais enfin, pourquoi ce… Boris m'offre-t-il un café ?

— C'est pas Boris, mam'selle, c'est Jorris, avec deux « r » ! Il fait souvent ça aux jolies dames. Des surprises romantiques, il paraît qu'elles aiment ça…

— Eh bien moi, je n'en veux pas, de son café en point d'interrogation !

Sans tenir compte de la réponse, Claudia s'en va en haussant les épaules.

À peine est-elle entrée dans le hall que Milord s'empresse de lancer :

— *Ohlala, Claudiaa, encore une oie blaaaaanche !*

Restée seule, Bérénice fulmine : *Moi, une oie blanche ? Non mais qu'est-ce qu'ils connaissent de moi ? Ça va pas ou quoi ?* La jeune femme sent monter une rage en elle, une vague puissante qui lui donne une nouvelle énergie. Les mots tournent dans sa tête. *Une oie blanche ? Non mais je vais leur montrer qui est la véritable Bérénice Conti ! L'oie blanche va se transformer en aigle royal... Et on verra bien qui est un mouton...* Elle boit le café d'une traite, sans même s'en rendre compte. Pendant une vingtaine de minutes, Bérénice utilise les pages du scénario comme un carnet où elle note ses pensées, ses idées, ses sentiments.

Un énorme « plouf ! » et quelques éclaboussures viennent doucher son inspiration lorsque l'homme ventripotent qui bronzait sur son transat a décidé de se jeter dans la piscine. Les oiseaux s'envolent et il appelle sa femme en poussant des glapissements de joie pour l'inciter à le rejoindre dans l'eau. Heureusement que Bérénice a pris des notes, car l'ambiance est rompue et elle a perdu le fil de ses idées. Son téléphone sonne et le nom de Julius s'affiche à l'écran ! Il ne manquait plus que lui...

Elle n'ose pas répondre, mais sa voix intérieure la guide : « *Allez, vas-y, ma fille, fais face et arrête de te cacher derrière ton petit doigt...* » D'un ton assuré, Bérénice finit par répondre :

— Allô ? Oui, bonjour Julius, j'étais justement en train de travailler sur le scénario...

Elle écoute ce que lui dit le célèbre comédien et ses yeux s'agrandissent de surprise. Bérénice regarde autour d'elle et se recoiffe de la main avec agitation. Julius est devant l'hôtel ! *Non mais c'est pas possible, dites-moi que c'est pas vrai…* Ayant retrouvé son calme, elle finit par répondre :

— Euh, oui, oui, c'est exact, je suis à *La Palombe*, et oui, c'est mon vélo garé dehors, mais, mais, je ne m'attendais pas…

Apparemment, Julius se montre persuasif ; son ton ne laisse pas de place au refus. Bérénice se lève en automate, téléphone à l'oreille, et sort de l'hôtel. La voiture louée par Julius est garée devant. Il ouvre la porte et l'accueille dans la grosse berline noire. Elle y monte comme dans un carrosse de conte de fées, ou de sorcières…

Julius est incognito, décontracté, souriant. Une fois qu'ils se sont salués et qu'elle s'est installée sur le fauteuil passager, Bérénice explique qu'elle n'est pas tout à fait prête à discuter de la scène, car elle travaille encore dessus, mais Julius la rassure tout de suite :

— Non, non, ne vous inquiétez pas, Bérénice, ce n'est pas pour travailler. J'ai juste voulu profiter de mon passage à Biarritz pour venir préciser quelques points avec l'équipe, et vous voir, aussi. J'ai été étonné de ne pas vous trouver au *Baya*, mais Enguerrand m'a expliqué que vous aviez besoin de vous isoler pour travailler, et qu'il vous avait prêté son vélo, sur lequel il y a un GPS…

Bérénice sursaute, déçue qu'Enguerrand l'ait trahie. Julius lui sourit :

— Mais rassurez-vous, personne d'autre ne sait où vous vous cachez… À part moi, bien sûr, et je reprends l'avion ce soir pour Berlin.

— Ah bon ?

— Ne vous inquiétez pas, je serai de retour comme prévu à Hossegor pour le tournage. Allons plutôt boire un café en front de mer, vous voulez bien ?

Sans même attendre sa réponse, Julius démarre en direction de l'Océan.

4

TALITRUS SALTATOR

L'arrivée d'Hubert au Doigt Mordu a été saluée par des clameurs de joie et des applaudissements qui ont dû s'entendre jusqu'au port ; à croire qu'il revient du cap Horn ! Depuis le temps qu'on l'attendait… Benoît y est allé de sa grosse voix de commissaire pour accueillir son vieil ami, et Louise a pris son père dans ses bras en lui chuchotant des mots affectueux, avant de lui montrer son magnifique petit-fils, Antonin, dont on fête le premier anniversaire. À son tour, mais avec plus de pudeur et de retenue, Thomas prend son père dans les bras en lui disant à quel point il est heureux de son retour. Ce à quoi le vieux marin répond, énigmatique :

— Ce n'est pas tout à fait un retour, tu sais, car je suis toujours en escale…

Dans la cuisine et la salle à manger, l'ambiance est festive ; tout le monde met la main à la pâte. Jo et Rodrigo ont apporté des spécialités portugaises à base de produits de la mer qu'ils ont eux-mêmes concoctées au lycée Darmanté tout proche : bacalhau, sardines, boulettes de chinchard… Jo cherche Bérénice des yeux, car il l'adore :

— Alors, elle est où, notre star nationale ?

Son frère Zack, revenu de son bureau près de la crypte, semble contrarié. Il s'approche de Jo, son frère aîné, et lui chuchote :

— Tu parles de Béré ?

— Oui ! Qui d'autre ?

Zack hausse les épaules :

— Oui, ben on n'est pas près de la voir, je te le dis...

Jo fronce les sourcils et se rapproche :

— Ah bon ? Et pourquoi ça ?

— Ben... Tout à l'heure, je l'ai repérée quand elle passait dans les buissons avec un sac de voyage sur l'épaule. De toute évidence, elle voulait partir sans être vue...

Rodrigo ne comprend pas :

— Mais pourquoi elle n'est pas restée ?

Dépité, Zack prend un air de conspirateur :

— À mon avis, elle est allée retrouver un chéri qui travaille dans le cinéma... Maintenant qu'elle fréquente le gratin, elle se la pète !

Jo pose la main sur l'épaule de son frère :

— Allez, Zack, sois pas trop dur avec notre cousine. Ce qu'elle vit est à la fois génial et dingo ! Elle doit avoir les nerfs en pelote, mais je suis sûr qu'elle prend sur elle et qu'elle en bave...

À ce moment, Antonin se met à pleurer sans qu'on comprenne pourquoi. Louise et madame Cazaubon tentent de le consoler, mais rien n'y fait et ses cris emplissent la pièce... Louise touche son front :

— Il est peut-être malade ?

Madame Cazaubon la regarde avec une certaine sévérité, hausse les épaules et lâche, d'une voix glaciale :

— Mais non ! Cet enfant a juste besoin de son père, voyons...

Louise paraît s'éveiller d'un rêve :

— Mais au fait, il est où, Octavio ?

Thomas hoche la tête :

— Je crois qu'il est allé surfer vers Le Penon…

Hubert fronce les sourcils :

— Surfer ? Hum… Ça m'étonnerait, les vagues ont beaucoup grossi depuis ce matin et la mer est démontée !

*

Au nord d'Hossegor se trouvent les magnifiques plages de Seignosse, tant appréciées des surfeurs, Les Estagnots, Les Bourdaines, Le Penon, pour leurs vagues puissantes et leurs étendues sauvages largement découvertes à marée basse, offrant des baïnes profondes et des langues de sable éphémères. C'est dans ce paysage de bout du monde, entre l'Agréou et les Casernes, que nous retrouvons Octavio, allongé sur le sable humide en compagnie d'une jeune femme. Derrière eux, la mer est en vrac, les vagues sont blanches, les mousses aveuglantes, et le fracas des rouleaux ressemble à un lointain bombardement. Pas question de surfer dans un tel chantier d'écume. On voit des courants se mêler aux trains de houles entrants pour former une mer croisée impraticable, balayée en tous sens par les déferlantes qui se percutent.

Mais ce n'est pas pour le surf qu'Octavio est là, couché à plat ventre sur la grève, en lisière des laisses de mer, l'œil collé à l'oculaire d'un drôle d'appareil du type endoscope. S'il est là, concentré au point d'en oublier le premier anniversaire de son fils, c'est qu'Octavio s'est découvert deux nouvelles passions : Pauline et les talitres. Enfin, surtout Pauline.

Leur rencontre a été aussi classique que fulgurante : le mois dernier, Octavio surfait près de la plage des Casernes lorsque le cordon reliant sa cheville à sa planche a cassé. Comme Pauline se trouvait sur le sable avec son matériel d'observation, il lui a été facile de la récupérer avant qu'elle ne soit réduite en miettes par les rouleaux de bord. La jeune femme a fondé une association, Les Racines du sable, pour redonner vie aux plages ravagées par les nettoyages mécaniques. Depuis deux ans, elle se bat pour sauver les puces de mer, ou talitres, qui à elles seules symbolisent la vie sur les plages sauvages. Le lien entre eux s'est créé tout naturellement ; le surf, les vagues, le travail de Pauline, le métier d'Octavio – vétérinaire –, toutes les planètes semblaient alignées. Et pour couronner le tout, l'attraction physique était mutuelle.

Il y a quelque chose de sensuel, de fougueux, même, dans les attitudes de Pauline, qui mettent Octavio en émoi.

Depuis ce jour, tous deux restent en contact permanent et Pauline a réussi à embarquer son nouvel ami dans ses expéditions en quête des talitres. Octavio a beau être vétérinaire, il ne connaissait pas l'existence de ces minuscules amphipodes qui peuplent le sable des grèves, lorsqu'elles ne sont pas saccagées par les nettoyages mécaniques. Pauline est une exaltée, une enragée parfois, dans ses idées, mais aussi en amour. Une fois qu'elle a planté ses crocs de pitbull dans une proie, elle ne lâche jamais prise. Cette féroce ténacité, elle l'utilise aussi bien pour défendre des puces de mer que pour séduire ce beau quadra, cool et sensuel, qui la fait fondre. Octavio n'est pas seulement attirant, il est aussi vétérinaire, exactement le genre de caution dont Pauline a tant besoin pour ses lettres officielles et ses pétitions. Penchée sur l'oculaire qui surmonte l'appareil plongé dans le sable, elle-même à plat ventre dans une position suggestive, jambes ouvertes et fesses rebondies, elle s'exclame :

— Whaouh ! C'est trop beau… Je vois une galerie centrale qui débouche sur un carrefour d'où partent deux tunnels. Et au milieu du carrefour, un petit mâle tout blanc, avec ses gros yeux noirs et ses antennes qui bougent ! Regarde-moi ça, Octavio !

Pauline se redresse, charmante avec sa mèche de cheveux bouclés qui barre son visage, les yeux lumineux, la bouche entrouverte. Elle sourit et ils s'embrassent avec gourmandise, un baiser humide, salé, qui fait beaucoup d'effet à Octavio. Sa respiration s'accélère et il cherche à poursuivre l'étreinte, mais elle s'écarte en riant :

— Arrête, tu vas faire fuir mon p'tit mâle !

Octavio prend l'oculaire à son tour. Il lui faut quelques secondes pour ajuster sa vision et comprendre ce qu'il observe : une galerie de sable aux parois luisantes, au bout de laquelle se tient le fameux petit crustacé qui fascine tant Pauline. On dirait une minuscule crevette sans queue. Elle lui a expliqué que le sable des galeries reste agrégé sur les parois grâce à une extraordinaire substance sécrétée par ces créatures. Leur nom latin est *Talitrus Saltator*, du latin *talitrum* signifiant chiquenaude, et *saltator* pour sauteur. Comme Pauline l'a expliqué à Octavio en s'enflammant :

— Le talitre est champion de saut. Il mesure à peine vingt millimètres de long, mais il est capable de sauter à plus de vingt centimètres ! C'est comme si toi tu pouvais sauter à une vingtaine de mètres de haut sans élan !

Octavio la regarde, les yeux brillants ; cette femme est désirable, allongée sur la grève, les cheveux en bataille, pailletée de sable… Il avait oublié la pulsion du désir exacerbé, les montées amoureuses d'endorphines. Pauline continue son plaidoyer avec passion et ironie :

— Mais sachez surtout, docteur, que mes petits protégés sont les meilleurs bio-indicateurs de la vitalité d'une plage. C'est pour ça qu'ils sont importants, leur présence est bon signe. Or, depuis quelques années, on n'en trouve presque plus par ici…

— La pollution ?

— Non, je ne pense pas ; ici, la dérive littorale vient du nord, où les eaux sont plutôt propres. Ce qui tue et stérilise nos plages, ce sont surtout les actions mécaniques. Tu sais, ces énormes cribleuses qui sillonnent le sable, été comme hiver, pour ce qu'ils appellent du nettoyage, c'est en réalité une destruction pure et simple de la biodiversité. La vie d'une plage est faite de millions d'organismes, crustacés, crabes, algues, coquillages, vers, insectes, graines de plantes dunaires, œufs d'insectes ou d'oiseaux marins nichant sur le sable… Les plages sont des nurseries, des nichoirs, des germoirs pour des organismes parfois microscopiques… Or, les tamis de ces cribleuses retiennent tout ce qui est vivant, utile et beau ! C'est un véritable carnage !

— C'est vrai qu'on ne trouve plus beaucoup de bois flottés, c'est triste…

— Exactement ! Il y a d'ailleurs des pays où l'on risque une amende si l'on ramasse les gros bois flottés tellement ils sont importants pour la vie d'une plage. À son échelle, un simple tronc d'arbre va freiner la force des vagues et retenir le sable ; et en plus il peut servir de nichoir, de germoir.

— Je passais des heures à ramasser des bois flottés pour construire des cabanes quand j'étais gamin, se souvient Octavio.

— Mais il n'y a pas que ça, il y a aussi les laisses de mer où vivent nos talitres…

Le cœur d'Octavio fait un bond, elle a bien dit « nos » talitres ! Pauline continue avec la fougue d'une authentique révoltée :

— Les coquillages, les algues, les cailloux, les graviers, tout ça aussi est méthodiquement retiré. Le pire, c'est que sable lui-même est victime de cette destruction, car les tamis mécaniques sont tellement fins qu'ils retiennent les grains plus gros, ceux qui servent à fixer l'ensemble. Seuls les grains les plus fins passent à travers et retombent sur la plage. Du coup, dès que le vent souffle, ce sable fin s'envole, car il n'est plus tenu par les grains de plus gros calibre ! Cela accélère l'érosion des plages et la disparition du sable. Et le pire, c'est que ce sont des machines très lourdes qui écrasent tout sur leur passage. Non seulement elles sont polluantes, mais elles coûtent des fortunes aux communes !

— C'est à devenir dingue, souffle Octavio, tout cet argent dépensé dans la destruction, sous prétexte de nettoyage…

— C'est pour alerter là-dessus que j'ai créé mon asso, Les Racines du sable.

— Et tout ça, bien sûr, part à la décharge ? demande Octavio dépité.

— Oui. Faut croire que les humains sont devenus débiles et aveugles…

Octavio est écœuré et plein d'admiration pour Pauline. Décidément, cette fille a un truc en plus. Elle a mis le doigt sur quelque chose de scandaleux et il se sent prêt à l'aider pour une cause aussi juste.

— Mais il y a des communes qui ont choisi d'autres méthodes, continue Pauline, comme Bidart au Pays basque, par exemple, où ces machines sont bannies pour faire place à un nettoyage manuel. J'y suis allée, c'est génial, j'ai passé des heures parmi les bois flottés et les cabanes ou les totems des promeneurs. Il n'y a pas si longtemps, les talitres grouillaient sur le littoral du Sud-Ouest, tu sais. Ils jouent un rôle essentiel dans la vie des plages et broutent les débris organiques. On les appelle aussi « les architectes du sable », parce que leurs galeries contribuent à structurer le sable…

— Tu m'as convaincu, Pauline. Tu es la meilleure avocate que les talitres pouvaient espérer !

Épatée par son enthousiasme, elle l'enlace :

— Oh, c'est génial, Octavio, il faut absolument que tu m'aides, toi tu me comprends si bien…

Ils s'embrassent amoureusement, les corps se cherchent et se collent l'un à l'autre, tandis que leurs lèvres restent soudées. Les voilà au bout du monde, hors du temps ; entre la mer déchaînée et les dunes désertes, plus rien ne compte que leur désir débordant. Mais, comme dans un vaudeville bien réglé, le téléphone sonne et sonne encore… C'est Louise ! Octavio lit trois fois son nom sur l'écran avant de réagir. Au moment où il s'apprête à répondre, il sursaute, traversé par la foudre, car il vient de comprendre pourquoi sa femme l'a appelé à plusieurs reprises. Horreur, Octavio a tout simplement zappé le premier anniversaire de son fils Antonin !

*

De la place des Landais, sur le front de mer d'Hossegor, le spectacle est grandiose. Julius et Bérénice se sont installés dans un coin discret, à la petite terrasse du coquet *Hôtel de la Plage*, qui donne directement sur l'Océan. C'est un établissement de charme mythique, qui a souvent changé de nom et de propriétaires, mais qui a toujours été là, depuis la création de ce front de mer au début du XXe siècle. Incognito, tous deux sirotent un café en admirant la furie des vagues. Face à eux, la mer est un véritable chaos et personne ne s'y aventure, ni surfeur, ni jet-ski, ni bateau. Le fracas des rouleaux sur le sable fait un bruit étourdissant et l'Océan bouillonne d'explosions d'écume. La place grouille de monde, grands et petits sont venus contempler ces vagues de tempête qui blanchissent l'horizon. Julius repose sa tasse de café vide sur la soucoupe et lance :

— Bon… Et si on parlait quand même des *Amants du canal*, mademoiselle Conti ?

— Ah ? Euh oui, bien sûr !

À ce moment, Bérénice est prise d'un vertige, car elle vient de comprendre qu'elle a oublié son scénario tout annoté sur la table de l'hôtel, près de la piscine ! Claudia va le mettre de côté, mais elle va sûrement le feuilleter, elle qui la traitait d'oie blanche… *Oh, mon Dieu*, songe la jeune femme, *cette chipie va lire mes notes ! Et si jamais Rufus sait que j'ai abandonné son scénario top secret dans un hôtel, il va me tuer !*

Julius la regarde avec intérêt et lance :

— Dites-moi : en tant que femme – jeune femme, en plus –, je voudrais savoir ce que vous pensez d'Antoine, dans le film. Est-ce que je ne suis pas un peu trop docile avec Jenny ? Je sais qu'Astrid est la fille de Rufus, mais dans les dialogues, on dirait que c'est elle qui décide de tout.

Encore déstabilisée d'avoir égaré son scénario, Bérénice hésite à répondre, car le sujet est explosif. Aussi lance-t-elle sans conviction :

— C'est l'influence d'Eugénie, vous savez ; c'était une maîtresse femme. Et à force de la côtoyer, Jenny s'en inspire. Mais justement, Julius, la scène d'amour est là pour ça : pour lui montrer que c'est vous le maître. Vous allez la guider, la rassurer, lui apprendre. Elle est à l'écoute. Et plus votre histoire d'amour sera intense, plus la fin du film sera saisissante.

Julius hoche la tête :

— À vrai dire, ça me fait drôle… Je tourne avec Rufus depuis près de dix ans. Quand j'ai connu Astrid, c'était une jeune ado qui traînait sur les tournages de son père…

— Ok, Julius, mais là, on ne parle pas d'Astrid Andersen, on parle de Jenny, la petite protégée de l'impératrice Eugénie !

— Oui, oui, vous avez raison, Bérénice. Franchement, je me réjouis que ce soit vous sur le plateau, et pas son père. Surtout quand je devrai prendre Astrid dans mes bras…

— Pas Astrid, Julius ! Jenny ! C'est Jenny que vous allez aimer, pas Astrid ! insiste-t-elle.

— Oui, oui, je sais bien, mais ça fait bizarre quand même…

La vérité, c'est que Julius trouve Astrid attirante, mais ce sentiment le dérange tant il l'assimile encore à une mineure, et à la fille de Rufus. Bérénice en profite pour insister sur la force du rôle que Julius doit incarner :

— N'oubliez pas qu'Antoine est un ingénieur bien né, proche de l'empereur, et promis à un bel avenir avec une marquise. Il faut vraiment que Jenny, jeune orpheline sans dot, ait une sacrée force de caractère pour le détourner de son futur tout tracé ! C'est aussi le sens du scénario.

— Ah, le grand amour ! souffle Julius avec un brin de moquerie.

— Quoi ? Vous n'y croyez pas ?

— Si, si ! Sûrement… Mais vous… vous devez savoir de quoi vous parlez, malgré votre jeune âge !

Piquée au vif par l'allusion à son âge, encore vexée d'avoir été moquée par Claudia, Bérénice répond, sans trop savoir ce qu'elle va dire :

— Oui c'est vrai, je suis peut-être jeune, mais j'ai déjà vécu pas mal de choses, vous savez…

— Je me doute que vous avez tout un bagage, avec l'école de cinéma, le stage auprès de Rufus, l'incroyable histoire du Doigt Mordu, et puis surtout votre découverte de la crypte viking, avec les médias du monde entier qui débarquent… Et maintenant, vous coréalisez un film avec Rufus. Avez-vous conscience que c'est la première fois qu'il partage une réalisation ?

Bérénice hoche la tête, se demandant où il veut en venir. Julius se penche vers elle et ajoute, sur le ton de la confidence :

— Moi, j'ai une vie sentimentale plutôt compliquée… L'amour, c'est la force la plus puissante de l'univers, mais ça ne rend pas toujours la vie facile, vous devez connaître cela, sans doute ?

Ce dernier « sans doute » fait bouillir Bérénice, qui se lance sans filet :

— Oui, bien sûr ! J'ai connu quelques histoires difficiles, moi aussi... Je suis tombée amoureuse d'un beau marin, mais il était dans les vapes la moitié du temps, et pouvait parfois devenir violent. Après, j'ai eu une liaison avec un homme marié, patron d'une grosse start-up, et j'ai été assez conne pour croire à ses promesses, quitter sa femme, partir au bout du monde, bla bla bla... Mais le pire, ça a été le fils d'un mafieux chinois des Triades ; il était bourré de fric et se promenait toujours avec un flingue à la ceinture ; avec lui, j'ai cru que ça allait mal finir...

Julius n'en revient pas :

— Ah oui, en effet... On dirait que vous aimez les histoires compliquées ! Je comprends mieux pourquoi Rufus n'a pas hésité à vous confier les rênes du film pour notre scène d'amour...

Bérénice n'en revient pas d'être capable de débiter autant de bobards avec un tel aplomb. Une vraie mytho. C'en est exaltant : Julius la regarde avec d'autres yeux derrière ses lunettes noires. D'instinct, elle a senti qu'elle devait se créer un faux personnage, un peu destroy, pour être plus crédible et se protéger de la cruauté d'autrui. Il lui paraît impensable d'avouer à Julius qu'elle n'a aucune expérience amoureuse. L'acteur repense aux confidences de la jeune femme et hoche la tête en souriant :

— Tant mieux, tant mieux, je sens que nous allons bien nous entendre...

Soudain, Bérénice se demande si elle n'en a pas un peu trop rajouté, ce qui pourrait ressembler à une invitation ! À ce moment, sortant de nulle part, deux jeunes filles rougissantes s'approchent de leur table en terrasse avec leurs portables, et lancent timidement :

— Excusez-nous, on pourrait faire un selfie ?

Bérénice se tourne Julius :

— Demandez-lui…

Les jeunes filles se regardent sans comprendre :

— Mais vous êtes bien Bérénice Conti, et vous réalisez le film sur Hossegor ?

— Euh, oui !

— Alors vous voulez bien, pour le selfie ?

Sans attendre, elles se collent à elle pour faire leurs photos et s'en vont en rigolant comme des folles. Elles n'ont même pas calculé Julius. Ce dernier ricane, un peu jaune peut-être :

— Vous voyez, Bérénice, vous êtes déjà plus célèbre que moi !

Leur conversation est interrompue par une rumeur qui monte du front de mer. Des passants se regroupent près des rambardes pour observer un point précis ; l'agitation grandit et des jumelles se braquent vers le nord. À la terrasse de l'hôtel, les propriétaires, deux frères connus pour ne pas avoir froid aux yeux face aux grosses vagues, observent à leur tour la scène.

À quelques centaines de mètres au nord se trouve la célèbre plage de La Gravière, réputée pour ses dangereux *shorebreaks*, des rouleaux de bord parfois massifs qui se brisent directement sur la grève humide, aussi dure que du béton. Projetée sur le sable, l'eau peut parcourir des dizaines de mètres en quelques secondes, faucher quelqu'un sur place et l'emporter dans un puissant ressac qui aspire tout vers la zone d'impact. Ces vagues sont l'une des principales causes d'accidents ou de noyades sur les plages de Landes. Or, un événement de ce type vient de se produire là-bas. Un jeune homme, fraîchement arrivé de province, vient de se faire emporter. Les conditions sont impraticables pour des nageurs et aucun jet-ski ne se trouve dans les parages…

Mais un homme surgit des dunes en courant, revêtu d'une combinaison noire, il traverse la plage en quelques enjambées avant de plonger, sans l'ombre d'une hésitation, dans ce chaudron bouillonnant d'écume. Parti en apnée sous les déferlantes, ce sauveteur solitaire se retrouve près de la victime, nageant comme un dauphin. Quelques minutes plus tard, il réussit à le ramener au bord entre deux séries de vagues. Une foule se rue vers eux pour les aider. Une fois le jeune homme entre de bonnes mains, son sauveur lui adresse un signe amical puis choisit de replonger dans l'Océan en furie, comme pour s'amuser. À la terrasse de l'*Hôtel de la Plage*, l'un des frangins hoche la tête :

— Putain, y a que lui pour aller se jeter tout seul là-dedans ! Il n'avait même pas de palmes ! Ce mec est carrément fêlé…

Son frère acquiesce :

— C'est pour ça qu'on l'appelle le prince noir… Heureusement qu'il se trouvait là, sinon le gamin était mal barré…

Bérénice a une drôle d'impression. Elle ne peut s'empêcher de leur demander :

— Vous le connaissez ?

— Oui et non, répond le colosse blond avec son franc sourire, on l'aperçoit, on entend parler de lui, il sauve parfois des gens de la noyade, mais en fait personne ne le connaît réellement. Pour tout vous dire, le gaillard n'est pas très bavard et on ne sait pas où il habite.

Son frère cadet, avec sa tignasse soyeuse et ses yeux attentifs, reprend :

— Il paraîtrait qu'il vit du côté de Seignosse… Ce type semble insubmersible. Il se jette à l'eau quand personne d'autre n'y va, et en ressort comme s'il venait de prendre un petit bain de mer. Il doit être champion d'apnée ou quelque chose comme ça, c'est pas possible autrement !

Fascinée, Bérénice écoute les deux frères, pourtant des watermen confirmés, s'extasier sur les exploits de cet étrange inconnu lorsque son téléphone interrompt ses pensées. Elle s'apprête à refuser l'appel, mais voit le nom d'Hubert s'afficher. Pas question de le rejeter, pas lui… Elle s'excuse auprès de Julius, décroche et écoute son grand-père à l'autre bout du fil :

— Oui, grand-père, je sais… Oui, oui, je comprends, bien sûr. Tu as raison, merci de m'appeler, tu es gentil. Alors attendez-moi pour le gâteau, j'arrive, promis je me grouille !

Bérénice se tourne vers Julius :

— Désolée, je dois filer sur Capbreton pour l'anniversaire de mon frère…

— Ah, oui, bien sûr. Et il a quel âge ?

— Il va avoir un an aujourd'hui.

Julius ne s'attendait pas à ça :

— Quoi ? Vous avez un frère d'un an ?

— Oui… c'est une longue histoire.

— Si je comprends bien, vous êtes un peu pressée ? demande-t-il en souriant. Vous voulez que je vous dépose à Capbreton ?

Bérénice s'empresse d'accepter. Elle a mauvaise conscience d'avoir à ce point négligé sa famille. Elle ne veut pas avoir l'air de les snober. C'est juste une journée compliquée…

*

Pendant que Bérénice fait route avec Julius vers Le Doigt Mordu, non loin, d'étranges courants d'air parcourent sa chambre d'hôtel. Deux esprits aussi invisibles et puissants que le vent lui-même : Jacquotte circule en cercles, soulevant les draps, les rideaux, retournant les feuilles des livres, tandis que La Nèhe tournoie dans la salle de bains, la baignoire, la poubelle et même les toilettes :

— C'est bon, j'ai trouvé, Jacquotte.

Sur la tablette au-dessus du lavabo, Bérénice a laissé sa brosse à cheveux et sa brosse à dents ; quelques cheveux et de la salive, juste ce qu'il faut pour les plans machiavéliques des deux comparses. Jacquotte est contente, elle aussi, car elle a dégotté des ingrédients pour leur philtre : un mouchoir et une chaînette en or. Elle regarde sa vieille amie qui flotte dans l'air de la chambre :

— Ah là là, qu'est-ce qu'on ne ferait pas pour notre petite protégée, pas vrai ?

— Enfin, c'est surtout ta protégée à toi, ma Jacquotte.

— Oui, bon, comme tu veux… Disons que je suis sa pseudo-grand-mère, en quelque sorte…

— Tu sais bien que nous sommes condamnées à rester des pseudos quelque chose, ma bichette…

Jacquotte fronce les sourcils et sa crinière rousse paraît se gonfler :

— Ne m'appelle plus bichette, s'il te plaît !

— Et toi, ne sois pas si susceptible !

Jacquotte regarde par la fenêtre ; derrière les pins tordus, le jour décroît. Elle se tourne vers La Nèhe :

— En attendant, je sens que si on ne s'occupe pas de Bérénice, elle va finir par faire des bêtises…

*

Au moment où Julius se gare à quelques mètres du portail du Doigt Mordu, Bérénice voit arriver un surfeur sur un vélo électrique et constate, sidérée, qu'il s'agit de son père, Octavio. Lui aussi la voit descendre de la grosse voiture de Julius qui redémarre aussitôt :

— Ma fille fréquente les stars d'Hollywood !

Bérénice ne sait trop s'il est admiratif ou moqueur :

— Et toi, pap's, t'étais où ? Je pensais que tu étais déjà là-haut, pour l'anniversaire de ton fiston ?

Octavio est décontenancé ; gêné, il montre sa planche de surf. Bérénice fronce le nez, ce qui n'est guère bon signe chez elle :

— Ah non, papa… Ne viens surtout pas me dire que tu es allé surfer…

Ce n'est pas une question, mais une injonction. Octavio se défend mollement :

— Oui… Enfin, non, c'est vrai que les vagues étaient beaucoup trop grosses, la mer était en vrac et d'ailleurs, je peux te dire qu'il n'y avait strictement personne à l'eau !

— Faux. Il y avait quelqu'un. Un nageur…

— Ah bon ? Franchement, ça m'étonnerait… Ou alors il avait un jet-ski avec lui ?

— Non, non, il était tout seul… C'était le prince noir.

Octavio n'en revient pas :

— Quoi ? Le prince noir ? Tu l'as vu ? Sérieusement ?

Elle hoche la tête et son père la regarde, les yeux ronds :

— Depuis le temps que je surfe ici, je n'ai jamais réussi à l'apercevoir…

— Eh bien je l'ai vu tout à l'heure se jeter à l'eau à La Gravière pour sauver un jeune en train de se noyer…

Octavio est rêveur :

— Ah oui, il est connu pour ça ! Il en a sauvé plusieurs. Je crois que ce gars est un psychopathe… On dirait qu'il cherche à se mettre en danger de mort. On raconte des choses bizarres sur lui, c'est une véritable légende dans le coin, tu sais…

— Hubert m'a appelée à ce moment-là pour me demander de venir. D'ailleurs, ils vont bientôt souffler les bougies… Mais toi, tu faisais quoi, pendant tout ce temps ?

Pour échapper à la question, Octavio sursaute :

— Tu dis quoi ? Ils vont souffler les bougies ? Vite, grimpe sur le porte-bagages.

Ainsi, le père et la fille arrivent ensemble au Doigt Mordu sur le vélo électrique, ce qui fait son petit effet. Sans se l'être dit, tous deux se protègent mutuellement des réactions négatives sur leur retard. La venue de Bérénice, à laquelle on ne croyait plus, répand une vague de joie parmi l'assemblée, et cela masque le malaise d'Octavio, qui sort à peine des bras de Pauline.

5

LE PRINCE NOIR

Le Doigt Mordu est une vigie perchée au sommet d'un tuc, distante d'environ cinq cents mètres du front de mer de Capbreton. Tout en haut de cette belle maison qui domine les alentours se trouve une pièce secrète, accessible par une porte dérobée : l'observatoire, d'où Hubert contemplait l'Océan. C'est là aussi qu'il retrouvait celle qui occupe une si grande place dans sa vie : Jacquotte. Comme si elle avait toujours existé. Certes, cette fascinante femme-pirate n'est pas faite de chair et de sang, mais sa présence n'en est pas moins palpable, et ce dans tous les sens du terme.

Ce midi, tout le monde est réuni devant la maison, à l'ombre des pins, lorsqu'arrivent Octavio et Bérénice. Hubert sirote du rhum tout en regardant sa petite-fille et son gendre qui montent le chemin. Pendant ce temps, Jacquotte et La Nèhe tournicotent dans l'observatoire où elles finissent de préparer un philtre d'amour composé d'éléments appartenant à la jeune femme. Une fiole ressemblant à une bulle étirée est posée sur la table ronde où Hubert et Jacquotte ont partagé tant de bons moments à la lueur des bougies. Les lèvres en avant, La Nèhe souffle dans le goulot de la fiole, qui s'emplit de vapeurs méphitiques. Jacquotte s'impatiente :

— Allez, dépêche-toi ! Bérénice vient d'arriver avec son père.

— Oui, oui, ça va. Tu l'auras ton élixir, Jacquotte. Laisse-moi me concentrer. Hm… Je crois bien qu'il me manque encore une feuille de belladone, du datura et une graine de liseron sauvage…

— Écoute, tout ce qu'on veut, c'est rendre amoureux d'elle le gars que nous aurons sélectionné…

La Nèhe se moque d'elle :

— Jacquotte, la reine du casting !

— Eh ben oui, j'ai une certaine expérience en la matière, figure-toi. Même si je ne suis pas, comme toi, une croqueuse d'hommes…

La Nèhe la nargue :

— C'est sûr, vu que tu t'es enfermée sur un minuscule bateau pendant des mois avec ton loup de mer… Et puisque tu m'as laissée tomber, je me suis baladée près des ports, des plages et des rivières, là où il y a de l'eau, et crois-moi, j'en ai vu défiler des prétendants ! Je les ai tous essayés pour trouver le bon… En vérité, je cherche encore !

La Nèhe éclate de rire, laissant sa longue chevelure fauve couvrir son visage, ce visage que nul mortel ne peut contempler sans risquer de perdre la vue… Jacquotte se demande si elle en rajoute pour la narguer, puis finit par dire :

— Tant mieux, alors. Tu vas pouvoir m'aider à choisir un gars digne de ma Bérénice. Mais il faut faire vite. Il lui reste à peine cinq jours pour trouver l'amour…

— Et sinon… quoi ? Ce n'est quand même pas si grave que ça, non ?

— Sinon, répond Jacquotte, elle ne croira plus en elle, et lorsqu'elle rencontrera le bon numéro, elle ne sera pas capable de le reconnaître. Tu sais à quel point nous sommes liées, toi et moi, aux destins d'Hubert et de Bérénice… Tout ce qui les touche nous touche. D'autant qu'une ombre rôde autour d'elle…

— Bon, bon, je ne comprends pas tout ce que tu dis, mais je vois qu'on n'a plus beaucoup de temps.

La Nèhe se replonge dans sa recette :

— Juste pour finir, il me faudrait aussi cinq poils de chat…

Jacquotte s'énerve :

— Et pourquoi pas des poils de bonobo, pendant que tu y es ? Allez, on n'a plus le temps de finasser, ma chère amie, hop, remballe ta fiole et suis-moi en bas, on va aller renifler les petits mâles susceptibles de s'intéresser à notre princesse !

*

Ni Bérénice ni Octavio ne s'attendaient à trouver autant de monde sur la pelouse du Doigt Mordu pour l'anniversaire du petit. L'atmosphère semble détendue, la musique est douce et des amis des deux familles sont présents, ainsi que des voisins ou des proches de Maïté Cazaubon et de son fils Mateu, lui-même entouré de deux gaillards de son club de rugby. On croise aussi des amis d'Octavio, surfeurs ou sauveteurs, et des copains de Zack déguisés en Vikings, ou ceux de Jo et Rodrigo, qui viennent du lycée hôtelier Darmanté, et puis il y a aussi Benoît, dit

« Maigret », accompagné de Martial Léoni, un jeune collègue de la PJ qu'il a eu sous ses ordres. Hubert se dirige vers Bérénice, suivi de Louise, légèrement décoiffée, qui observe Octavio avec perplexité :

— Mais enfin… où étiez-vous donc passés tous les deux ?

Octavio et Bérénice se regardent, interloqués puis, sans réfléchir, Bérénice prend la décision de couvrir son père ; aussi pouffe-t-elle de rire, comme s'ils venaient de faire une bonne blague :

— Oh, on était à l'Océan, il y avait des vagues dans tous les sens… C'était trop beau. On n'a pas vu le temps passer, c'est dingue !

Trop content de n'avoir pas à répondre, Octavio répète bêtement :

— Ouais… dingue !

Des amis de la famille s'approchent pour les saluer. Certains voient Bérénice avec d'autres yeux, maintenant qu'elle est célèbre. Maïté s'avance vers Octavio en tenant Antonin contre elle, la mine revêche :

— Ah vous voilà, quand même ! Ce pauvre petit a réclamé son père à pleins poumons.

Tout en disant cela, elle lui tend l'enfant, qui pèse son poids :

— Tenez, il est à vous, à présent. Prenez soin de lui. C'est son anniversaire… au cas où vous l'auriez oublié !

Cette dernière phrase est prononcée à voix basse lorsqu'elle dépose le bébé dans les bras de son père ; c'est aussi le moment où la vieille gouvernante en profite pour renifler avec suspicion la peau d'Octavio. Elle se rétracte aussitôt comme un lézard, car elle a distinctement perçu l'odeur d'une autre femelle. Là encore, Bérénice sauve la mise à son père en se tournant vers son petit frère qui la dévisage :

— Bonjour, mon Tonino chéri !

À la vue du bambin attentif et souriant, Bérénice fend l'armure et se penche pour lui faire des bisous et lui glisser des mots doux à l'oreille. Ces effusions font reculer Maïté, qui fixe Octavio avec mépris. Louise vient à Bérénice et la prend par les épaules pour mieux la regarder :

— Tu es très en beauté, ma fille. Bravo pour tout ce que tu fais. Je suis fière de ce que tu es devenue. Toi, au moins, tu vas au bout de tes rêves…

Antonin, qui commence tout juste à marcher, demande à descendre des bras de son père. Octavio le met debout en lui tenant la main. Dans la poche de son pantalon, il sent vibrer son téléphone pour la troisième fois. C'est sûrement Pauline qui lui envoie des messages pressants… En cuisine on s'agite, le gâteau va bientôt être prêt. Alors que les convives se dirigent vers l'entrée, Benoît vient saluer le père et la fille avec son air débonnaire de commissaire. Après un coup d'œil interrogatif à Octavio, il se tourne vers Bérénice :

— Alors, la miss, tu sais que tu es devenue notre petite star ? Et, au fait, vous n'auriez pas besoin d'un flic à la retraite dans votre film ? J'ai encore mon Beretta, tu sais… Tiens, laisse-moi te présenter mon ami et ex-collègue Martial Léoni, l'un des flics les plus prometteurs de sa génération.

Pendant que les conversations vont bon train, deux courants d'air flottent au-dessus de l'assemblée. La Nèhe taquine Jacquotte en lui désignant des hommes improbables : un surfeur content de lui et savamment échevelé, un photographe habillé en reporter de guerre, ou un dragueur hipster très sûr de lui… Elle prépare sa fiole et se tourne vers Jacquotte :

— Tu sais, je me dis qu'il faudrait peut-être faire un petit essai, juste pour voir si ça marche ? Depuis le temps que je n'ai pas composé ce philtre-là… Et si je m'étais trompée ?

Jacquotte regarde autour d'elle pour trouver le bon candidat et s'arrête sur le fringant ami de Maigret :

— Tiens, regarde celui-là : le jeune collègue de Benoît. Un flic. Ce serait rassurant, non ? La loi et l'ordre.

— Tu veux dire Martial ?

Jacquotte insiste :

— Oui, oui, franchement il n'est pas laid et il a plutôt l'œil vif. Alors, vas-y, La Nèhe, tente le coup avec lui. Juste une toute petite dose pour voir…

— Bon, bon, je m'en occupe, mais laisse-moi faire. Va te promener, Jacquotte !

— Tu as peur que je te vole tes petits trucs de sorcière ?

Pour toute réponse, La Nèhe hausse les épaules et ricane avant de disparaître en tournoyant, tel un ballon de baudruche qui se dégonfle. Plus tard, le son saccadé d'un hélicoptère enfle dans le ciel. On pourrait croire qu'il s'approche tant le ronflement augmente au-dessus de leurs têtes. De couleur jaune, l'appareil vole très bas vers le nord. L'un des amis d'Octavio, le surfeur aux cheveux en pétard, l'interpelle :

— Au fait, t'as entendu qu'un gamin a failli se noyer tout à l'heure à La Gravière ? Et c'est ce gars, le prince noir, qui s'est jeté dans le *shorebreak* pour aller le chercher. Et une fois qu'il l'a ramené au bord entre de bonnes mains, devine ce qu'il a fait ? Il a salué tout le monde avec un grand sourire et il est retourné à l'eau en plongeant sous un énorme rouleau de bord. Sans planche, ni palmes ! Respect ! Un vrai waterman… Mais après, on ne l'a plus revu. On ne sait même pas s'il est sorti de l'eau…

Inquiète, Bérénice ne peut s'empêcher de demander :

— Le prince noir ?

— Vous le connaissez ?

Martial, l'homme qui lui pose la question, est soigneusement coiffé, et son eau de toilette est envahissante, mais il regarde Bérénice avec gentillesse et admiration ; ses yeux couleur huître ne manquent pas de charme. Elle lui répond, les sourcils froncés :

— Euh, non, non, je ne le connais pas vraiment, mais…

— Mais ?

— Eh bien j'étais là, pas très loin, quand il s'est jeté à l'eau tout à l'heure…

— Alors l'hélico, ça doit être pour lui ! lance Martial.

Bérénice est de plus en plus soucieuse. C'est vrai qu'elle ne connaît pas cet homme en noir, elle n'a pu que l'entrevoir de loin, mais elle se soucie de lui comme d'un proche. Face à son inquiétude, le jeune officier de police lui propose d'appeler un collègue au central de Bayonne qui pourra le renseigner sur l'intervention de l'hélicoptère, mais elle refuse. Lorsqu'il pose la main sur son bras, ses yeux brillent d'un éclat inhabituel. Il semble vouloir la protéger du monde extérieur comme si elle se trouvait, soudain, sous son entière protection. Bérénice se demande s'il a bu, mais non, c'est autre chose. Il ne la lâche pas des yeux et se lance :

— C'est vraiment génial ce que vous faites, vous savez. Bérénice, « la jeune prodige du cinéma français », comme ils disent dans les magazines…

— Oh, il ne faut pas croire tout ce qui est écrit…

— Sincèrement, quand Benoît m'a parlé de vous, j'ai regardé vos vidéos et vos courts-métrages, et je suis fan. J'ai adoré *Les Pas perdus*, c'est plein de trouvailles visuelles et la bande-son est carrément flippante.

Bérénice le considère différemment :

— Ah oui ? Vous trouvez ? C'est un concert de locomotives, de Nicolas Frize, c'est assez spécial !

— Je comprends mieux que Rufus Andersen vous ait prise avec lui. Ça va le rajeunir…

— Oh, n'exagérez pas, quand même…

— Ah, mais attention, j'aime beaucoup son travail ! C'est juste que ses deux derniers films se ressemblent un peu trop. Avec vous, je suis sûr que ce sera du vrai cinéma. Mais dites, ce n'est pas trop compliqué de diriger la fille d'un si grand cinéaste ? En tout cas, *Les Amants du canal*, c'est un beau titre. J'espère que ça ne finit pas trop mal ?

Face à tant de questions, Bérénice se fige et le regarde ; Martial respire fort sans la quitter des yeux, souriant béatement :

— Je vous embête avec toutes mes questions, hein ? Excusez-moi…

— Mais non, mais non, répond-elle sans trop savoir sur quel pied danser.

— Vous devez être harcelée par les journalistes, j'imagine. Ah, au fait, si jamais vous avez besoin d'une protection, je vais vous donner ma carte. Vous pouvez m'appeler quand vous voulez, mademoiselle Conti… Jour et nuit, ajoute-t-il avec un regard un peu coquin.

Elle l'observe de plus près et se dit : *Il n'est pas laid, et il a l'œil vif…* Souriant, Martial lui tend sa carte avec une élégante courbette. Un brin d'électricité passe entre eux, une attirance inattendue.

En cuisine, le grand moment approche et les convives se regroupent en demi-cercle devant le perron. Octavio installe son jeune fils sur ses épaules pour qu'il profite du show, puisqu'il est le roi de la fête. Et le spectacle est saisissant : devant les yeux écarquillés d'Antonin, six jeunes apprentis du lycée hôtelier, coiffés de leurs hautes toques blanches, avancent d'un pas militaire en escortant une table roulante sur laquelle trône un somptueux gâteau surmonté de feux de Bengale. L'enfant pousse des cris de joie et tous les regards se tournent vers lui. On chante pour lui souhaiter un bon anniversaire ; c'est un moment de joie partagée. Bérénice n'a d'yeux que pour l'émerveillement de son petit frère, sans remarquer que Martial s'est rapproché d'elle ; leurs coudes se frôlent.

Quand tout le monde se met à applaudir et à crier, Bérénice sent la main brûlante du jeune homme sur son bras, puis il se presse contre elle, son visage rayonnant de joie, comme s'ils se connaissaient depuis longtemps. L'espace d'un instant, dans l'allégresse de cette assemblée, il se passe quelque chose d'aussi fugace que fulgurant. Bérénice sent ce jeune homme énergique contre elle, tremblant de désir, qui noue contact comme si mille antennes invisibles les reliaient. Puis une sensation de chaleur se répand dans tout son corps. Martial vient de l'embrasser à la base du cou, cet endroit si sensuel et sensible… C'était rapide, mais le frisson de lave brûlante qui la parcourt est si fort qu'elle en a les jambes tremblantes. Elle a encore la sensation de ses lèvres sur sa peau. C'est quelque chose qu'elle n'a jamais éprouvé auparavant… Pour un peu, elle s'accrocherait à ce Martial afin qu'il l'emmène dans un coin plus calme, rien que tous les deux… Sans même s'en rendre compte, elle se laisse aller contre lui.

Un œil noir observe ce spectacle. À présent, Zack en a la preuve : Bérénice n'est pas l'héroïne romantique qu'il imaginait, mais tout bêtement une femme légère, qui papillonne d'un monde à l'autre sans état d'âme. *Elle brûlera ses ailes au soleil de minuit*, songe le jeune homme rongé par la jalousie. À peine Bérénice vient-elle de faire la connaissance de ce policier falot et gominé qu'elle se laisse déjà bécoter ! Écœurant…

*

Jacquotte elle-même est consternée… Elle voulait juste savoir si le philtre fonctionnait ! Mais là, ça prend des proportions inquiétantes et il n'est pas sûr que ce Martial, trop empressé, soit le bon candidat. À le regarder de plus près, c'est même très peu probable. Le pire, c'est que Bérénice elle-même semble séduite, toute pantelante contre lui ; sans doute se force-t-elle. C'est idiot. On ne peut pas se forcer à tomber amoureux, c'est tout simplement impossible… De son côté, La Nèhe contemple fièrement les deux tourtereaux :

— Tu vois, Jacquotte ? Ça marche, mon philtre !

— Tu rigoles ou quoi ? Ça ne va pas du tout, ton brouet foireux ! Regarde-moi le petit Martial, il dégouline d'amour, il est prêt à l'épouser de suite ou à la sauter dans un coin, c'est pas du tout ça qu'on voulait ! On avait parlé d'un soupçon d'attirance…

— Oui, ben j'ai mal dosé, c'est tout !

— J'aurais dû me méfier avec toi, La Nèhe. J'oublie que tu n'accomplis que les mauvais vœux.

— T'avais qu'à choisir quelqu'un d'autre!

— C'est ton dosage qui est douteux…

— Non, ma Jacquotte, c'est le mec que tu as choisi qui ne colle pas. Forcément, t'as perdu la main…

— Tu ne peux pas comprendre, ma p'tite Nèhe, toi t'es restée enfermée des années dans ta fontaine de pierre et de métal avant que Bérénice te libère…

— Et Bérénice, c'est toi! répond La Nèhe, énigmatique, comme s'agissant d'une évidence.

Jacquotte fait mine de ne pas entendre, mais les esprits voient tout et entendent tout malgré eux. Pour la première fois de sa non-vie, elle se sent menacée en son for intérieur et un sentiment d'urgence l'envahit:

— Il faut agir… Si jamais Bérénice se trompe, ça va nous retomber dessus!

Fou d'amour sous l'effet du philtre, Martial entraîne Bérénice dans l'ombre des chênes-lièges en la faisant rire, car elle aime bien son sens de l'humour un peu limite. Elle en profite pour l'interroger sur son métier de policier, à vrai dire elle rêve de tourner un polar. Le jeune lieutenant roucoule et brode sur ses enquêtes, ses courses-poursuites, ses arrestations musclées… Bérénice le regarde avec admiration et boit ses paroles, prête à succomber. Elle ne sent pas le vent froid et âpre qui tourbillonne autour d'eux, tissé par l'évanescente Jacquotte. Elle ne remarque pas non plus la pâleur soudaine de Martial qui s'est arrêté de parler et ouvre bizarrement la bouche à la façon d'un poisson, comme s'il cherchait à articuler. Puis, tandis que ses yeux se lèvent vers le ciel, il déclare, d'une voix bizarre:

— *Je n'aime pas les oiseaux…*

Bérénice ne comprend pas ce qui lui prend. Le ciel est vide. Mais il répète d'un ton mécanique :

— *Je n'aime pas les oiseaux...*

— Ok, Martial, j'ai compris, répond-elle étonnée, mais c'est pas grave, tu sais, puisqu'il n'y en a pas !

Émergeant d'un coup de son rêve éveillé, le jeune policier fronce les sourcils et reprend la question :

— Il n'y a pas de quoi ?

Bérénice est de plus en plus perplexe :

— Mais... d'oiseaux !

— Pourquoi me parles-tu d'oiseaux, Bérénice ?

Martial semble surpris.

— Mais enfin, tu viens de répéter à l'instant que tu n'aimais pas les oiseaux !

— Quoi ? Comment le sais-tu ? Je n'en parle jamais à personne... C'est de l'ornithophobie et je me soigne !

Soudain, le charme est rompu. Bérénice ne voit plus en Martial un séduisant candidat pour un apprentissage amoureux... Elle se demande même comment elle a pu se laisser séduire par ce curieux personnage si guindé. C'est alors que passe un gros corbeau en coassant et en claquant des ailes juste au-dessus d'eux. Affolé, Martial s'en va d'un pas raide sans dire un mot. Non loin, La Nèhe félicite sa vieille amie :

— Bien joué, ma Jacquotte !

— Bah, c'était fastoche, répond-elle, vantarde.

Bérénice se retrouve seule, déstabilisée. Une fois de plus, Hubert apparaît au bon moment, champagne à la main ; elle le visualise en Saint-Bernard venu la sauver. Il lui tend la flûte :

— Je me demandais où tu étais passée ! Décidément, ma petite-fille est aussi fuyante qu'une langouste qui se cache dans les cailloux ! On a trinqué sans toi… Le pauvre Antonin réclamait sa grande sœur ! dit-il dans un clin d'œil.

— Tu exagères ! lance Bérénice en riant, il ne connaît même pas mon nom.

— Allez, viens goûter les boulettes de poisson concoctées par les jeunes du lycée Darmanté, précise Hubert, et tu vas voir que les rillettes de chinchard se marient très bien avec le champagne…

Alors qu'ils s'approchent du buffet, les amis d'Octavio évoquent toujours ce fameux nageur qu'on n'a pas vu ressortir de l'eau… Ils se demandent s'il s'est noyé :

— On retrouvera peut-être son corps d'ici deux ou trois jours du côté de Labenne, dans cette poche profonde où vont reposer les noyés venus du nord, explique un jeune pompier en civil.

— À moins qu'il ne soit aspiré dans le Gouf, répond un pêcheur ami d'Hubert. Ce ne serait pas le premier…

— Il sera vite bouffé par les crabes…

Bérénice est choquée. Tout à coup, elle a un flash : deux silhouettes se superposent dans son esprit : celle de l'homme à la moto marchant dans le couloir de l'hôtel et celle du nageur tout en noir qui s'est jeté dans les flots ; comme s'il s'agissait d'un seul et même homme, celui que Claudia appelle Jorris, et qui donnait tant de plaisir à une femme dans une chambre voisine…

*

Alors que la tempête fait rage au-dehors et que les vagues ressemblent à des avalanches fracassant la surface, quelques mètres plus bas le chaos s'estompe, le tumulte cède la place au calme, la lumière se fait diffuse. L'homme en noir glisse entre deux eaux tel un albatros familier des lieux. Sous l'eau, il ne risque rien. Vues d'en bas, les vagues sont des cascades de nuages qui passent et repassent sur le ciel liquide de la surface. Il aime ce calme incertain, sous la furie des tempêtes, dans le bercement des courants. Il se laisse porter au-dessus du canyon sous-marin qu'il côtoie depuis si longtemps, ce lieu de la rive sud où il revient toujours, comme si le secret de ses origines se situait quelque part dans ces roches…

6

PRÉSAGES

Ce soir-là, Jorris ne résiste pas à l'appel des barthes. Il a besoin de retrouver ces zones humides lorsque ses pulsions s'emparent de lui lors des nuits trop noires. Une alarme clignote dans sa tête. Même lorsqu'il planait sous les vagues, au cœur de la tempête, il pensait et repensait à cette jeune femme entrevue à l'hôtel. Jorris se sent une troublante affinité avec cette mortelle, radieuse, innocente ; mais ça ne devrait pas arriver... Est-ce pour cela que l'Océan était blanc de rage ?

Accroupi dans les hautes herbes le long de l'étroit canal de Monbardon qui traverse cette zone humide et marécageuse, Jorris écoute. On dirait une gargouille immobile, inquiétante. Aux aguets. Ses pensées le tourmentent et l'empêchent de dormir, c'est pourquoi il vient parfois se réfugier dans ces barthes grouillantes de vie et d'insectes. Il guette sa proie. Il n'est pas regardant, tant qu'elle a le sang chaud. Jorris se mue alors en quelqu'un d'autre, un être sanguinaire et instinctif, comme si faire couler le sang devenait une nécessité vitale. Ses pensées, son regard, ses sens sont rétrécis, focalisés dans une seule direction. Jorris n'a pas d'âge ; il vient de très loin, d'un temps où les hommes et les dieux combattaient quotidiennement. Ici, il retrouve cet instinct immémorial. Il ne respire plus. Cela n'a pas d'importance, la mort ne veut pas de lui.

Soudain, c'est l'alerte : un bruit dans les herbes, une odeur musquée… Tout son être concentre son attention vers la cible, lourde et lente, qui nage tranquillement dans l'étroit canal. La fulgurance du prédateur ne laisse aucune chance à ce petit mammifère qui rejoignait son terrier. Des mains d'une puissance démoniaque le broient et le déchirent en l'espace d'un instant. Un sang chaud coule sur la fourrure de l'animal et sur les doigts et les lèvres de Jorris. Le ciel est avec lui. La vie se perpétue grâce à la mort. Le sang de la proie appelle le sang de l'amour…

*

Rien n'y fait. Bérénice a beau se tourner et se retourner dans son lit, réguler sa cohérence cardiaque, compter les moutons, ramollir ses jambes, elle a beau méditer, faire le vide, non, décidément, le sommeil se refuse à elle dans la chambre 8. Par la fenêtre entrouverte, elle entend le grondement du ressac. Aucun vent n'anime les pins. La nuit semble suspendue, en attente d'un drame. Dès qu'elle perçoit un craquement, elle tend l'oreille et se surprend à guetter des pas dans l'escalier ou dans le couloir ; le retour de Jorris. L'inquiétude enfle en elle. L'hélicoptère de la gendarmerie n'a pas retrouvé l'homme qui s'est jeté dans la tourmente. Elle revoit cette scène hallucinante, sur la plage de La Gravière, lorsque la silhouette en néoprène s'est lancée dans les flots en furie. À présent, Bérénice sait avec certitude que ce fameux prince noir, c'est lui, l'homme qu'elle a entendu parler avec une femme dans une chambre voisine. Elle ne peut pas expliquer pourquoi, mais elle en est sûre, et elle doit bien reconnaître que son image l'obsède. Sa voix, suave et intelligente lorsqu'il parlait à cette femme… sa silhouette féline dans le couloir, le bruit de sa moto… Qui sait ? C'est peut-être l'homme qu'elle attend pour comprendre l'amour ? D'autant que, d'ici peu, Bérénice a rendez-vous au *Baya*, le grand hôtel en front de mer de Capbreton, avec Julius et Astrid, pour une lecture des dernières scènes du film. Le pire, c'est qu'elle ne trouve plus sa version du scénario annotée de sa main. Bien sûr, elle le connaît quasiment par cœur tant elle y a travaillé, mais ses annotations lui manquent cruellement. Elle a eu beau regarder un peu partout à la réception de l'hôtel, sur le bureau, dans les tiroirs, puis dehors, sur sa table près de la piscine, elle n'en trouve pas trace. Il faut qu'elle parle à Claudia dès qu'elle sera levée.

L'idée que l'homme qu'elle a vu se jeter dans les flots puisse être mort noyé l'obsède. Il y a quelque chose de tellement magnétique en lui, une espèce de perfection inquiétante, une jeunesse sans âge, elle n'a jamais vu ça auparavant. Certes, elle n'a fait que l'entrevoir, mais il laisse en elle une empreinte incroyable. S'il ne revient plus, elle s'en voudra. Ses pensées se télescopent, c'est absurde, elle ne va jamais réussir à fermer l'œil. Elle risque d'être en vrac demain matin pour sa grande épreuve…

Soudain, au plus profond de la nuit, un bruit de moteur ronfle et s'arrête près de l'hôtel. Un instant plus tard, la porte d'entrée s'ouvre avec un léger tintement ;

le cœur de Bérénice s'accélère. Le bruit de pas se rapproche, les escaliers gémissent sous le poids d'une présence qui monte à l'étage. *C'est lui, c'est forcément lui*, songe la jeune femme, soudainement excitée. Elle entend des pas qui arpentent le couloir. Il est là, il est si proche…

Son cœur bat à tout rompre lorsqu'elle se lève, attirée par une force magnétique. À petits pas elle contourne son lit puis entrouvre sa porte. Elle voudrait le voir, s'assurer que c'est lui, qu'il est bien vivant. Aucune lumière n'a été allumée dans le couloir plongé dans la pénombre, mais elle sent qu'il s'approche, telle une ombre plus noire que la nuit. Elle tremble d'émotion en distinguant une silhouette courbée, presque à quatre pattes, une présence massive et silencieuse. Bérénice prend peur, se demande s'il s'agit d'un animal, et en même temps, elle est fascinée. La porte de la chambre 11 s'entrouvre et l'ombre y disparaît en la refermant derrière elle.

Animée d'une folle audace, la jeune femme s'avance dans le couloir, mais elle est assaillie par une odeur répugnante, mélange de soufre, de vase remuée au fond d'un marais stagnant, d'effluves de décomposition et de sang frais – à moins qu'il ne s'agisse d'excréments ? L'odeur est insoutenable, Bérénice bat en retraite dans sa chambre et ouvre grand la fenêtre pour éviter de vomir. Elle ne comprend pas ce qu'elle vient de vivre, mais se sent bizarre, comme si ces remugles pestilentiels contenaient des vapeurs narcotiques agissant sur son cerveau. Elle est traversée d'images qui ne lui appartiennent pas. L'odeur animale persiste dans ses narines et il lui semble deviner la présence d'une meute de loups sous sa fenêtre ; ils la regardent et jappent comme pour l'appeler à les suivre en forêt. Terrassée par ces visions, elle s'effondre sur son lit et sombre dans un sommeil sans fond.

Lorsque de petits coups sont frappés à sa porte, Bérénice croit être encore dans son rêve de loups... Mais en ouvrant les yeux, elle constate avec effroi qu'il fait jour ! Elle ne sait plus très bien ce qu'elle a vécu ou ce qu'elle a rêvé, mais elle a l'impression d'avoir été sous emprise. Les petits coups reprennent à sa porte et elle n'a aucune idée de qui cela peut être ; sans doute Claudia. Bérénice enfile un poncho de surf noir et va ouvrir...

Et c'est le choc frontal. Elle s'attendait à tout, sauf à ça. Pétrifiée, paralysée, elle le regarde : il est là ! C'est lui, plus beau que jamais. Jorris, décoiffé, en chemise de jean bleue et blouson d'aviateur. Son sourire est irréel et ses yeux d'une tranquillité déconcertante :

— Ah, euh, bonjour mademoiselle. Excusez-moi de vous réveiller, mais j'ai trouvé ça hier soir sur le bureau de Claudia...

Tout en parlant, il lui tend le scénario :

— N'importe qui aurait pu s'en emparer... Alors j'ai cru bon de le monter dans ma chambre pour le mettre à l'abri. Je suppose que c'est très précieux pour vous, surtout en plein tournage ? Évidemment, je n'ai pas pu résister, vous me pardonnerez... J'ai un peu lu ici ou là ; c'est une bien belle histoire...

Gênée, Bérénice prend le document, bredouille des remerciements et regarde sa montre :

— Mon Dieu ! Je suis très très en retard, je dois filer sur Capbreton, au *Baya* !

— Si vous voulez, je vous emmène à moto...

— Non, non, merci ça va aller, ne vous inquiétez pas...

Lorsqu'elle sort de l'hôtel, trente minutes plus tard, Jorris boit un café sous la tonnelle et la salue avec un sourire complice. Bérénice veut mettre son vélo électrique en marche, mais elle constate que sa batterie est à plat et qu'elle n'a pas de chargeur… Jorris l'observe depuis la tonnelle, comme s'il savait ce qui allait se passer. Penaude, elle se tourne vers lui, :

— Bon, finalement, je crois que je vais accepter votre proposition…

Un immense sourire illumine son visage et sans un mot, il se dirige vers sa moto noire et chromée. Il ouvre le top-case à l'arrière et en sort un casque qu'il lui tend. Elle le prend comme s'il s'agissait d'une couronne de reine :

— Vous me sauvez, monseigneur…

Jorris la regarde, intrigué :

— Pourquoi m'appelez-vous ainsi ?

— Je l'ignore, réplique Bérénice, c'est sorti tout seul.

Pouvait-elle savoir que Jorris venait de loin ? D'un temps où il chevauchait un étalon noir et se faisait appeler monseigneur ? Il enfourche la moto et la fait démarrer. Bérénice n'a d'autre choix que de se caler derrière lui. La selle est courte, sans dossier ni prises pour un passager. Aussi la jeune femme est-elle obligée de s'agripper à cet homme puissant pour ne pas risquer de tomber. Le moteur ronfle agréablement ; Jorris démarre et la moto file en douceur dans les petites rues entre lac et mer. Il pilote sans le moindre à-coup et l'air porte des senteurs poivrées de pins et d'embruns mêlés. La sensation est follement agréable, Bérénice est en confiance et il y a quelque chose d'animal dans cette chevauchée si fluide. Elle est obligée de se cramponner, ce corps-à-corps est plutôt agréable et grisant. Elle aimerait que ça dure, car elle se détend et retrouve soudain confiance en elle. Les yeux fermés, elle se laisse emporter par la vitesse tout en humant l'odeur du cuir et ce léger parfum boisé émanant du pilote. Elle ne peut savoir que Jorris ne prend jamais de passager sur sa moto.

À la hauteur de la grande place des Fourmis, il s'arrête pour laisser passer un homme et une femme, côte à côte à vélo, blonds et bronzés, lancés dans une grande conversation qui les fait beaucoup rire. Bérénice les reconnaît, bien sûr… Profitant de l'arrêt, elle demande à son pilote de passer par le tabac du port. Il acquiesce et redémarre. Avec cet homme-là, oui, elle pourrait sans doute aller très loin. La chanson d'Édith Piaf tournoie dans sa tête : « *Je ferais n'importe quoi… Si tu me le demandais… Je me ferais teindre en blonde… Je ferais le tour du monde… Si tu me le demandais…* » Bérénice sent son dos musclé contre elle et ne voit même pas défiler les jolies villas d'Hossegor, avenue des Fougères, avenue Gérard-Maignan, avenue de l'Océan, avenue de Gaujacq, elle a l'impression de planer lorsqu'ils passent le pont Notre-Dame qui enjambe le canal d'Hossegor, ce fameux canal qui tient une place si importante dans le scénario de Rufus…

*

Pendant ce temps-là, au fond du port, Hubert et Benoît préparent leur matériel de pêche à bord d'un bateau à moteur, *Le Croix du Sud*, un ancien Striker des années 1970 refait à neuf, amarré au ponton en face du bar-tabac *L'Acapulco.* Il paraîtrait qu'il y a du maquereau en abondance depuis trois jours au-dessus du Gouf, et les deux compères attendent la marée pour sortir. À présent qu'il est à la retraite, Benoît entend bien en profiter. Comme il a rendu de grands services à un garagiste du coin pour lui éviter la taule, en échange il peut utiliser son bateau à sa guise :

— Tu vas voir, dit Benoît, Y a rien de tel que d'être en pleine mer, loin de tout, avec des maquereaux qui frétillent au bout de la ligne !

— Ah, ben t'es marrant, toi ! Tu me dis ça à moi, réplique Hubert en riant, t'oublies peut-être que je reviens de huit mois de mer sur mon voilier ?

Les deux hommes aiment se houspiller :

— Ouais, mais à bord de ton rafiot, après des jours de mer, je parie que t'avais plus d'apéro au frais, pas vrai ? Au fait, tu as bien mis le rosé dans la glacière, au moins ? demande Benoît, pince-sans-rire.

— Mais oui, t'inquiète, la glacière est pleine. Et toi, qu'est-ce que t'as pris comme appâts pour les maquereaux ?

— J'ai tout ce qu'il faut : des petits crabes vivants et des bouts de chipirons. J'ai aussi des plumes, mais comme tu le sais, les maquereaux sont tellement voraces qu'ils mordent à tout, même un hameçon nu !

Alors qu'ils devisent ainsi, une moto noire s'arrête sur le quai devant *L'Acapulco*. La passagère en descend et retire son casque. Une crinière de cheveux roux cascade sur ses épaules… Les deux hommes sursautent :

— C'est Bérénice !

Ils observent attentivement le pilote qui attend sur la moto sans retirer son casque. Benoît prend ses jumelles et se déplace sur le ponton avec son calepin pour y noter l'immatriculation. En revenant sur le bateau, il voit Hubert qui regarde la scène, médusé : Bérénice range ses cigarettes, enfile son casque et se cramponne à son preux chevalier, qui démarre en douceur. Tous deux voient passer la moto noire avec ses deux passagers qui ne font plus qu'un. Hubert est à la fois inquiet, en colère et jaloux. Benoît pose une main sur son épaule et dit, pour le rassurer un peu :

— T'inquiète, j'ai pris sa plaque, on va vite savoir de qui il s'agit…

*

Ce qui plaît à Bérénice, c'est que Jorris respecte scrupuleusement le code de la route. Malgré son côté sauvage et la puissance de sa machine, il se comporte avec douceur et discipline. C'est plutôt agréable pour une première rencontre. Arrivés à la hauteur du *Munda Kfé*, sur le front de mer de Capbreton, elle lui tapote l'épaule pour qu'il la dépose là. Elle a envie de marcher un peu et ne tient pas forcément à être vue de tous avec son prince noir… Elle descend à regret de la moto et lui rend le casque. La mer s'est calmée et quelques bateaux commencent à sortir. Les cheveux de Jorris forment des boucles agitées par la brise du nord ouest. Ses yeux sont presque jaunes, comme ceux d'un loup. Par moments, il ressemble à une statue grecque, parfaite, hors du temps. Avec un demi-sourire, il lui demande :

— Alors comme ça, vous avez rendez-vous avec les deux stars du film ? Julius et Astrid ?

— Non, répond Bérénice malicieuse, j'ai rendez-vous avec Antoine et Jenny.

— Ah, *Les Amants du canal*... En lisant des bouts du scénario, j'ai eu l'impression que c'est Jenny qui mène la danse. Pas Antoine...

— Le problème, répond-elle, c'est que dans la vie, ces deux-là ne s'aiment pas trop... Je parle de Julius, qui a quand même un ego surdimensionné depuis son oscar, et de la fille de Rufus, Astrid, nommée « meilleur espoir féminin », qui en fait des tonnes pour bien montrer qu'elle n'est pas là juste grâce à papa. Ce n'est pas si évident à gérer...

— L'amour des autres est ingérable, Bérénice. Mais pourtant, laisse-moi te dire que derrière leur rejet apparent, je sens une forte attirance entre eux. Et ni l'un ni l'autre ne veut le reconnaître...

— Mais... vous ne les connaissez même pas ! Sur quoi vous basez-vous pour parler de leur vie privée ? demande Bérénice, soudain soupçonneuse. Vous n'êtes pas journaliste, au moins ?

La question fait rire Jorris :

— Journaliste ? Moi ? Ah, ah, ah ! Non, pas du tout. Et pourtant j'en aurais, des choses à raconter, tu sais ! Depuis le temps... Allez, ciao bella !

À ces mots, il enfourche sa machine, démarre et s'éloigne du front de mer par une rue qui descend vers la ville. La rue des Baleiniers. Toujours les baleines reviennent dans sa vie... Bérénice y voit un dernier message de Jorris, cet homme incroyable... En fait, elle n'a qu'une envie : passer la matinée avec lui, au bord de l'eau, en mouvement. Ils ont tant de choses à se dire tous les deux...

Elle se met à marcher vers le *Baya*, ce grand hôtel en proue de bateau, encore perturbée par ce que Jorris vient de lui déclarer concernant Julius et Astrid, et par son tutoiement soudain. Mais elle n'a guère le temps de se poser de questions, car le secrétaire-bodyguard d'Astrid s'approche :

— Bonjour, mademoiselle. Ils vous attendent… suivez-moi.

Précédée par le garde du corps, Bérénice franchit les portes du *Baya* comme une princesse. Ils traversent le bar d'où l'on peut voir les vagues et les surfeurs, puis Bérénice est guidée au fond d'un couloir, dans une salle nommée « Salon du Gouf ». C'est une petite pièce très bien équipée d'écrans et d'ordis, où se trouvent déjà Astrid et Julius de part et d'autre d'une table, accompagnés de leur agent respectif. Nadia est là également ; la directrice artistique s'immisce systématiquement dans toutes les réunions où elle est inutile. La tension est palpable ; tous les yeux et les oreilles se tendent vers la petite protégée de Rufus… Mais Bérénice a du sang de Jacquotte dans les veines, et plus elle est défiée, plus elle s'avère redoutable. Elle prend le temps de retirer sa veste, qu'elle installe sur une chaise autour de la table, puis elle ouvre son sac et en tire un petit magnétophone muni de deux micros directionnels qu'elle pose bien en vue, comme pour un interrogatoire. Avant qu'un malaise s'installe, elle toussote et prend la parole en regardant ceux qui accompagnent les deux comédiens :

— Je crois qu'on s'est mal compris. Aujourd'hui, on fait juste un filage du texte, Astrid, Julius et moi. Rien que tous les trois. Merci de vous être déplacés…

— Mais… mais… protestent Nadia et l'agent d'Astrid.

Bérénice, encore sous le charme du moment passé avec Jorris, se sent plus forte que jamais. Face à ces sbires qui la jalousent, elle lève la main avec autorité pour calmer le jeu :

— Non, non, écoutez-moi : nous sommes ici dans une scène très intime, qui doit nous amener au grand final du film. Même au tournage, l'équipe sera réduite au strict minimum. Nous avons aussi besoin de cette intimité pour répéter, les comédiens et moi-même. Je suppose que vous n'allez pas vous mettre tout nus lors du tournage, n'est-ce pas ? Alors merci de nous laisser travailler…

Cette dernière phrase a été dite de façon à clore la conversation et les trois personnes quittent la pièce en grommelant. Mais ils savent qu'en l'absence de Rufus, c'est Bérénice qui commande. Une fois seule avec les deux acteurs, elle se sent prête ; Astrid la regarde avec une certaine admiration pour l'aplomb dont elle vient de faire preuve. Julius se met à rire et la félicite d'avoir viré ces gens coincés. Il s'assied en face d'Astrid ; tous deux ont leurs scénarios ouverts et annotés et se regardent en chiens de faïence. Bérénice leur demande de s'installer plutôt côte à côte que face à face, ce qui les étonne, mais après quelques hésitations, Astrid obéit et s'assied à côté de Julius sans le regarder.

Bérénice ouvre son scénario et découvre, au passage, que Jorris a gribouillé des annotations ici et là ! *Quel culot !* songe-t-elle, outrée. Puis une voix en elle rectifie : *Quel délicieux culot !* Aussi immobiles que des statues, les deux comédiens l'observent en attendant qu'elle parle. Bérénice essaie de les remettre dans l'ambiance du scénario qu'elle connaît presque par cœur :

— Bon, on va lire les scènes 42 et 43 avec Antoine et Jenny, comme convenu. Je vous rappelle l'ambiance : nous sommes à Hossegor en mars 1876, la météo est exécrable et un déluge de pluie glacée s'abat sur le pays depuis des jours, provoquant des crues. Même Paris est inondée.

Mais ce soir-là, une grosse tempête s'approche de la côte landaise… Voilà déjà sept ans que le creusement du canal a commencé, et l'on touche au but…

Elle relit ses annotations en leur laissant le temps de réagir ; comme ils continuent à l'écouter sans rien dire, elle se tourne vers Julius :

— Toi, Antoine, tu es devenu un proche de l'empereur grâce à ta famille, mais aussi par tes talents d'ingénieur et de charpentier, qui te viennent sans doute de tes origines vikings… C'est aussi ce que veut montrer Rufus : les Vikings ont laissé une empreinte durable dans la région depuis l'arrivée d'Asgeir. Dix siècles plus tard, Eugénie et sa jeune suivante Jenny vont pique-niquer sur la plus haute colline d'Hossegor. Eugénie, investie depuis des années dans la réalisation du canal de Suez, s'amuse de voir l'étang et le port de Capbreton à peine séparés par une simple bande de forêt. Elle demande à Jenny de les dessiner, puis de donner un coup de gomme pour figurer un canal.

— Je me suis entraînée à dessiner au crayon, lance Astrid, j'étais plutôt bonne à l'école…

— Ne t'inquiète pas, répond Bérénice agacée d'être interrompue, on aura une artiste locale pour les gros plans du dessin en train de se faire…

— Mais alors, on ne va pas reconnaître mes mains ! proteste Astrid.

Bérénice soupire intérieurement des caprices de mademoiselle Andersen, mais elle passe outre et reprend :

— N'oublions pas que ce dessin est un déclencheur pour la création du canal, et aussi pour la rencontre entre Antoine et Jenny. Après avoir écouté Eugénie et vu ce dessin, l'empereur décide de se rendre sur place avec ses ingénieurs, qui jugent l'idée suffisamment bonne pour être réalisée. Napoléon III commande alors 400 pelles et 400 brouettes ; tout le travail sera fait à la main. Mais c'est un chantier maudit, qui n'en finira plus… Commencé en 1869, il est interrompu par la guerre de 1870 puis, lorsqu'il reprend, trois ans plus tard, l'empereur vient de mourir, le manque d'argent et de main-d'œuvre l'ont ralenti, sans compter les ruissellements, les rives qui s'effritent, les inondations, la boue et les écoulements de sable…

Julius remue la tête, comme s'il se trouvait dans la peau d'Antoine :

— Ce n'est pas un cadeau, ce chantier !

— C'est l'occasion de faire tes preuves auprès de l'impératrice. Ta mission, Antoine, c'est d'achever le boulot. Tu es jeune, tu as du talent et de l'expérience : ton père fabriquait des bateaux et ton grand-père des ponts, c'est le savoir-faire viking autour du bois… Mais le chantier du canal, c'est surtout ton trait d'union avec Jenny. Dès que tu la rencontres, tu en tombes fou amoureux, bien que tu sois fiancé à une jeune et riche marquise. Tu lui commandes d'autres dessins pour imaginer le paysage une fois le canal ouvert, avec les perrés, les rives et le pont en bois… Le résultat, c'est que vous ne vous quittez plus tous les deux. Mais votre amour doit rester secret…

Bérénice feuillette ses notes et le scénario, non parce qu'elle cherche quelque chose, mais pour leur donner l'occasion de réagir. Ni Astrid ni Julius n'ouvrent la bouche. La jeune réalisatrice se tourne vers Julius :

— Là où nous en sommes dans le film, tu joues gros, Antoine. D'un côté tu n'as pas le droit à l'échec, ta réputation en dépend. De l'autre, tu dois trancher entre la belle et pétillante Jenny, ou la jeune marquise qui ne rit jamais au bon moment… La scène 42 que nous allons tourner est le dénouement, lorsqu'enfin les amants du canal vont pouvoir tout se dire et s'aimer pour la première fois. Je l'appelle la scène de la cocotte-minute, car toute la pression qui s'est accumulée pendant si longtemps va pouvoir s'évacuer.

Les deux acteurs l'écoutent attentivement. Julius prend des notes. Bérénice se tourne vers eux :

— Le problème d'Antoine et Jenny, c'est qu'ils n'osent pas assez…

— Oser quoi ? demande Astrid.

— Oser dire « je t'aime », oser casser les codes, oublier le regard des autres… Oser, oser ! lance Bérénice exaltée, songeant à Jorris comme s'il se trouvait dans la pièce.

Les deux comédiens se regardent, intrigués par son comportement.

— Je sais que vous êtes un peu en retrait, l'un vis-à-vis de l'autre, et je ne vous le reproche pas… En un sens, ça peut même servir notre propos, pour mieux créer le contraste. Votre scène d'amour sera d'autant plus puissante que votre retenue était frustrante…

Tous deux se mettent à protester, mais Bérénice lève la main et leur impose le silence :

— N'en parlons pas maintenant. Réfléchissez à tout ça. Nous sommes là pour générer des émotions…

Bérénice feuillette le scénario :

— Bon, reprenons. Scène 42. Il fait nuit, Jenny retrouve Antoine dans la cabane de chantier sous une pluie battante… On commence la lecture. S'il y a des détails de dialogues qui vous dérangent, c'est le moment d'en parler.

Pendant qu'Astrid et Julius lisent leurs dialogues d'une voix monocorde, sans intonation, à l'italienne, l'esprit de Bérénice se met à divaguer. Le fait d'avoir parlé d'amour ravive l'image de Jorris, et elle a du mal à se concentrer sur le travail des comédiens. C'est à ce moment-là qu'un léger frappement précède l'ouverture de la porte. Improbable ! Guillaume, chef de rang au *Baya*, se faufile discrètement vers elle sur la pointe des pieds. Bérénice n'en revient pas, personne n'est censé les déranger, mais Guillaume se penche timidement à son oreille :

— Excusez-moi, mademoiselle Conti, mais quelqu'un vous demande au téléphone.

Bérénice sursaute et sort son téléphone de son sac :

— Pardon ? Mais c'est impossible, enfin, j'ai mon portable sur moi !

— Je vous assure qu'il faut venir, mademoiselle Conti, la personne insiste vraiment beaucoup...

Confuse, Bérénice se lève et le suit en bredouillant des excuses, avant de refermer la porte sur les deux acteurs médusés. Au fond, elle trouve ça plutôt classe, cette sortie mystérieuse. À la réception, trois hôtesses palabrent dans un anglais approximatif avec une famille américaine. Mais en voyant Guillaume escorter une VIP, elles leur font de la place, tandis que la réceptionniste tend l'un des postes fixes du comptoir à Bérénice, qui le colle sur son oreille et se tourne vers le mur pour se couper du brouhaha :

— Allô oui ?

Une voix d'homme s'adresse à elle avec élégance :

— Alors, comment se passe votre rendez-vous ?

— Euh, très bien, merci, mais qui êtes-vous ?

— Votre sauveur !

— Ah ! C'est Jorris ? Vous ne manquez pas d'air ! Et pourquoi seriez-vous mon sauveur, d'abord ?

— Parce que grâce à ce coup de fil, vos deux héros se retrouvent seuls dans une pièce pour la première fois. Je ne sais pas exactement ce que vous leur avez dit, mais vu la teneur de la scène 42, ils doivent être en bonne condition… Et si j'étais vous, je n'y retournerais pas tout de suite. La vérité, c'est qu'ils sont tous les deux très intimidés. Par contre, une fois que les barrières tomberont…

— Mais enfin… Comment pouvez-vous savoir tout ça ?

— Écoutez, Bérénice : si vous le voulez, retrouvons-nous à *La Palombe* ce soir. J'ai quelque chose à vous dire…

Bérénice respire plus vite, son cœur résonne dans ses oreilles :

— Ah ? À quelle heure ?

— Celle qui vous convient ; cette nuit, il fera jour. Descendez au bord de la piscine, je ne suis jamais très loin de l'eau. Je sentirai quand vous serez là.

— Ok, j'y serai…

Jorris a raccroché. Bérénice reprend son souffle et file aux toilettes pour se rafraîchir et reprendre ses esprits. Là, une femme aux cheveux d'or, vêtue d'une saharienne, se lave les mains, penchée sur le miroir. Celle-là même qu'elle avait croisée place des Fourmis, tandis qu'elle passait à vélo, dialoguant avec son binôme. Toutes deux se reconnaissent, ravies de se retrouver :

— Hello Bérénice ! Alors, le tournage avance bien ?

— Oui, de mieux en mieux. Et vous deux, toujours à observer les ondulations de l'eau et les sons sous-marins dans le canyon ?

— Oui, plus que jamais. D'ailleurs, on dirait qu'il va se passer quelque chose bientôt…

— Ah bon ? Passionnant !

À ce moment, l'homme aux cheveux délavés par le sel jaillit dans l'encadrement de la porte ouverte, les yeux brillants :

— Ils sont là ! Venez vite…

Toutes deux le suivent sur la terrasse, où clients, serveurs et passants se tiennent debout, tournés vers l'Océan encore très agité. Les vagues sont désordonnées, mais à une centaine de mètres au large, un groupe de dauphins fait le show. Malgré leur grande taille, leurs bonds sont acrobatiques. La foule pousse des cris émerveillés. Le temps est suspendu. Chacun est dans sa propre rêverie face à nos frères de l'Océan. Bérénice repense au moment où Jorris s'est jeté dans les flots de La Gravière à Hossegor… Tout le monde est debout sur la terrasse, même Astrid et Julius, qui sont sortis en se tenant curieusement côte à côte. Les sauts des dauphins semblent former une chorégraphie, car ils nagent en rond en effectuant des bonds, comme dans un ballet bien réglé. Sur la terrasse, la foule lance des « Oooooh ! » et des « Aaaaah ! ». Le spectacle est irréel. Quelques secondes plus tard, parfaitement synchronisés, tous plongent à la verticale et disparaissent, laissant les spectateurs bouche bée. L'homme qui avait signalé leur présence se tourne vers sa voisine aux cheveux d'or :

— C'est bizarre, je ne les ai jamais vus faire ça…

— C'est peut-être un signe, répond-elle, les yeux dans le bleu.

*

Non loin de là, huit kilomètres plus au nord, vers les plages sauvages des Casernes à Seignosse, un homme et une femme sont allongés à plat ventre sur le sable, le long de la laisse de mer, penchés sur des instruments d'optique :

— Meeerde, lance Pauline dépitée, cette galerie-là aussi est vide ! J'y crois pas, Octavio ! Ici même, avant-hier, il y avait une petite colonie de talitres ! Ils ne peuvent pas être tous partis d'un coup, quand même ! Qu'est-ce qui se passe ?

Pauline récupère son matériel et se déplace quelques mètres plus loin. Elle recommence son manège pour inspecter une autre galerie creusée par ces créatures qu'elle surveille depuis des mois. Octavio la suit péniblement, mais commence à renâcler :

— Bon, ça va faire deux heures qu'on cherche…

— Il faut absolument que je comprenne ce qui se passe !

— Comprendre ce qui se passe dans la tête d'une puce de mer ! dit-il, railleur.

— Là, il y en a un, Octavio ! lance-t-elle triomphante. Ah non, zut, il est mort…

Couvert de sable de la tête aux pieds, Octavio n'avait pas prévu de passer des heures à ramper sur la plage humide :

— J'en peux plus, Pauline, je démissionne !

— Allez allez, tiens bon mon véto chéri, on n'est pas non plus dans une jungle grouillante de cobras et de scorpions !

— Oui, eh bien je préfère encore ma salle d'attente bien chaude avec mes chats et mes chiens ! J'ai du sable partout et ça me gratte sérieusement…

— Ça vous chatouille, ou ça vous gratouille ? demande Pauline, imitant le Docteur Knock.

Octavio regarde à son tour dans l'oculaire ; il lui faut un moment pour ajuster sa vision, puis, dans le flou scintillant, distinguer une fine galerie aux parois luisantes, et un petit talitre recroquevillé au fond. Mais cet exercice finit par lui donner mal au cœur :

— À force de lorgner dans ton endoscope, ça me flanque le mal de mer, ou plutôt le mal de sable !

Il contemple Pauline, si suggestive à plat ventre dans le sable humide qui colle à sa peau, ses cheveux défaits en boucles. On dirait qu'elle étreint la plage tout entière et Octavio la trouve décidément sensuelle et désirable. Il tente un geste tendre en lui caressant le bras, mais elle ne paraît pas le remarquer tant elle est préoccupée :

— Ce n'est pas possible, enfin ! Ils ne peuvent pas avoir tous disparu en même temps !

— Il y a peut-être eu une pollution…

— Mais non, ça n'a rien à voir, les galeries sont vides, ils sont juste partis, tu comprends ?

*

Sur la terrasse du *Baya*, chacun a retrouvé sa place, car les dauphins ont, eux aussi, disparu. Julius et Astrid ont demandé à Bérénice s'ils pouvaient reprendre la lecture du scénario le lendemain. Soulagée, elle a tout de suite accepté. Jorris a raison, quelque chose s'est passé entre eux, et le temps doit faire son œuvre.

À quelques tables de là, l'homme et la femme au regard affûté se sont installés dans un coin de la véranda pour faire le point sur leurs recherches et, incidemment, éplucher la presse locale. Deux cafés fumants viennent de leur être servis sans même qu'ils aient à le demander. Penchée sur la page des faits divers du journal, elle se tourne vers l'homme :

— Écoute ça…

Elle se met à lire, mais pas trop fort :

— « Macabres découvertes dans les barthes de Soorts… Une fois de plus, aux abords du canal de Monbardon, des riverains ont trouvé un animal tué sauvagement. Il s'agissait d'un ragondin auquel il manquait le cœur et un œil. On se souvient aussi que le mois dernier, des pies ont été décapitées, et qu'on a trouvé des viscères éparpillés sur les chemins des barthes, sans que l'on sache de quel animal il s'agissait. D'après les spécialistes de l'ONF, il semble peu probable que ces blessures aient été infligées par une bête sauvage, car on ne trouve aucune trace de morsure. Il pourrait donc s'agir d'un acte de malveillance ou d'un rituel… Des rumeurs font même état d'une légende locale concernant un homme susceptible de se transformer en loup-garou lors de certaines nuits de lune noire ! »

Incrédule, la femme relève la tête, coiffe de la main une mèche de ses cheveux blonds et se tourne vers son comparse :

— Un loup-garou ? Je croyais que ça n'existait plus…

— Et voilà qu'il y en aurait un qui ressort comme ça, dans les barthes ?

La femme hoche la tête :

— Ça fait beaucoup de signes, tu ne trouves pas ? On dirait que ça s'accélère…

7

CAP AU 240°

Au cœur de Dax, à quelques mètres de l'Adour et du très glamour hôtel *Splendid*, se tient la Fontaine chaude, symbole même de la ville thermale, bâtie sur d'anciens thermes datant de l'Antiquité. C'est un bâtiment du XIXe siècle de style gallo-romain, avec son grand bassin fumant animé par quatre fontaines d'où jaillissent plus de deux millions de litres par jour d'une eau extraordinaire qui remonte des profondeurs de la terre à une température de 64 °C. Cette source est connue sous le nom d'une déesse nordique des eaux froides : La Nèhe. Tout autour du bâtiment et de ses grilles, des terrasses de bistrots, des restaurants, des touristes du monde entier qui viennent toucher cette eau chaude et miraculeuse coulant des neuf robinets à tête de lion… Ce jour-là, il fait une chaleur de fournil dans la ville thermale.

— Peux-tu m'expliquer pourquoi on est ici ? Chez moi ? Dans mon lieu de naissance ?

Jacquotte tournoie au-dessus de l'eau dans les vapeurs limoneuses, et se moque de sa vieille complice :

— C'est là qu'est née La Nèhe ? Comment on prononce ça ? « Née née » ?

Pour toute réponse, La Nèhe s'amuse à nager comme une loutre sous la surface de l'eau brûlante du bassin, pour ressortir devant Jacquotte, qui éclate de rire. Elles voient tout, mais personne ne peut les voir batifoler ainsi.

— Tu ne m'as toujours pas dit ce qu'on fait ici ?

— J'avais envie de barboter, répond Jacquotte malicieuse, c'est bon pour mes vieux os !

— Tu parles ! Tes vieux os ne craignent plus grand-chose ! réplique La Nèhe.

— Quelle heure est-il ? demande soudain Jacquotte.

— Tu en as de ces questions, toi ! Qu'est-ce que ça peut te faire ?

— J'attends le train de 10 h 10…

— Mais qu'est-ce que tu radotes ? Qu'est-ce que tu mijotes ? Jacquotte ?

— Jacquotte radote, Jacquotte mijote ! singe-t-elle.

La Nèhe nage autour d'elle et lui souffle :

— À l'horloge de la cathédrale Sainte-Marie, il est 10 heures, ma petite bécasse !

Aussitôt, Jacquotte disparaît vers l'Adour et la gare, suivie de La Nèhe qui devine que sa vieille amie a manigancé quelque chose de pas très net… Ses soupçons vont se confirmer lorsqu'elle voit arriver le train de Paris. Jacquotte ricane face aux portes du TGV qui s'ouvrent avec un soupir pneumatique. En voyant descendre les premiers passagers, on pourrait croire qu'il s'agit d'une équipe de rugby sortant d'un wagon mal climatisé.

Vingt-deux hommes costauds, vêtus à l'ancienne, en campagnards, sac de marin sur le dos, envahissent la voie 2 de la gare de Dax en direction de la sortie. Un vent trop chaud les accueille. Ils font beaucoup de bruit sur le quai, car ils sont chaussés de sabots de bois ! À leur tête, un béret fiché sur ses cheveux châtain en désordre, un jeune gars élancé et charismatique, Paul-Simon, que tous appellent Paulsi. Jacquotte le lorgne avec des yeux gourmands, tandis que La Nèhe, sidérée, vient de comprendre ce qui se trame :

— Tu n'as pas fait ça, quand même ?

— Mais si, ma Nèhe, mais si ! répond Jacquotte fière d'elle-même. Ils devaient arriver la semaine prochaine de Paris, mais je me suis débrouillée pour qu'ils soient là aujourd'hui. J'ai fait ça pour Bérénice, tu sais. L'heure tourne et cette scène de film la rend folle. Il ne lui reste plus que quatre jours pour trouver l'amour. Là, elle va se retrouver avec vingt-deux garçons, dont certains qu'elle connaît puisqu'ils viennent de son école de cinéma !

— Mais ils sont presque tous pareils, dit La Nèhe un peu déçue.

— Ah bah oui, ils sont figurants pour être des résiniers des Landes, qui n'étaient ni très grands, ni très blonds… La prof de l'école leur a conseillé de voyager avec leurs costumes pour s'y habituer et pour qu'ils soient authentiquement sales et froissés. Et en plus, ils doivent tous savoir grimper aux arbres.

— Eh bé ça promet ! lance La Nèhe qui sent que ces vingt-deux garçons risquent de mettre un sacré souk dans le tournage.

— Regarde-moi le meneur, Paulsi. Il est plutôt mignon, avec sa bonne bouille de mâle alpha, non ?

— J'aime pas les *winners*, souffle La Nèhe en haussant les épaules.

Malgré la chaleur étouffante, les voilà qui braillent comme des gamins en sortant de la gare pour aller vers le parking. Ils ont la consigne de prendre le bus de la

Régie des transports landais jusqu'à l'office du tourisme d'Hossegor où ils seront attendus. Jacquotte et La Nèhe décident de faire un bout de chemin avec eux pour leur propre casting...

Dans le bus, touristes et surfeurs sont convaincus que ces vingt-deux gaillards sont de véritables locaux en goguette. Les comédiens déguisés en gemmeurs jouent le jeu et en profitent pour entonner les chants traditionnels qu'ils ont appris :

Prends ton échasse et ton hapchot,
Mets-les sur ton dos.
Bel ouvrage fait beau gemmeur,
Chante l'aubade sur le pitey !

La Nèhe, qui s'y connaît en hommes, en a repéré un, assis tout seul. Il ne chante pas comme les autres et ses yeux sont perdus dans le paysage. À présent, le bus traverse Magescq et prend la direction de Soustons. Derrière ses cheveux longs, ce jeune homme cache une âme romantique blessée. C'est Célestin. Il a dû magouiller pour faire partie du groupe, car il est un peu trop grand. Mais il est amoureux de Bérénice depuis qu'ils ont été dans la même classe de scénario, deux ans plus tôt. Ils ont travaillé ensemble sur un court-métrage et Célestin a découvert la beauté et le talent de cette jeune femme. Il ne s'était pas trompé, puisque Rufus Andersen l'a engagée pour coréaliser son prochain long-métrage. Pour rien au monde Célestin n'aurait raté une telle occasion !

La Nèhe voit clairement que ce garçon est amoureux de Bérénice. Il ne pense qu'à elle et consulte régulièrement sa montre, comme si cela pouvait les faire arriver plus vite. Il semble gracieux et gentil, un peu solitaire. C'est peut-être ce qu'il faut à Bérénice dans ces circonstances…

*

L'étrave du bateau pointe vers le Jaïzkibel, cette montagne au look de volcan située en face d'Hendaye et qui marque le début du territoire espagnol. Voilà plus de trente minutes que Benoît maintient le cap du *Croix du Sud* au 240°, à la vitesse de quatre nœuds, avec deux lignes à la traîne dans son sillage. La houle du nord-ouest fait rouler le cabin-cruiser de façon désagréable, obligeant les deux passagers à se tenir constamment. Hubert a passé une grande partie de sa vie à observer la mer et le littoral depuis les sémaphores, comme celui de Socoa qui surplombe la baie de Saint-Jean-de-Luz. Mais jamais il ne se lasse de ce paysage où se mêlent la mer, le ciel et la montagne, le fond du golfe de Gascogne.

Son attachement à cette portion de paradis est immense ; il est parti des mois à bord de son voilier, seul ou presque, avec Jacquotte en passagère clandestine… Des îles du nord aux îles tropicales, Hubert espérait trouver quelque chose d'ultime grâce à ces longues traversées solitaires, mais en fin de compte la poursuite du soleil ne s'arrête jamais. Le but n'est pas d'arriver, mais de savourer le chemin. Ainsi Hubert a-t-il compris qu'il n'y a d'autre destination que l'instant présent, puisque toute arrivée est une fin. Mais n'étant plus tout jeune, l'homme a aussi envie de s'enraciner, de marcher dans la boue et de rôtir des châtaignes dans un coin de la cheminée pendant que des enfants rient autour de lui… Ou bien n'est-ce encore qu'une illusion fugitive pour retenir la vie qui passe ?

Le *Croix du Sud* tient bien sa route malgré la houle, et son moteur ronronne avec une régularité endormante. Ils sont secoués bord sur bord à chaque dos de houle. Hubert tâte régulièrement la tension de la ligne, mais pas une touche ne vient agiter le scion de leurs cannes, pas l'ombre d'une bonite ou d'un maquereau à l'horizon. Il se décide à interpeller son vieux copain :

— Dis donc Benoît, tu voudrais pas changer de cap, un peu ? J'en ai marre de ton 240 ° ! C'est la pire allure ici, on prend la houle en travers et on se fait secouer pour rien… En plus, y a rien qui mord…

— Oui, c'est bon, arrête de râler… Et il est où, le *peuch*, d'après toi ?

— Ben, il paraît qu'il y en a un peu autour de la bouée d'atterrissage de Bayonne, face l'embouchure de l'Adour…

— Ah bon ?

Benoît amorce alors un virage très large pour ne pas risquer d'emmêler les deux lignes de traîne. Une fois le *Croix du Sud* sur son cap, il devient beaucoup plus confortable et Benoît demande à Hubert de leur servir une larme de son whisky écossais, ce qu'il fait sans entrain, avec des gestes d'automate.

— Toi, tu n'es pas dans ton assiette, lance Benoît. Tu t'inquiètes pour ta petite Bérénice, pas vrai ?

Hubert boit ce grand whisky hors de prix cul sec – ce qui choque Benoît, mais il se garde bien de lui dire quoi que ce soit. Le vieux loup de mer a les yeux qui brillent en regardant la vague d'étrave :

— Bien sûr que je m'inquiète ! Je n'ai pas été là pour elle pendant des années, et maintenant que je la retrouve, Bérénice est propulsée dans la société du spectacle, elle est devenue une star, alors que son film n'est même pas encore tourné. Tu as vu le mec qui l'a embarquée sur sa moto ? C'est pas Roméo et Juliette, je te le dis, moi ! Elle n'a que 19 ans, et même si elle a déjà accompli pas mal de choses, elle peut être broyée en un clin d'œil. Quand on monte trop vite et trop haut, le reste du temps on ne fait que redescendre… En tout cas, je la trouve changée…

Les deux compères ne disent plus rien et le *Croix du Sud* les emmène tranquillement vers la grosse bouée couverte de capteurs qui sert à délimiter le secteur où les navires pénètrent en balisage fluvial. Face à eux, la zone industrielle de Tarnos dominée par la tour Barbara, un bunker de la Seconde Guerre mondiale haut de plus de vingt mètres, puis la longue digue nord, appelée barre de l'Adour. Sur l'autre rive, au sud, Anglet et ses plages, un grand parking et *La Concha*, ce beau restaurant-brasserie qui donne d'un côté sur l'Océan et de l'autre sur une patinoire.

— Putain ! Réveille-toi Hubert, ou alors prends la barre !

L'une des cannes est pliée en deux ! Ça mord enfin, et Hubert n'a rien vu ; il s'apprête à s'occuper du poisson, mais pris d'une inspiration il se tourne vers Benoît :

— Ok passe-moi la barre ; c'est toi qui le remontes !

C'est exactement ce qu'il leur fallait, un peu d'action. Hubert a été parfait à la barre, réduisant la vitesse juste assez pour remonter la prise, et Benoît n'a pas fait l'erreur classique consistant à le ferrer un grand coup, ce qui se conclut souvent par le décrochage de l'animal. Tout en douceur, la proie est remontée vers l'arrière du bateau et Hubert le met au point mort pour venir assurer la prise avec l'épuisette du bord. En deux temps trois mouvements, les deux amis ont sorti de l'eau une belle louvine qui se débat dans le cockpit.

— Elle doit bien faire dans les deux kilos ! lance Hubert.

— T'aurais pas pu le dire plus tôt qu'il y avait du poisson à la bouée ?

— Tu ne voulais pas décoller de ton foutu cap au 240° !

Ils éclatent de rire tandis que d'une main experte, Hubert retire l'hameçon de la gueule de ce beau poisson à la forme parfaite et aux brillances cuivrées. Puis il prend le petit couteau pointu dans le seau et l'enfonce d'un coup sec au sommet du crâne du bar, qui meurt instantanément. Ensuite il ouvre le poisson et le vide, balançant les viscères par-dessus bord pour les crabes et les goélands, des gestes si souvent accomplis au cours de ses traversées, lorsque la pêche était vitale. Pour célébrer la prise, Benoît leur ressert deux gouttes de whisky :

— À la santé de cette belle louvine ! clame Hubert.

Benoît sursaute, comme frappé par le Saint-Esprit :

— Dis donc ! Je viens d'avoir une super idée… Il se trouve qu'un de mes bons amis, un ancien collègue, Théo, adore le poisson…

Hubert le regarde sans comprendre :

— Ah, et alors ?

— Alors, alors, mon cher Hubert, ce gars s'appelle Théo Murillo. Et figure-toi qu'il travaille pas très loin d'ici… Il y a un ponton, à Bayonne, près de la sous-préfecture, qui permet d'accéder à l'hôtel de police en quelques minutes.

Hubert soupire, se demandant quelle idée son ami a derrière la tête.

— Et Théo, continue Benoît, c'est le Mozart des fichiers de recherche à la PTS, notre police technique et scientifique. Je suis le parrain de son fils. Je lui avais promis de lui rendre visite… Il va être ravi de me voir, surtout si j'arrive avec une louvine juste sortie de l'eau. Ce gars va nous trouver l'immatriculation du gaillard à moto en un rien de temps. Et puis crois-moi, s'il y a quoi que ce soit d'autre sur cet individu, tu peux compter sur lui pour le trouver !

Sur ce, Benoît remonte l'autre ligne, range le poisson dans le seau, nettoie le fond du cockpit puis s'installe aux commandes et remet les gaz vers l'embouchure de l'Adour.

*

Dans le garage poussiéreux de Maïté Cazaubon, en contrebas du Doigt Mordu, Jo et son ami portugais Rodrigo, « Rod », travaillent depuis le matin sur sa vieille deux-chevaux grise à capot ondulé. Rod s'est promis de la faire redémarrer. Il adore les voitures anciennes et son père, ainsi que son grand-père, étaient garagistes et mécaniciens à Nazaré et Coïmbra. Dès qu'il avait vu la deudeuch' de madame Cazaubon, Rodrigo s'était mis en tête de la remettre en état et peut-être même de la conduire.

Ce jour-là, la vieille dame a accepté que Rod essaye de la remettre en route. Il a changé les bougies, les vis platinées, il a installé une batterie bien chargée, et Jo a tourné la manivelle. Les deux élèves du lycée Darmanté profitent de leur jour de congé pour voir si cette voiture mythique des années 1950, type AZL, peut encore démarrer. Jo et Rod forment un bon binôme en cuisine, mais aussi en mécanique. Au bout de deux heures de sueur et de cambouis, le son caractéristique du moteur de la deux-chevaux retentit, aigu et strident. Les deux garçons poussent des cris de victoire, ce qui ne manque pas d'attirer Maïté. Elle en pleure presque de joie ; la dernière fois que cette vieille guimbarde a tourné, son cher Félix était encore en vie.

Mais au-delà du bonheur qu'elle éprouve à voir revivre cette voiture, la gouvernante a un plan, car elle vient de recueillir des informations qui l'inquiètent. En effet, deux amis de son fils Mateu lui ont raconté une drôle d'histoire. Alors qu'ils cherchaient ces champignons qui poussent entre dunes et forêt, les délicieux *bidaous*, de leur nom gascon, ils ont aperçu un couple allongé dans le sable. Ainsi, au nord de la plage des Casernes, ils auraient vu Octavio collé contre une jeune femme qui travaillait avec de curieux instruments sur la grève.

Le sang de madame Cazaubon n'a fait qu'un tour. Cette fois c'en est trop. Voilà donc où se trouve le papa d'Antonin, pendant qu'elle et Louise s'occupent à plein temps du gamin ! Il traîne sur les plages avec une inconnue plus jeune que lui ! Elle ne peut pas laisser faire ça. Impossible. Il faut sauver le petit Antonin avant que son écervelé de père n'atomise la famille. *Les hommes sont tous les mêmes, ils sont prêts à se jeter dans les flammes pour une paire de fesses…*

Rodrigo s'approche de la vieille dame avec son sourire étincelant :

— Et voilà, Maïté ! Elle tourne comme une horloge suisse. Vous croyez qu'on pourrait faire un tour avec ?

— Et comment ! clame madame Cazaubon. Allez hop, montez à bord !

Rod s'assied devant comme copilote et mécanicien, et Jo à l'arrière, sur les sièges écossais retenus par des ressorts. Madame Cazaubon s'installe tel un pilote avant une course, elle touche le pommeau noir du levier de vitesse, le volant métallique, elle appuie une ou deux fois sur l'accélérateur, puis embraye avant d'enclencher la première. Avec un hoquet effarouché, la deux-chevaux sort du garage et s'engage dans l'allée. La vieille dame n'a rien perdu de ses réflexes et l'on voit qu'elle a mille fois conduit cette voiture sur ce chemin. Sans un mot, elle rejoint la route et tourne vers le pont Bonamour.

— Elle roule trop bien, dit Rod, émerveillé.

— Avec la mode des voitures anciennes, vous savez que ça vaut très cher, aujourd'hui, une vieille deux-chevaux comme la vôtre ? ajoute Jo.

Sans quitter la rue des yeux, madame Cazaubon se contente de lâcher, revêche :

— Pas à vendre...

Quand elle passe le pont et se dirige vers le rond-point menant à Hossegor, Jo lui demande où elle les emmène.

— J'ai envie de voir la plage...

Et elle se met à ricaner d'un rire de sorcière.

— C'est l'aventure ! souffle Rod en regardant son ami derrière, qui ne comprend pas du tout où ils vont.

Maïté Cazaubon n'étant pas très grande, sa tête dépasse tout juste du pare-brise, mais ses yeux pétillent et, concentrée, elle paraît parfaitement savoir où elle se dirige. La voiture file le long du lac d'Hossegor et ses parcs à huîtres, avant de rejoindre la route des Lacs, qui mène vers les plages du nord. Les garçons n'arrêtent pas de se regarder en se demandant si elle est devenue folle, et en même temps l'aventure est excitante, surtout dans cette voiture qui fleure bon les années 1950. Au fur et à mesure qu'elle avance, Maïté semble rajeunir et fredonne, toute guillerette. Au bout de quelques kilomètres, elle pousse une manette en plastique vers la gauche. Sur le petit boîtier, le clignotant se déclenche avec un bruit très vintage de minuteur et de métronome, avant de s'arrêter de lui-même, une fois revenu à la verticale. Le panneau routier indique « Plage des Casernes », en souvenir des casernes de douaniers installées là au XIXe siècle pour surveiller les épaves et les trafics clandestins. Chez les garçons, l'étonnement grandit, car non seulement c'est une plage sauvage, mais on la dit même propice aux rencontres…

— On va où, comme ça, madame Cazaubon ? ose Rod, un peu gêné.

— Écoute, mon petit, dans le monde d'aujourd'hui, il faut tout faire soi-même : l'hôpital, la police, la justice, tout ! Alors on va enquêter nous-mêmes et on prendra les mesures qui s'imposent.

— Mais… enquêter sur quoi ? demande Jo, perplexe, sans se douter que son oncle Octavio est concerné.

La duègne ne se laisse pas distraire de la route qui file tout droit entre les pins vers la mer. La deux-chevaux se balance doucement sur les ondulations du bitume, tel un bateau sur la houle. Ça sent bon la résine et les embruns, ce parfum caractéristique des Landes. Alors qu'ils ne sont plus qu'à trois cents mètres du parking menant à la plage, ils distinguent une silhouette familière juchée sur l'un de ces *fat bikes* massifs aux pneus surdimensionnés, les 4x4 du vélo, qui roulent jusque sur les plages. Une planche de surf couleur bois, facilement reconnaissable, est rangée à l'horizontale sur un rack. Dans la voiture, tous les trois ont poussé un cri de surprise : « Octavio ? » Le temps qu'ils l'aperçoivent, pédalant à trente à l'heure, il disparaît sans les avoir vus dans le chemin forestier, un raccourci à travers bois qui mène à l'Agréou, près de la plage du Penon à Seignosse. Madame Cazaubon a été si surprise qu'elle a freiné :

— Il était donc bien là !

— Il a dû aller surfer, lance Jo, peu sûr de lui.

La vieille dame hausse les épaules :

— Surfer ! Ah, j'te jure, elles ont bon dos, les vagues !

À ce moment, ils remarquent une camionnette jaune sur le parking, avec les portes arrière ouvertes. Sans doute un ancien véhicule de la Poste. Une jeune femme un peu échevelée est en train de charger des caisses en plastique et divers instruments. D'instinct, madame Cazaubon sait que c'est elle qui se trouvait avec Octavio. Aussi se gare-t-elle à côté de son véhicule, au pied de la dune. Et c'est Pauline elle-même, admirative de la deux-chevaux, qui engage la conversation lorsque la vieille dame en sort :

— Whaouh ! Elle est trop belle, il y a longtemps que je n'en avais pas vu une comme ça !

— C'est grâce aux deux jeunes, là, ce sont eux qui l'ont retapée !

Jo et Rodrigo sortent de la voiture à leur tour, un peu gênés ; Pauline les félicite. Madame Cazaubon reprend la balle au bond :

— Et vous mademoiselle, vous travaillez pour la science ?

Un peu surprise, la jeune femme se recoiffe de la main. Elle est vêtue d'une robe légère et colorée qui ne cache rien de ses formes :

— Euh, oui, en quelque sorte. Je m'occupe de la biodiversité sur la plage. Ou ce qu'il en reste ! Beaucoup d'espèces ont disparu en quelques décennies, vous savez.

Tout en l'écoutant, la vieille gouvernante s'approche pour mieux l'examiner, la renifler. Elle guette sur son corps une trace, une odeur, un indice qui prouverait ses ébats avec Octavio. Elle regarde si les boutons de sa robe sont défaits, elle traque le moindre détail et finit par remarquer une rougeur à la base du cou qui ne peut être qu'un suçon d'amoureux. Le jeune Rodrigo, ingénieux et curieux de nature, désigne les outils optiques :

— Et ça, madame, à quoi ça sert ?

Pauline rit ; elle apprécie l'intérêt du jeune homme :

— Appelle-moi Pauline, s'il te plaît, pas « madame » ! Cet instrument est un endoscope qui me permet de voir ce qui se passe à l'intérieur du sable, les galeries, les crustacés, les insectes, tout ce petit monde qui peuple les plages.

— C'est génial ! lance Jo.

Devant leur intérêt pour son activité, Pauline se livre :

— J'ai créé une association, Les Racines du sable, pour préserver ces créatures si essentielles qu'on ne voit pas… Comme les puces de mer, qui ont presque disparu de nos plages…

— À cause de la pollution ? demande Jo.

— Pas seulement, répond Pauline ravie d'enfourcher son cheval de bataille, c'est surtout le nettoyage mécanique qui stérilise les plages, ces grosses trieuses qui enlèvent les organismes vivants, les puces de mer entre autres, mais aussi les bois flottés, les algues, les insectes, les œufs, les coquillages, les graviers…

— Et ils en font quoi, de tout ça ?

— Eh bien, ça part à la décharge !

Les deux garçons poussent des cris outrés face à la bêtise humaine. Maïté se contente de hocher la tête. Elle n'est pas dupe ; ces belles paroles sont destinées à les endormir…

Prise dans son élan, Pauline se lâche :

— Mais j'ai beaucoup de chance. J'ai rencontré un véto qui va m'aider à sauver les talitres !

— Les quoi ? demande Rodrigo, gêné, essayant de détourner l'attention.

— Les puces de mer, ce sont des amphipodes… Et figurez-vous qu'on vient d'observer une chose incroyable tout à l'heure : nos puces de mer qui habitent là, dans leurs galeries, sont parties d'un coup, sans qu'on comprenne pourquoi. Et pourtant, on les observe presque tous les jours… On passe des heures dans le sable… Bref ! lance Pauline, confuse d'en avoir trop dit.

La jeune femme, le rouge aux joues, ne remarque pas leurs regards stupéfaits. Elle finit de charger sa camionnette, les salue en bredouillant, et s'en va. Madame Cazaubon n'a rien dit, mais elle bout intérieurement et s'est retenue de ne pas écharper cette bonne femme qui a mis le grappin sur Octavio en le convaincant de s'occuper de ses puces plutôt que de son propre fils !

*

Investi d'une mission, Benoît remonte l'Adour en respectant la vitesse, entre 5 et 8 nœuds. Il aime naviguer sur le fleuve, longer le port de Boucau avec ses cargos puis, un peu plus loin sur la rive sud, le petit port de plaisance d'Anglet et son ancien yacht-club devenu un restaurant les pieds dans l'eau, *Le Poisson à voile*, sans oublier la présence du gros canot orange « tous temps » de la SNSM, le *Capitaine Martin Jorlis*… Quelle plus belle façon d'entrer dans une ville que de l'aborder par le fleuve qui la traverse ?

Tandis que le *Croix du Sud* remonte péniblement le courant de l'Adour, Hubert se sent mélancolique. Ils pénètrent en milieu urbain et ne voient plus que des usines, des silos, des voitures, des bus, des immeubles, encore des voitures, et le vieux bourlingueur songe qu'il n'a guère envie de débarquer. S'il regarde en arrière, le marinier a l'impression d'avoir raté quelque chose. Toutes ces années passées immobile en haut des sémaphores, à guetter les navires venant parfois du bout du monde, toutes ces années prisonnier de sa grande maison, Le Doigt Mordu, toutes ces années à rêver du moment où il pourrait enfin mettre les voiles… Et lorsqu'enfin il a pu acheter *L'Archimède*, Hubert est parti seul en mer des mois durant, des îles Lofoten au Cap Vert, en compagnie d'un fantôme (même si Jacquotte déteste ce mot) tout en délaissant sa nouvelle famille… Pourquoi jouer les misanthropes ou les ermites ?

Enfin, le bateau passe sous le pont Henry-Grenet, que tout le monde appelle le pont rouge, et Benoît se rapproche de la rive sud, où se trouvent les bâtiments de la sous-préfecture. Un peu plus loin, il met le cap sur un ponton métallique dont des panneaux rouges et blancs interdisent l'accès. Avec une manœuvre impeccable, Benoît approche le bateau pendant qu'Hubert met les pare-battages ; en un clin d'œil, cet équipage bien rodé se retrouve solidement amarré à quelques mètres seulement des allées Paulmy qui mènent à l'hôtel de police. Alors qu'ils s'apprêtent à descendre, un policier passablement énervé trotte vers eux :

— Monsieur ! Monsieur ! Vous ne savez pas lire ? Vous n'avez pas le droit de vous amarrer là…

Le temps que Benoît sorte sa carte bleu-blanc-rouge, le policier l'a identifié :

— Ah, commissaire Garland ! Excusez-moi, je ne vous avais pas reconnu !

— Ne vous inquiétez pas, répond Benoît, on va juste voir les collègues à la brigade, on ne reste pas longtemps.

Le policier se fait très conciliant :

— Prenez votre temps, commissaire. Je suis en faction jusqu'à 13 heures.

Muni d'un sac en plastique contenant le poisson, Benoît et Hubert le remercient et tous deux s'éloignent d'un bon pas. En arrivant dans le trafic des allées Paulmy, le vieux flic ricane :

— Tu vois, l'avantage de n'avoir invité personne à mon pot de départ, c'est que personne n'est au courant que j'ai pris ma retraite !

Tous deux éclatent de rire. Dix minutes plus tard, ils se trouvent à la brigade, dans les anciens locaux de Benoît, chaleureusement accueilli par ses collègues. Il prétend qu'il passait par là en bateau et qu'ayant pêché une louvine, il a pensé à son vieux pote Théo… C'est cousu de fil blanc, mais tout le monde joue le jeu, d'autant qu'ils viennent de faire une arrestation musclée et que le gars, un colosse, continue à se plaindre bruyamment dans les locaux. On entend aussi piailler au fond des bureaux, où quelques échantillons de cartons bourrés de poussins ont été stockés.

— C'est Casus Belli, leur explique une lieutenante…

— Ah oui, reprend Benoît, le trafiquant de poussins d'un jour? Celui-là, on l'a arrêté une bonne demi-douzaine de fois déjà…

— Hey! Benoît?

Théo le salue de son bureau et lui fait signe de venir. Benoît suggère à Hubert de l'attendre là quelques instants. Ce dernier en profite pour demander à la policière d'où vient ce nom de Casus Belli:

— C'est un ancien boxeur. Avec lui, ça part tout de suite en vrille. Pour lui qui est belliqueux, tout est un *casus belli*, un motif de guerre! Je crois qu'il confond l'expression avec le champion de boxe Cassius Clay… Mais il n'est pas vraiment méchant…

— Et ça rapporte, de trafiquer des poussins?

— Ça dépend lesquels… Ce sont des poussins d'un jour d'une espèce particulière, ils valent assez cher.

— Pourquoi d'un jour?

— Ils ont moins de 72 heures, ils n'ont pas été nourris et supportent bien le transport, sans aucune déjection… Mais il y a aussi des gens qui transportent des poussins pour cacher un trafic de drogue!

La lieutenante rit en retournant à ses affaires, laissant Hubert près d'un bureau.

D'ici, il peut apercevoir Benoît, les sourcils froncés, parlant à son ami Théo, qui pianote à l'ordinateur. Le temps passant, Hubert se déplace et, par curiosité, va voir les cartons bourrés de poussins stockés dans le couloir.

Benoît ressort du bureau de Théo avec une moue indéchiffrable et entraîne son vieil ami vers la sortie :

— La marée sera haute dans une heure, on n'a pas trop de temps à perdre si on veut rentrer sur Capbreton sans se faire chahuter dans la passe !

— Et… pour la moto ? L'immatriculation ? demande Hubert, impatient d'en savoir plus.

— Écoute, à ce stade, y a rien de probant. Théo va faire des recherches supplémentaires.

— Comment ça, rien de probant ?

— C'est bizarre, il y a des trous dans sa recherche, et il aboutit à trois numéros de sécurité sociale de trois personnes décédées ! Mais ne t'inquiète pas, Théo va continuer à creuser…

De retour sur le bateau, alors qu'ils descendent l'Adour vers la pleine mer, Benoît est préoccupé par la navigation et le ciel qui se couvre, mais ce qui l'inquiète le plus, c'est ce que lui a révélé Théo sur l'individu à la moto, et qu'il n'ose pas rapporter à Hubert.

8

ADISHATZ !

Le bus des joyeux lurons arrive enfin à destination. Ils poussent des cris de joie en voyant le panneau Soorts-Hossegor. Ainsi déguisés, on les croirait tout droit sortis de la pinède profonde. Le responsable du groupe, le dénommé Paulsi, fils de bonne famille, leur rapporte la teneur des coups de fil qu'il vient de passer. Apparemment, Philomène, l'assistante du régisseur, aurait commis une grosse bourde dans les dates, en les faisant venir cinq jours trop tôt ! Elle en pleurait au téléphone, au point que Paulsi a dû la rassurer.

Malgré la clim, il fait très chaud dans le bus. « Ça sent la bête ! » lâche Jacquotte en regardant les jeunes hommes couverts de sueur. Les « résiniers » sont en pleine forme, impatients de prendre l'air, de bouger. Aussi, lorsque le bus s'arrête enfin à l'office du tourisme d'Hossegor, ils bondissent au dehors et font sensation avec leurs cris gutturaux et leurs sabots.

Le bus repart vers Bayonne, mais personne ne vient à leur rencontre. Qu'à cela ne tienne, les gaillards sont bien décidés à profiter d'être là, dans cette station branchée aux immenses plages de sable, La Mecque des surfeurs…

Paulsi est déjà venu à Hossegor en vacances et il guide ses amis. En quelques pas, ils se retrouvent au carrefour, avec le légendaire *Café de Paris*, une institution fondée par la famille Despouys en 1936, une terrasse où l'on s'attable depuis plus de trois générations pour regarder passer le monde. Leur apparition déclenche des cris de sympathie, des applaudissements, et on leur lance des « Adishatz ! » de bienvenue, le bonjour gascon.

— Ça change un peu des surfeurs ! marmonne une mamie qui passe par là.

— En tout cas, on dirait que les résiniers ne sont pas résignés ! clame fièrement un client, bière à la main, convaincu d'être le premier à faire la vanne.

— Ce ne sont pas des résiniers, corrige un vieux Landais moqueur, attablé à côté, ce sont des gemmeurs, ceux qui récoltent la résine…

Certes, ces gaillards font désordre parmi cette petite foule élégante où le surf côtoie le golf, mais eux ne portent ni polo, ni club, ni planche, ils exhibent leurs outils, le long pitey, un montant unique haut de trois mètres muni de cale-pieds, qui tient lieu d'échelle ; mais aussi le fameux hapchot, la hachette du gemmeur. Coiffés de bérets ou de chapeaux de paille, utilisant leurs sabots pour faire du bruit sur le trottoir, les vingt-deux figurants profitent de ce public improvisé pour entonner un couplet de l'hymne landais, qu'ils ont appris en gascon et en français :

Lous dou païs oun le terre eus ta grane
Que coum dou céou ne s'eun beuyt pas le fin
Terre d'eustagns oun lou sou s'eusmiraille
Terre de cams, de bigne et d'arreuillots
Terre de pïns oun lou yeumé trabaihe
Et hey picha le yeume eun lous cutiots…

Ceux du pays où la terre est si grande
Elle est comme le ciel, on n'en voit pas la fin
Terre d'étangs où le soleil se reflète
Terre de champs, de vignes et de ruisseaux
Terre de pins où le gemmeur travaille
Et fait couler la résine dans les petits pots…

Avec ce refrain chanté en chœur, les figurants remportent un franc succès, ce qui renforce leur enthousiasme ; mais la chaleur devient insupportable dans leurs lourds vêtements et Paulsi a sa petite idée. Il entraîne ses compagnons vers le canal et ils marchent joyeusement dans la ville, observés par les commerçants sur le pas de leur porte, et par deux policiers municipaux qui supposent qu'il s'agit encore d'un pari stupide lancé sur TikTok…

C'est la fin de la marée montante et une belle eau verte venue de l'Océan afflue avant d'aller se mêler au lac marin. Une fois sur le pont d'Hossegor, la tentation est trop forte. Les jeunes hommes organisent un lieu où entasser leurs sacs et retirer leurs précieux costumes, pour se retrouver en caleçon. Paulsi est le premier à sauter, sans un mot, droit comme un I, et il ressort triomphant de l'eau, quelques mètres plus bas :

— Ouaaah ! Elle est trop bonne !

Après lui, tous défilent les uns après les autres ; certains hésitent, d'autres se lancent n'importe comment, et puis il y a ceux qui crient, ou qui osent un saut périlleux… C'est un véritable spectacle. Certains remontent sur le pont et recommencent, on dirait une colonie de vacances livrée à elle-même. Sur ce, arrive une grande fille très mince, aux longs cheveux châtains, élégante, un cartable en cuir à la main ; son visage est défait comme si elle avait pleuré. C'est

Philomène. Elle a dégotté le job du siècle, assistante régisseuse pour le long-métrage de Rufus Andersen, mais elle a fait une grosse boulette qui risque de lui coûter sa place. Elle aurait pourtant juré avoir lu et relu le mail avant de l'envoyer, mais il semble bien qu'elle se soit trompée de cinq jours ! On ne va jamais lui pardonner ça… Et en plus elle se retrouve avec vingt-deux figurants sur les bras !

Nonchalantes, perchées sur des lampadaires tels des cormorans, deux commères observent la scène avec détachement. Elles examinent un à un les garçons en caleçon qui enjambent la rambarde du pont avant de sauter dans le vide. Elles observent leur corps, leur peau, leurs cheveux, leur élégance… La Nèhe aime bien Célestin, souple et discret. Jacquotte évalue les comédiens un par un : « Beuh ! Trop maigre » ; « Ah non, trop blanc » ; « Bof… Trop mou » ; « Beurk ! Trop poilu »… Quand arrive Philomène, bouleversée, La Nèhe ne peut s'empêcher de se tourner vers sa comparse :

— Regarde-moi ça, Jacquotte, cette pauvre petite est tourneboulée, en plus elle risque de perdre son boulot…

Jacquotte hausse les épaules :

— T'inquiète, on va arranger ça…

— Oui, enfin, tu ne peux pas tout le temps tripatouiller le destin des uns et des autres comme des billes, Jacquotte ! À ce petit jeu, tu vas finir par te brûler…

— Ne dramatise pas. Regarde plutôt toute cette belle chair fraîche pour Bérénice. Évidemment, toi, tu ne t'occupes pas trop du temps qui passe, ma pauvre Nèhe, tu oublies qu'il ne lui en reste pas des masses, du temps, à la petite. Et là, surprise… On lui apporte presque deux douzaines de poulains sur un plateau, chauds et fringants, dont certains qu'elle connaît déjà.

Pendant ce temps, trois dames habillées en vêtements de sport coûteux passent sur le pont avec leurs petits chiens bien toilettés ; affichant un certain dédain, elles observent du coin de l'œil ces jeunes mâles pleins de testostérone :

— On dirait de vrais sauvages, tu crois que c'est une espèce de secte, comme des mormons ? Et puis regarde-moi leurs vêtements crasseux…

— Ils doivent venir du fin fond de leur cambrousse…

Pendant ce temps, Philomène parlemente au téléphone avec le régisseur pour leur trouver un logement ; le *Baya* est plein, ainsi qu'une bonne partie des hôtels du coin, à Hossegor comme à Capbreton. On lui suggère alors d'aller voir chez *Jo & Joe*, cette grande auberge de jeunesse pour surfeurs située non loin, au bout du canal, près du pont Notre-Dame.

*

Une fois l'embouchure de l'Adour franchie sans encombres à bord du *Croix du Sud*, le retour de Bayonne vers Capbreton se fait contre le vent et le courant de secteur nord, avec une houle courte et clapoteuse qui secoue le bateau et asperge les deux marins. À la barre, Benoît peste contre ces conditions qui ralentissent la traversée, fatiguent le moteur et les hommes, tout en coûtant beaucoup plus cher en carburant… Impossible même de pêcher.

Le *Croix du Sud* tangue et tape sur la houle dans les grondements irréguliers du moteur, tandis que les embruns aspergent le pont et le pare-brise balayé par l'essuie-glace, le tout limitant les conversations. D'une certaine façon, cela leur convient. Ils peuvent ainsi cacher leur déception après la visite à l'hôtel de police. Hubert est tracassé par le comportement de Benoît depuis qu'il a parlé à son ex-collègue. Il se demande s'il lui cache quelque chose, car l'ancien flic sait à quel point il tient à Bérénice. Quant à Benoît, de son côté il est rongé par le doute. Les quelques éléments dénichés par Théo d'après l'immatriculation de la moto s'avèrent plus inquiétants que rassurants. Il déteste l'idée de cacher quelque chose à Hubert, ce n'est guère dans leurs habitudes, mais en attendant de plus amples vérifications, ne serait-il pas stupide de l'inquiéter pour rien ?

*

L'eau est la solution, mais elle est aussi la dissolution… Avec le soir qui tombe, la surface a cessé de miroiter. Roulé en boule au fond depuis un certain temps, son esprit rejoint le continuum des âmes venues du passé et du présent. L'eau contient la mémoire universelle, mais elle est aussi un immense transmetteur qui ne connaît pas de frontières. Régulièrement, Jorris doit se ressourcer dans l'eau, mais cette fois-ci un parfum revient le troubler… l'odeur de la jeune femme aux cheveux de feu. Depuis qu'elle a enfourché sa moto et qu'elle s'est blottie contre lui, son empreinte et son parfum ne le quittent plus, comme si elle était toujours là, contre lui. Une comète silencieuse a pénétré dans sa vie. Pourquoi elle ? Et pourquoi maintenant ?

Sous l'eau, c'est le seul endroit où Jorris peut ressentir l'éternité et non la subir. L'eau est sa capsule spatio-temporelle, le ventre matriciel vers lequel il revient toujours pour demeurer le même au fil des âges. Ce n'est ni gai, ni triste. C'est sa réalité, une réalité figée qui l'empêche d'aimer. Depuis le temps qu'il traverse les âges, observateur détaché des affres du monde, Jorris n'a ni joui, ni souffert, et c'est très bien comme ça.

Mais voilà que des courants contraires pilonnent ses certitudes. D'où vient cette Bérénice? Qui est-elle pour le troubler à ce point? Désormais, Jorris comprend qu'il est en danger, poussé par des forces qu'il ne maîtrise plus. Ce qu'il ressent, cette chaleur inconnue, c'est le grain de sable, celui qui peut enrayer la belle mécanique et le transformer d'un coup en simple mortel…

*

Avec la tombée de la nuit, dans sa chambre d'hôtel, Bérénice sent monter le trac et une peur irrationnelle. Elle a rendez-vous avec Jorris près de la piscine. Soudain, elle ne sait plus comment s'habiller et elle n'a guère de choix. Dans le miroir elle se trouve moche, ses cheveux sont pleins de sel et son visage est triste. Elle n'attend pas grand-chose de ce rendez-vous; elle ne comprend pas qui est cet homme, sauf pour l'avoir entendu s'amuser avec une autre femme… Mais Bérénice doit bien s'avouer qu'elle ne cesse de penser à lui, les yeux ouverts ou fermés, et même en prenant sa douche. Comme si l'eau les reliait d'une façon secrète. Elle revoit ce moment terrifiant, lorsqu'il a sauté dans les vagues de La Gravière pour sauver un nageur en détresse. Comme s'il venait d'un autre monde. Il ne craint rien de l'Océan. Mais ce soir, Bérénice voudrait se faire belle pour être à la hauteur. Par moments sa main tremblote, elle prend un temps infini pour se maquiller.

Enfin arrive la nuit, épaisse et tiède, pleine de senteurs des conifères surchauffés par le soleil. Sans réfléchir, Bérénice enfourne deux ou trois affaires dans un sac à dos. Prenant son courage à deux mains, elle ouvre la porte et s'engage dans le couloir d'un pas solennel, comme si elle avançait dans l'allée centrale d'une église… L'escalier grince malgré la légèreté de ses pas, et la réception est déserte. Claudia a déjà recouvert la cage du mainate, ce qui évitera qu'il ameute tout l'hôtel. Bérénice se sent bête, comme une jeune mariée qui ne connaît rien à la vie, tandis qu'elle sort par-derrière vers le coin piscine. Quelques loupiotes, ici et là, éclairent vaguement le bord et l'eau turquoise, mais maintenant qu'elle est seule dans la nuit, elle ne sait plus très bien que faire. Elle n'a aucune envie de s'attabler en attendant un hypothétique rendez-vous. Que lui avait-il dit, déjà ? Quelque chose comme : « Cette nuit il fera jour. Descendez au bord de la piscine, je ne suis jamais très loin de l'eau. Je sentirai quand vous serez là… »

À peine se souvient-elle de cette phrase, qu'elle remarque un remous à la surface. Dans la pénombre et les reflets de l'eau, elle distingue quelque chose au fond, une masse sombre roulée en boule… Elle grossit et se déploie pour nager vers la surface. Terrifiée, Bérénice pousse un cri en voyant surgir de l'eau une créature qui semblait endormie au fond de la piscine ! C'est Jorris ! Il jaillit tel un dauphin, vêtu d'une fine combinaison noire, et le voilà debout, à peine mouillé, face à elle, ses cheveux en boucles désordonnées :

— Oh ! Pardon de vous avoir fait si peur, c'est idiot de ma part. Je m'entraîne à l'apnée…

Bérénice ne sait que répondre tant la situation est irréelle.

— Alors ? demande Jorris comme s'ils reprenaient une conversation interrompue, comment s'est finie votre séance de travail au *Baya* ?

— Eh bien elle s'est finie avec des dauphins ! Tout le monde est sorti sur la terrasse pour les voir. Mais, au fait… Vous aviez raison pour Astrid et Julius, ils sont attirés l'un par l'autre et n'osent pas se l'avouer… Comment l'avez-vous su ?

— Pourrais-tu me tutoyer, s'il te plaît ? demande Jorris, soudain très doux.

Bérénice fait oui de la tête et Jorris continue :

— Je le sais parce que j'ai du temps et le sens de l'observation. Mais ce n'est pas fini… Tu verras au tournage, fais-moi confiance… Je sais que tu as peur…

— Ce n'est pas de la peur ! proteste la jeune femme.

— Tu doutes de toi.

— D'une certaine façon, oui, avoue-t-elle.

— C'est parce que tu ramènes tout à ta propre expérience…

— Ah, mon expérience, tu parles… souffle-t-elle dépitée.

Alors, sans rien dire, Jorris la prend contre elle et Bérénice se laisse faire par cet homme qu'elle ne connaît pas. Il l'entoure de ses bras, elle se niche dans son cou et des vagues de chaleur montent entre eux. Elle se sent fondre ; pour rien au monde elle ne voudrait être ailleurs. Le temps se suspend ; tous deux savent que quelque chose de grave est en train de se jouer ; aucun mot n'a besoin d'être prononcé. Lorsqu'il saisit son visage entre ses mains pour planter ses yeux dans les siens, leurs lèvres brûlantes se touchent spontanément et l'on dirait qu'ils scellent un pacte sacré. C'est la première fois que Bérénice se sent aussi nue devant quelqu'un, et heureuse de l'être, comme si elle s'offrait corps et âme. En cet instant, tout est possible et Jorris le sait. Lui-même vibre de désir de la tête aux pieds. Il n'arrive pas à croire ce qu'il ressent… Il a tellement peur ; la dernière fois qu'il a aimé une femme, il a presque causé sa mort. Il ne veut plus jamais revivre quelque chose d'aussi douloureux. Et pourtant il glisse vers Bérénice de façon irrémédiable. Rien ne semble pouvoir le retenir. La belle et la bête…

Ce moment magique est déchiré par la sonnerie du téléphone pro de Bérénice. Le charme est rompu. Le téléphone insiste, l'écran s'allume comme un bébé qui se réveille en pleine nuit. C'est Philomène. Ce doit être grave pour qu'elle l'appelle à cette heure-ci. Dès qu'elle répond, l'assistante régisseuse se met à parler fort et à toute vitesse, comme si elle craignait que son interlocutrice lui raccroche au nez :

— Désolé de vous déranger, mademoiselle Conti, mais je n'ai pas trop le choix. Écoutez, je vous expliquerai tout, mais là j'ai vraiment besoin de vous. Je ne veux pas vous déranger longtemps… On a juste besoin de votre signature, c'est tout ; nous sommes tout près de votre hôtel, chez *Jo & Joe*. En l'absence de Rufus, ils n'acceptent d'héberger les vingt-deux figurants qu'avec votre accord signé, sinon ils nous laissent dehors pour la nuit…

— Mais quels figurants ?

Bérénice ne comprend rien.

Philomène lui explique la situation en quelques mots, bredouillante, confuse, fatiguée, en lui demandant de se dépêcher, sans spécifier qu'elle est à l'origine de l'erreur. Bérénice finit par accepter de faire un aller et retour pour signer le papier… À la fin de sa conversation, Jorris n'est plus là. Ni près d'elle, ni au fond de la piscine. Il s'est volatilisé. S'il n'y avait ces gouttes d'eau sur le deck et un goût de musc sur ses lèvres, elle penserait avoir rêvé. Sa tête se met à tourner, le sol tangue, pour un peu elle perdrait l'équilibre : tout son être est encore tendu vers cet homme qui apparaît et disparaît. Elle se demande si c'est cela, être amoureuse ?

Pour l'heure, elle doit retrouver Philomène, qui semblait à bout de nerfs. Bérénice tâche de ne pas s'énerver en se souvenant que la batterie est à plat. Rien de plus pénible que de pédaler sur un vélo électrique en panne. Dans un état second, hantée par Jorris, elle grimpe dessus et pédale en direction de l'auberge de jeunesse. La nuit est tranquille ; Bérénice aurait envie de crier de joie pour exprimer ce qu'elle ressent… Elle passe devant l'hôtel *Mercedes* au bout du pont, tel un gros paquebot blanc et bleu, puis descend en roue libre vers le Sporting Casino, avant de s'engager dans la ligne droite de l'avenue de Gaujacq, au bout de laquelle se trouve l'établissement en question.

Philomène l'attend en trépignant sur le trottoir, des papiers à la main. Bérénice se retrouve projetée dans la dure réalité d'un tournage, avec ses couacs et sa logistique. Visiblement, quelqu'un a fait une erreur, et plus d'une vingtaine de figurants venus de son école de cinéma à Paris sont arrivés avec cinq jours d'avance ! Ils peuvent loger là jusqu'au tournage, à condition que Bérénice appose sa signature. Elle se rend à la réception et règle le problème en quelques minutes. Elle plane dans une autre dimension où tout paraît simple et fluide, comme si Jorris marchait à ses côtés en veillant sur elle. Mais il y a autre chose. Philomène lui avoue que l'un des figurants n'est pas encore rentré, or les portes de l'établissement ferment à minuit… Bérénice lui dit de ne pas s'inquiéter, ce sont des jeunes, ils ont la liberté dans le sang. Puis elle reprend son lourd vélo électrique et pédale énergiquement pour rentrer à l'hôtel. L'air de la nuit est doux, parfumé à la bergamote, les rues sont désertes et Bérénice se dit qu'elle a beaucoup de chance et que, décidément, les choses s'agencent merveilleusement bien.

Alors qu'elle repasse devant le Sporting, un hurlement rauque s'élève, en provenance du canal tout proche. Un son bestial qui l'inquiète. Son cœur se met à battre plus vite ; avec toutes les choses bizarres qui se sont passées ces derniers jours, il y a de quoi avoir peur. Elle en a la chair de poule. D'où provient ce hurlement ? Bérénice pédale aussi vite qu'elle peut et arrive à la hauteur du pont d'Hossegor. Il est vide, ou presque, car elle distingue une silhouette appuyée contre la rambarde. Un instant, électrisée, elle espère qu'il s'agit de Jorris, et s'imagine qu'il l'attend et va l'emmener loin d'ici…

Mais ce n'est pas lui, cet homme-là est plus fin et petit. Au milieu du pont, il semble contempler les reflets de la lune dans les miroitements du canal. Il a forcément entendu ce hurlement, lui aussi. Mais il est tellement penché sur la rambarde, que Bérénice se demande s'il risque de basculer :

— Eh, oh ! Bonsoir ! Vous avez entendu crier ?

L'homme se tourne vers elle sans qu'elle puisse distinguer son visage :

— Ah ! Bonsoir !

Bérénice s'approche en poussant son vélo :

— Tout va bien ? Excusez-moi, vous avez entendu crier ?

Toujours dans l'ombre, l'homme la regarde :

— Bonsoir, ma chère Bérénice, j'adore quand tu me vouvoies !

Interloquée, elle finit par le reconnaître, surprise :

— Célestin ? C'est donc toi le figurant manquant ?

Célestin est le seul garçon pour lequel Bérénice ait ressenti un crush à l'école de cinéma. Lui aussi était attiré par elle, mais comme il sortait avec une autre fille, tout est tombé à l'eau. Il rigole et fait une révérence, s'exprimant, comme toujours, à la façon d'un sociétaire de la Comédie-Française, avec une emphase exagérée de poète en quête d'alexandrins :

— Oui, ô Zora la rousse, je suis le résinier qu'ils cherchent tous ! Depuis toujours et à jamais, je reste votre dévoué serviteur…

Leurs retrouvailles dans ces circonstances sont tellement inattendues qu'ils se jettent dans les bras l'un de l'autre en riant. Bérénice ne résiste pas et fredonne : « *Elle qui l'aimait tant… Elle le trouvait le plus beau de Saint-Jean…* » en l'entraînant dans une valse enjouée au milieu du pont désert, comme dans un film de Lelouch. Ils rient et se serrent l'un contre l'autre, jusqu'au moment où Bérénice regarde sa montre :

— Oups ! Il est tard… On se verra tranquillement demain. N'oublie pas que chez *Jo & Joe*, ils ferment les portes à minuit pile ; après, tout le monde reste dehors. T'as intérêt à pas perdre de temps… Au fait, tu n'as vraiment pas entendu hurler tout à l'heure ?

— Ah, je crois bien que c'est le héron cendré, on dirait un cri de dinosaure !

— C'était horrible…

Célestin lui prend le bras :

— Et tu te promènes toute seule à vélo en pleine nuit ? Où est ton hôtel ? Je t'accompagne…

— Quel galant homme vous faites, lance Bérénice en jouant le jeu.

— Et pour vos beaux yeux, madame, s'il le fallait, jusqu'en enfer j'irais…

— Je n'en demande pas tant, répond Bérénice à moitié rassurée, comme si elle se sentait observée par une présence extérieure.

Ils devisent ainsi gaiement, comme pour chasser la peur, en marchant dans l'obscurité vers le petit hôtel. Pas un bruit dans la nuit. Pas une brise. Bérénice n'aime pas trop ça. On dirait qu'il va se passer quelque chose d'horrible. Tout émoustillé, Célestin lui récite du Victor Hugo :

Si tu veux, faisons un rêve :
Montons sur deux palefrois,
Tu m'emmènes, je t'enlève.
L'oiseau chante dans les bois.
Je suis ton maître et ta proie ;
Partons ! c'est la fin du jour ;
Mon cheval sera la joie,
Ton cheval sera l'amour.

— C'est beau, dit Bérénice à voix basse, en se dandinant d'un pied sur l'autre. Mais je suis arrivée.

Tous deux sont devant la tonnelle de l'hôtel et Bérénice meurt d'envie de faire pipi. Aussi, pour abréger, elle lui saute au cou et l'embrasse avant de filer, sans se douter que deux yeux grésillent dans le noir… Célestin repart vers l'auberge de jeunesse en chantonnant, illuminé par sa rencontre avec son ancien flirt. Bérénice monte l'escalier sans bruit ; craignant de croiser quelqu'un, elle n'allume pas la lumière. La voilà sur le long tapis du couloir aux motifs orientaux ; elle ne regarde que le sol. Lorsqu'elle s'approche de la chambre 11, elle s'arrête et écoute, mais n'entend que le silence de l'absence.

9

CHEMIN DU RÂLE-D'EAU

Quelque part dans les barthes de Soorts, à quatre kilomètres de l'Océan, au cœur d'une végétation épaisse, se trouve une oasis de verdure sous l'aile protectrice d'un très vieux chêne enfoui dans les broussailles. Pour y pénétrer il faut se frotter aux ronces et aux épines de toutes sortes dans un étroit tunnel, mais nos deux commères ne les craignent pas. Une fois cette muraille végétale franchie, on débouche sur une clairière circulaire où il fait doux, grâce à la présence d'une source d'eau chaude qui coule parmi de belles mousses vertes et des fleurs étranges. À la sortie de la source, une fontaine a été installée, protégée par un édicule en pierre muni d'une porte grillagée avec serrure. C'est dans cette petite prison que La Nèhe est restée enfermée pendant des années avant d'en être accidentellement délivrée par Bérénice, Jo et Zack.

Les deux vieilles amies ont passé une partie de la nuit à concocter un nouveau philtre d'amour grâce aux plantes qui poussent là. C'est La Nèhe qui officie, mais Jacquotte met son grain de sel. Le problème, c'est qu'elles ne sont pas d'accord sur le destinataire du philtre. Certes, il faut trouver d'urgence un amoureux à Bérénice, mais pas n'importe lequel. La Nèhe est convaincue que le jeune Célestin est le meilleur candidat, puisqu'ils ont déjà eu une amourette et qu'il est venu exprès pour elle. En plus, il est doux et romantique.

— Justement ! clame Jacquotte. Pour notre Bérénice, il ne faut pas un amoureux transi qui lui récite des vers. Ton Célestin est trop gnangnan, il manque de c…

— Oui, bon, ça va, Jacquotte, pas besoin d'en rajouter, répond La Nèhe, agacée. Toi, évidemment, tu préfères ce grand dadais de Paul-Simon…

— Paulsi…

— Oui, ben il manque singulièrement de finesse, ton Paulsi, rétorque La Nèhe. Souviens-toi que pour Bérénice, c'est quand même une première fois… Ou bien aurais-tu tout oublié ?

— Oh ça va, La Nèhe, toi tu tires sur tout ce qui bouge…

— Oui, c'est pas faux, j'aime l'action et les hommes, les *mensch*… Et puis je veux profiter à fond de l'éternité, moi…

— Profites-en bien alors, car même l'éternité a une fin, répond Jacquotte, philosophe.

— Je vais me gêner, tiens… lance La Nèhe en riant et en cueillant un minuscule champignon tout frêle.

Jacquotte la regarde faire, étonnée :

— Tu mets du champignon, cette fois-ci ?

— Ce n'est rien qu'un petit *Paneolus*, ne t'inquiète pas ma Jacquotte, c'est pour donner un peu de… piment à l'affaire.

— Hmm… Je me méfie de tes maléfices.

Et c'est ainsi, tout en continuant à se chamailler, qu'elles repartent de nuit, avant l'aube, vers Hossegor, en suivant la rivière du Bouret, munies du philtre d'amour, destination l'auberge de jeunesse où dorment les jeunes figurants. La Nèhe tient à l'administrer pendant le sommeil de l'intéressé, de façon à ce qu'il rêve de Bérénice. Comme elles n'arrivaient pas à se mettre d'accord sur Célestin ou Paulsi, elles ont décidé d'en donner aux deux, et que le meilleur gagne !

Pour aller à l'auberge, elles traversent le pont d'Hossegor. Il est désert. Soudain Jacquotte s'arrête, comme un chien de chasse à l'arrêt, puis elle se met à tourniquer sur place. La Nèhe l'observe, consciente que c'est mauvais signe. Elle a dû sentir quelque chose…

— Oh non ! lance Jacquotte. Non, pas lui !

— Mais qu'est-ce que tu racontes ?

— Il était ici même, il n'y a pas longtemps, La Nèhe ! J'en suis sûre.

— Mais qui donc ?

Jacquotte s'attendait à tout sauf à ça ! Elle qui croyait Jorris enseveli dans la nuit des temps… Le visage de la belle Elvina lui revient en un flash. Cette jeune femme symbolisait la beauté innocente, la jeunesse, l'espoir… *Et tout ça s'est transformé en un abominable gâchis à cause de moi*, songe Jacquotte, *à cause de ma maladresse, ma jalousie sans doute.* Elle murmure :

— Jorris…

— Tu crois que c'est lui ? demande La Nèhe, surprise.

— Je le sais, je le sens… Je connais son odeur, cendre de bois de rose. J'ai peur de lui, et pourtant sans lui je serais morte depuis longtemps. Il m'a sauvée et m'a soignée. Mais je ne voudrais pas qu'il fasse du mal à Bérénice. Il a dû remarquer notre ressemblance…

— Avoue que tu l'as aimé !

— Je ne sais pas, La Nèhe… C'est quoi l'amour pour toi ou pour moi ? Un gros coup de vent ?

*

À la surprise de La Nèhe, Jacquotte se volatilise. La nuit flotte encore sur le canal d'Hossegor. La Nèhe repense à tout ce qui s'est passé ici depuis le jour où le canal a été ouvert. Le temps coule tellement vite lorsqu'il ne compte pas… La marée descendante entraîne les eaux du lac marin vers le pont Notre-Dame et le port de Capbreton ; en suivant le reflux, La Nèhe se connecte avec cette grande maison landaise transformée en auberge de jeunesse où dorment les figurants. Alors elle décide d'accomplir elle-même la mission. Puisque le philtre d'amour est prêt et qu'il ne se conserve pas, autant l'utiliser dès maintenant pour aider Bérénice dans sa quête amoureuse, vu qu'il ne lui reste plus que trois jours avant le tournage.

Après s'être faufilée dans le dortoir obscur par la fenêtre entrouverte, La Nèhe parcourt les rangées d'où émanent des cascades de ronflements disgracieux. Curieusement, Célestin et Paulsi dorment l'un au-dessus de l'autre dans des lits superposés. Aussi est-il facile à La Nèhe de leur administrer son philtre d'amour, légèrement pimenté aux champignons, d'autant qu'ils dorment la bouche ouverte. Au moins, elle fait avancer les choses, comme le souhaitait Jacquotte…

*

De son côté, Jacquotte cherche Jorris là où elle imagine pouvoir le dénicher: sur les plages sauvages au nord d'Hossegor, dans les bunkers ensevelis de Capbreton, à l'étang Noir de Seignosse, dans la forêt marécageuse, dans les hautes herbes des barthes, au cimetière de Soorts, mais nulle part elle ne décèle sa présence. Il est l'un des rares qui lui inspire de la crainte…

En réalité, Jacquotte ne peut trouver Jorris; ni elle, ni personne d'autre… Depuis qu'il a rencontré Bérénice, il vit dans une tourmente, comme si, pour la première fois, le temps lui était compté et que chaque seconde se transformait en une flèche. Après Elvina, Jorris s'était juré de ne plus faiblir pour une mortelle. Mais avec Bérénice, c'est différent; il l'a su avant même de la voir, lorsqu'elle l'écoutait depuis la chambre 8. Sa ressemblance avec Jacquotte est frappante, non seulement dans sa complexion, sa chevelure, sa carnation, mais aussi dans sa voix, ses attitudes, ses réactions. Belle et rebelle. Cette ressemblance ne doit sûrement rien au hasard… Jorris est convaincu que si cette jeune femme se trouve sur son chemin, c'est que leur rencontre était inéluctable. Le défi est de taille, mais il doit le relever, sinon l'éternité se chargera de le transformer en pierre. Mais les mortelles sont aussi volages que les brises d'été; Jorris a vu Bérénice embrasser le jeune figurant un peu efféminé à la porte de l'hôtel, comme si rien ne s'était passé entre eux la veille, près de la piscine.

Alors qu'il oscille entre émotion et noirceur, Jorris ressent l'appel du canyon. Après avoir enfilé sa combinaison, il se dirige vers la plage, au nord de La Gravière, ce lieu où il peut se connecter avec un certain courant sous-marin. Dans la clarté du matin, le prince noir a dévalé la dune pieds nus avant de courir en direction des vagues. Il ne les voit même pas, tant il est attiré par les forces qui animent le canyon jusque dans ses entrailles… Jorris se laisse glisser sous l'eau, planant avec la souplesse d'une sole sur la pente sableuse qui descend en pente douce vers la rive nord du Gouf. Les profondeurs l'appellent ; il survole La Ravine du Moulin, une ramification ancienne qui rejoint le cours principal du canyon. Alors qu'il nage sans effort, des poissons l'entourent, comme s'il était l'un des leurs, un banc de tacauds dorés. Près des roches, crabes et crevettes caquettent. Bras étendus en planeur, Jorris se laisse porter par les rivières invisibles et les courants gravitaires qui coulent vers les grands fonds. Tout cet Océan qui le porte est bel et bien vivant, fait d'échanges constants, tel un cœur qui jamais ne cesse de battre. Le cœur de Jorris, lui non plus, jamais ne cesse de battre. Autrement dit, Jorris ne peut pas mourir. C'est son fardeau et sa bénédiction. Lassitude de voir disparaître les proches et se répéter les comportements humains, cupidité, trahison, folie, et puis la mort, toujours elle, finit par balayer les âmes qui traînent…

Jorris est passé à travers les mailles du filet, il entend tout et n'attend plus rien. Il a vu défiler les siècles sur cette terre gorgée d'eau où il vit depuis si longtemps. Il a vu les tempêtes, les incendies et les inondations, il a vu les barbares et les constructeurs, les marins et les guerriers, les saints et les bandits… Et ce manège pourrait durer longtemps encore, sauf… Sauf s'il venait à rencontrer ce fameux grain de sable, l'amour. Cet amour qui rend même les dieux mortels. Or voilà que, malgré lui, Jorris est en train de s'amouracher. Il doit bien le reconnaître : les yeux de Bérénice le suivent partout, jusqu'au fond de la mer, entre les bras de ce canyon majestueux.

Mais soudain, dans l'épaisseur des eaux noires, il perçoit un sifflement, comme celui que produit la glace sur le point de céder juste avant une avalanche. C'est le gémissement d'une bête qui se réveille. Ainsi, le dragon de la légende, *lou drac* comme disent les Gascons, va sortir de son sommeil.

*

Le bourg de Seignosse se trouve à une dizaine de kilomètres du port de Capbreton. L'air mystérieux, Benoît a insisté auprès d'Hubert pour l'emmener quelque part en voiture. Le vieux marin s'est laissé faire en bougonnant dans sa barbe blanche et en posant mille questions, mais le flic à la retraite n'a pas cédé, il est allé le chercher au ponton où est amarré *L'Archimède*. Benoît connaît toutes les routes du coin pour les avoir écumées lorsqu'il était à la brigade, et il choisit de passer par le golf d'Hossegor, une petite route sinueuse et sombre, bordée des villas remarquables et de maisons d'architecte.

— Bon, alors, Benoît, tu vas me dire où on va? insiste Hubert.

— On va vers l'étang Noir…

— Ah, c'est pour une partie de pêche? Tu t'intéresses aux brochets, maintenant?

Benoît conduit lentement, l'air gêné:

— Écoute, Hubert, à propos de pêche, j'ai vu Théo, tu sais mon collègue de la PTS à qui j'ai donné la louvine. Il a fait des recherches un peu poussées sur notre gaillard à moto, et ce qui sort est plutôt bizarre…

— Comment ça, bizarre ? demande Hubert inquiet.

— Eh bé, on ne trouve rien, justement ! Comme si le gars n'existait pas. « Inconnu des services de police ». Aucune recherche n'aboutit, et tout débouche dans des impasses, avec des erreurs de transcription dans les noms et des pièces manquantes à l'état civil... C'est un véritable courant d'air, ce gars-là. Sauf que Théo est un cador, comme je te l'ai dit. Il a croisé des données à partir de la moto, de son immatriculation et d'un flashage sur la départementale 810, pour réussir à sortir un nom : Jorris de Saint-Ange, 33 ans, natif de Seignosse. D'après ce que j'ai compris, il aurait un lien avec un grand seigneur ayant vécu là au XIXe siècle.

— Jorris de Saint-Ange, répète Hubert perplexe, quel drôle de nom !

— Le plus curieux, Théo l'a trouvé dans les archives. La trace d'un certain Joris, avec un seul « r », de Saintonge. Qui pourrait bien être son arrière-grand-père...

— Encore des erreurs de transcription ?

— Possible. Et figure-toi que ce monsieur de Saintonge aurait eu des démêlés avec la police et la justice en 1924, suite au suicide raté de sa fiancée à Hossegor...

Hubert pousse un soupir et se passe la main dans les cheveux, tandis que la vieille hybride de Benoît traverse le bourg de Seignosse, avec son fronton des Écureuils daté de 1908 et sa jolie petite mairie de style néoclassique :

— Là, tu me perds un peu, Benoît. On court après un voyou à moto, et toi tu me sors du Balzac !

— Oui, oui, je sais, c'est pas très clair, mais ça m'inquiète un peu pour Bérénice.

Tout en parlant, Benoît tapote sur l'écran tactile incrusté dans le tableau de bord. La carte s'agrandit et il pose son index sur une petite ligne qui part dans la forêt :

— La seule adresse qu'on ait réussi à lui trouver, à ce gaillard, c'est un chemin forestier près de l'étang Noir : chemin du Râle-d'eau. Ce n'est pas inscrit sur la carte, mais à mon avis c'est là.

— Tu parles d'une adresse !

Au bout de la route, il leur faut continuer à pied. Prudent, Benoît gare la voiture plus loin, hors de vue, puis tous deux pénètrent dans l'étroit chemin, véritable tunnel dans l'épaisseur végétale. Tout autour, l'eau, la boue, les fougères et la pénombre qui se resserre sur eux tandis qu'ils progressent dans une atmosphère de plus en plus sombre et humide. D'épaisses mousses vertes recouvrent les souches d'arbres vermoulues, et les moustiques font leur apparition en escadrilles. On dirait que tout est mort ou endormi, comme dans un sanctuaire.

— T'es sûr que c'est là ? demande Hubert une fois de plus.

— Mais oui, j'ai vérifié. On est bien sur le chemin du Râle-d'eau.

— Et qu'est-ce qu'on lui dit, si on le rencontre ?

— Laisse-moi faire, mon pote, j'ai l'habitude de ce genre de situation…

— Mais t'es plus flic, Ben.

— Y a que toi qui le sais, répond-il, bougon.

Ils passent un petit pont en bois bringuebalant, construit avec de vieilles poutres, et découvrent une cabane de bric et de broc au bord de l'eau, avec un ponton tordu qui s'avance dans l'étang Noir. Un parfum de cendres froides flotte dans l'air. Benoît fait signe à Hubert de rester silencieux. Ils observent les lieux, la cabane de pêcheur avec son tuyau de poêle et sa cheminée, des fenêtres aux volets fermés. L'atmosphère est oppressante.

L'air est aussi immobile que la surface de l'étang... Ils s'attendent à voir surgir quelqu'un. Autour de la cabane, sur des branches ou la gouttière, divers objets se balancent au bout d'une ficelle : des coquillages, des bouts de bois, des plumes, des ossements, des crânes et des pattes d'oiseaux, des lambeaux de fourrure... Soudain, un cri horrible, suraigu, jaillit dans la forêt. Les deux hommes sursautent.

— Putain, on dirait qu'on tue quelqu'un ! lance Hubert.

— C'est pas humain, lâche Benoît.

Le hurlement recommence, effrayant, venu du fond de la gorge, un cri désespéré qui s'égosille. Hubert s'apprête à bondir, mais Benoît le retient :

— C'est pas humain, je te dis ! C'est un oiseau des marais ! C'est lui, le râle d'eau, qui donne son nom au chemin, ça crie comme un porcelet qu'on égorge !

Hubert n'est pas tranquille et il ne sait plus très bien pourquoi ils sont là :

— Bon, j'en ai assez vu comme ça. Moi en tout cas, je me casse, cet endroit me donne la chair de poule...

— Un grand marin comme toi, qui a traversé les tempêtes, tu as peur d'une cabane de vagabond et d'un oiseau des marais ?

— Allez, viens, lance Hubert en repartant vers la route.

Benoît lui emboîte le pas et ajoute, jovial :

— Et encore, tu n'as pas entendu la légende de l'étang Noir, je suppose ?

Pour toute réponse, Hubert hausse les épaules, mais Benoît continue, content de son petit effet :

— On parle d'un chevalier de Seignosse qui était parti aux croisades en Terre sainte au XIIIe siècle. Il en est revenu au bout de deux ans, sans que personne ne le voie vraiment. Des lumières s'agitaient dans son donjon et son ombre allait et venait toute la nuit derrière ses fenêtres. On disait qu'il était revenu d'Orient avec les secrets de l'alchimie, l'art de transmuer le plomb en or, et surtout l'art de trouver la jeunesse éternelle… Néanmoins, personne ne le voyait en chair et en os, et ses serviteurs disaient qu'il restait enfermé dans son donjon… Sauf la nuit. Or certaines nuits, des animaux étaient tués ou blessés de façon cruelle, parfois vidés de leur sang ; la terreur régnait autour de l'étang Noir et personne n'osait sortir après le coucher du soleil. Jusqu'au jour où un mystérieux ermite vint à passer par là, qui poussa la population à se révolter. La colère se répandit jusqu'au ciel et il se mit à pleuvoir pendant des jours et des jours sans interruption, jusqu'à engloutir complètement la malédiction et ce donjon appelé la tour du Diable… Mais aujourd'hui encore, ajoute Benoît en éclatant de rire, la légende dit : « Qui entend sonner la cloche à l'étang Noir, sera raide mort avant le soir »…

10

LE PONT OÙ TOUT A COMMENCÉ

Alors qu'il marche vers son bateau, Hubert reconnaît cette senteur familière qui flotte dans l'air, subtil mélange d'huître et de cendre, et il sait que Jacquotte se trouve à bord de *L'Archimède*. Elle est là, qui l'attend, nonchalante, étalée sur la banquette dans le confortable carré du voilier où ils ont passé tant de temps tous les deux au cours des longs mois de traversée.

— On est toujours aussi bien chez toi, lance Jacquotte. Loin des puanteurs marécageuses… Pas vrai ?

Hubert retire sa vareuse et ses chaussures, il ferme le hublot resté entrouvert et met de l'eau à chauffer sur la gazinière à cardan.

— Le traditionnel café du marin, fait-elle remarquer. Tu dois en avoir sacrément besoin.

— Pourquoi tu dis ça ? demande Hubert, levant son sourcil broussailleux.

— Parce que tu as failli rencontrer Jorris, répond Jacquotte d'une voix glaçante.

— Comment es-tu au courant ?

— Je suis au courant parce que la vie n'est que courants, et que je suis moi-même un courant d'air, mon petit Hubert ! Et je connais Jorris depuis très longtemps… Mais explique-moi plutôt ce qui se passe !

Préoccupé, Hubert prépare son café et répond à Jacquotte :

— Il se passe que Bérénice s'est rapprochée de lui. Et comme Benoît a encore des copains chez les flics, il s'est un peu renseigné…

— Les flics ! La vieille méthode. J'imagine que vous n'avez rien trouvé ? demande-t-elle, moqueuse.

— Quasiment rien, répond Hubert, il s'appellerait « de Saint-Ange ».

— Ah oui, c'est ce qu'il a fait croire. Il est obligé de changer régulièrement d'identité…

— Mais pourquoi ça ?

— Parce qu'il ne meurt pas.

— Comment ça il ne meurt pas ? insiste le vieux marin.

Jacquotte prend ses aises, car elle a pas mal de choses à dire à Hubert :

— Voilà des siècles que Jorris a le même âge…

— Des siècles ? C'est une blague ?

Imperturbable, Jacquotte poursuit son récit :

— Je l'ai rencontré il y a plus de trois cents ans, après que nous ayons été attaqués par des pirates à bord de la frégate de mon père. Le capitaine Irwin était l'homme le plus ignoble que j'ai connu ; lorsqu'il coupait une tête, c'était un privilège pour la victime, comme pour mon père, qu'il a décapité d'un coup de sabre sous mes yeux. Il voulait m'épouser ou, si je refusais, me livrer à son équipage, le tout au milieu d'une chasse à la baleine qui a mal tourné…

L'eau se met à bouillir sur la gazinière ; Hubert prépare son café qui embaume le carré du voilier. Jacquotte ne parle pas souvent de ses origines, aussi est-il tout ouïe lorsqu'elle reprend :

— J'ai dû sauter à l'eau en pleine mer dans un bain de sang. Heureusement que les baleines étaient là. Elles ne m'ont jamais abandonnée, et ont suivi la piste du canyon sous-marin pour m'amener jusqu'ici, avant de me relâcher dans les vagues. Je suis revenue de la mort rouge…

— D'où ton surnom, celui de Jacquotte Delahaye…

Préférant ignorer les remarques, elle continue :

— Au moment où je commençais à me noyer, une forme a jailli des profondeurs, un homme aux cheveux noirs et aux yeux de braise : Jorris ! Il paraissait aussi à l'aise dans les vagues qu'un cheval sauvage dans les collines. Il m'a pris par les épaules sans effort et m'a entraînée dans cet Océan en furie. Avec lui je n'avais pas peur des vagues. Il m'a sauvée, m'a ramenée à terre, puis m'a emmenée chez lui pour me soigner, dans une tour en pierre au bord d'un étang. Il m'a aidée à comprendre que j'étais en train de devenir un être diaphane, aussi immatériel et puissant que le vent. Et c'est avec lui aussi que j'ai apprivoisé ma nouvelle existence, celle d'une âme errante, tout comme lui, ou comme La Nèhe… Chacun de nous a sa spécificité. Jorris, lui, est fait de chair et de sang, mais il ne peut pas mourir… Sauf s'il rencontre l'amour ! Au fil du temps, j'ai mené ma vie d'esprit, et lui la sienne. Jusqu'au jour où…

Jacquotte laisse sa phrase en suspens. Hubert devine la suite :

— Jusqu'au jour où il a rencontré l'amour ?

— Eh oui. En la personne d'Elvina. Ils se sont rencontrés à l'inauguration du pont d'Hossegor.

Tout en l'écoutant raconter, les yeux mi-clos, Hubert imagine la scène…

En ce dimanche 28 septembre 1924, une liesse sans pareille flotte sur la toute nouvelle station d'Hossegor, dont ce pont en béton armé est l'acte de naissance. Nous sommes le jour de son inauguration : six piliers reliés par des arches permettent la jonction entre les rives est et ouest du canal, ouvrant enfin l'accès aux terrains constructibles et à l'Océan. Ce pont est la conclusion d'une longue et laborieuse aventure commencée en 1869, lorsqu'il fut décidé de creuser le canal. Mais une fois ouvert en 1876, on ne pouvait traverser ce fleuve d'eau de mer qu'à bord d'une barque, celle du passeur, Julien Navère. Il fallut attendre trente-cinq ans avant qu'une passerelle rudimentaire pour piétons soit construite ! Mais dans la mesure où le courant du canal s'inverse quatre fois par jour, la solidité des piliers y était difficile à assurer, et la vie de cette passerelle, installée en 1911, fut de courte durée. Elle permit quand même d'entreprendre les travaux d'un pont de bois provisoire, ouvert en 1913, dans l'attente du pont en dur tant promis par les promoteurs immobiliers. Ce pont de bois, lui aussi, finit par pourrir et se gondoler en provoquant des accidents, avant de prendre « des formes diaboliques », comme l'écrira Maxime Leroy. On l'a même appelé le serpent japonais. Aussi fut-il démoli en juillet 1922 et le canal se retrouva, une fois de plus, sans pont jusqu'en 1924.

Il aura donc fallu cinquante-cinq années, deux guerres et trois passerelles en bois, avant de parvenir à cet ouvrage en béton armé construit par la société de génie civil La Nantaise, qui permit enfin l'ouverture de la station sur l'Océan et les plages, ainsi que la construction du casino, des hôtels et des belles villas d'architectes entre lac et mer. Ce pont-là durera soixante ans.

En ce dimanche de septembre 1924, donc, une foule innombrable est au rendez-vous ; des trains supplémentaires ont été affrétés depuis Dax et Bayonne. Partout dans Hossegor, on fait la fête ; le pont décoré de fleurs, fanions et drapeaux, grouille de monde et les abords du canal sont bondés. Les plus sportifs effectuent des plongeons spectaculaires du haut du pont sous les acclamations des badauds. Sur l'eau, des dizaines d'embarcations, barques, pinasses, yoles et canoës, se tiennent près du pont, décorées de fanions et de bannières tricolores. Lorsque vient le moment fatidique où Dorothée, la fille du maire Paul Lahary, coupe le ruban aux côtés du journaliste Maurice Martin, l'un des fondateurs d'Hossegor, ce sont plus de 10 000 personnes qui ovationnent la délégation officielle, tandis que la fanfare entonne une Marseillaise pleine d'entrain. Des fumets appétissants s'échappent des cuisines de L'Hôtel du Parc, *où l'on prépare un festin gastronomique mémorable destiné aux officiels venus pour l'inauguration. Ce n'est pas seulement un pont qu'on inaugure, mais bien la naissance d'une station balnéaire qui n'a pas fini de faire parler d'elle…*

C'est ce jour-là qu'Elvina a rencontré Jorris, suite à un incident sur le pont, lorsque les gendarmes l'ont arrêté, vu qu'il n'était pas autorisé à être là. Pour leur échapper, Jorris a tenté de sauter par-dessus la rambarde, mais rattrapé au dernier moment par la maréchaussée, il se trouvait en mauvaise posture. Étant une amie proche de Dorothée Lahary, la fille du maire, Elvina observait la scène parmi les officiels. En voyant le visage de Jorris, elle avait eu un choc. Alors, sans même réfléchir, elle s'était interposée, expliquant qu'il s'agissait d'un ami qu'elle avait elle-même invité. Soulagé, Jorris avait joué le jeu, les gendarmes s'étaient excusés et cette ravissante jeune femme lui avait glissé à l'oreille :

— Je vous expliquerai…

Elvina avait un charme fou avec son port altier, son cou élancé, ses cheveux bouclés, ses yeux bleus pétillants, sa bouche sensuelle, elle respirait la joie de vivre et l'émerveillement. Elle était la fille d'un écrivain célèbre et veuf, installé à Hossegor où il avait quelques amis, eux aussi écrivains, dont Maxime Leroy et Justin Boex. Après la mort tragique de sa femme, il avait décidé de se réfugier au bord du lac marin pour écrire ses livres. Elvina vivait dans l'ombre de son père, mais elle avait un réel talent de peintre, comme le lui avait confirmé une artiste locale installée non loin, Suzanne Labatut.

Dès que la foule de l'inauguration se fut égaillée, la jeune femme avait entraîné Jorris vers les berges du lac, où se trouvait la maison de son père, dans un parc où elle s'était aménagée son atelier d'artiste, qui lui servait aussi de bureau et de chambre. Ils n'avaient guère parlé depuis le moment où elle l'avait sauvé des gendarmes, car elle voulait d'abord lui montrer le tableau qu'elle était en train de finir. Au loin, on entendait encore les flonflons de la fête, de la musique, des cris de liesse et des applaudissements qui fusaient parmi les pétards et les feux de Bengale.

La rencontre avec Elvina était aussi insolite qu'inattendue et Jorris se sentait gêné de se retrouver ainsi propulsé dans son intimité. Il ne voyait pas ce qui la motivait à prendre de tels risques pour lui, un inconnu. Mais dès qu'il entra dans l'atelier et qu'elle lui montra son travail sur le chevalet, il comprit. C'était un portrait, pas tout à fait terminé, qui ressemblait à Jorris comme deux gouttes d'eau. L'homme était peint de profil en train de contempler l'Océan sur une longue plage de sable déserte, battue par les vagues. Ses cheveux noirs ondulaient dans le vent, son nez le faisait ressembler à un rapace et ses yeux fauves n'avaient pas d'âge. La ressemblance était inouïe.

— Voilà pourquoi j'ai réagi tout à l'heure, avec les gendarmes ! lui dit-elle.

— Mais d'où tirez-vous ce portrait? demanda Jorris, stupéfait.

— D'un rêve, répondit Elvina, et dès que je me suis réveillée, j'ai peint ça.

— Vous m'avez donc rêvé? ajouta Jorris, incrédule.

Dès lors, il la considéra tout autrement, conscient qu'un lien très fort existait entre eux. Il remarqua cette étincelle qui jamais ne s'éteignait dans son regard, et à quel point elle était belle, pleine de vie comme un fruit gorgé de soleil qui attend d'être croqué. Et c'est ainsi qu'est né l'amour entre Jorris et Elvina, tout simplement...

Jacquotte laisse flotter ces derniers mots dans le carré du voilier. Hubert est habité par ce qu'elle vient de lui raconter en détail. Il essaie d'imaginer cette incroyable rencontre, plus d'un siècle auparavant... *L'Archimède* se met à tanguer au passage d'un bateau dans le port. Dehors, quelques goélands poussent des cris pour protester contre l'arrivée bruyante de cet intrus à moteur, mais Hubert ne les entend pas, encore sous le choc du récit. Il lui a fallu des années pour comprendre qui était vraiment Jacquotte. Puis il y avait eu La Nèhe, incroyable farceuse aux yeux aveuglants. Maintenant, il y a ce Jorris, éternellement jeune, qui s'est épris de Bérénice... Comme Jacquotte ne dit rien, Hubert finit par demander:

— Et alors, avec Elvina, Jorris n'est pas devenu mortel?

Jacquotte tarde à répondre, puis souffle, mal à l'aise:

— Presque... Sauf que la petite s'est tailladé les veines et qu'elle a bien failli y rester!

— Mais pourquoi donc?

— Elle n'a pas supporté l'idée que son amour puisse rendre Jorris mortel...

— Mais pourquoi le lui avoir dit ?

— Jorris n'y est pour rien, répond Jacquotte. C'est moi qui en ai parlé à Elvina…

— Toi, Jacquotte ?

Hubert fronce les sourcils.

— Mais oui. D'ailleurs, son suicide raté prouve bien qu'elle était trop fragile pour quelqu'un comme Jorris…

— Arrête de te justifier, Jacquotte, répond Hubert agacé. Avoue que tu étais jalouse !

— Mais enfin, réfléchis ! Comment veux-tu que je sois jalouse, vu que je n'existe même pas ?

— Ouais, c'est ça, tu parles ! Tu existes bien assez pour m'avoir poussé dans les bras de Julie…

— Plutôt entre ses cuisses, Hubert, corrige Jacquotte, moqueuse. Je t'ai bien guidé, n'est-ce pas ? C'est vrai qu'à ma façon, j'ai participé à la conception de Louise et Thomas, et donc de cette famille. Normal que je veille sur Bérénice…

Hubert soupire :

— Et tu es en train de me dire que c'est ce Jorris-là qui trimballe ma petite-fille sur sa moto ?

— Il n'y a qu'un Jorris, Hubert, un seul.

*

Bérénice a établi son bureau de campagne sur son lit. Depuis sa chambre qui sent bon le bois, elle peut voir les pins se balancer dans la brise du matin. Les bruits de l'hôtel la rassurent. La clochette de la réception, la voix de Milord le mainate, les grincements du plancher ou l'aspirateur de Solange la connectent avec la réalité tout en la protégeant du monde extérieur.

Assise en tailleur sur la couette avec deux cahiers ouverts et son agenda, elle pilote son ordinateur et son téléphone. Elle a le trac, il lui reste à peine deux jours… Elle préfère s'immerger dans le travail. C'est un peu le fouillis sur son lit, mais elle vient de donner une bonne demi-douzaine de coups de fil pour verrouiller le planning et les tournages. Elle va devoir retourner chez *Jo & Joe* pour cadrer les figurants et préparer leur intervention. Elle a eu Rufus trois fois au téléphone, entre l'aéroport et l'avion. Il doit revenir en début de semaine. Mais elle a beau s'agiter, écrire ou parler, une bonne partie de son esprit reste mobilisée par la présence de Jorris. Il est toujours là, tapi dans son inconscient ; impossible de chasser son image. Bérénice sent bien qu'il existe une part d'ombre chez cet homme. Mais elle aime ça aussi, son côté ténébreux et romantique. Bérénice adorerait percer sa carapace pour savoir ce qui se cache derrière. Malgré l'aura de danger qui entoure Jorris, elle est prête à prendre des risques pour un homme comme lui…

Dans le couloir de l'hôtel, l'aspirateur se rapproche et l'on frappe à sa porte. Contrariée, Bérénice se lève et va ouvrir à la jeune femme de ménage. Avec ses couettes et son nez pointu, Solange lui adresse un grand sourire et un « Bonjour Mam'selle Bérénice, j'peux rentrer, siouplaît ? » tout en se faufilant dans la chambre sans son aspirateur. Elle semble émoustillée et Bérénice ne comprend pas ce qu'elle fait là. Solange referme soigneusement la porte avant de chuchoter d'un ton excité :

— C'est monsieur Jorris ! Il reçoit une grande dame dans sa chambre. Elle est arrivée dans une grosse limousine avec chauffeur !

— Mais enfin, pourquoi me dites-vous ça, Solange ?

— Eh bé, parce que la Daoune vous a mise dans la 8 ! Et que d'ici, on peut tout entendre, vous savez bien, n'est-ce pas ?

Tout en parlant, la jeune femme désigne le tableau légèrement incliné et le décroche, laissant apparaître l'écouteur incrusté dans le mur. Bérénice n'a pas dû remettre correctement le sparadrap qui le recouvrait, car il dépasse, prouvant qu'il a été utilisé. Solange s'approche pour tendre l'oreille, pendant que Bérénice, tremblante, empile ses cahiers et ferme son ordinateur portable.

— Vous allez voir, c'est incroyable ! Avec lui, presque toutes les femmes finissent par craquer. Alors nous, avec Claudia, on s'amuse à écouter de temps en temps. Ça nous fait du bien, ça nous fait rire, ou ça nous fait chaud au ventre…

— Comment ? Mais c'est dégoûtant, enfin ! clame Bérénice sans conviction, à la fois dévorée par la curiosité et horriblement choquée à l'idée de ce qui peut se passer dans la 11…

— Mais non ! Vous allez voir… Ou plutôt, vous allez entendre… Chhht, je crois que ça commence. Tendez l'oreille…

Une voix lointaine et grésillante sort du petit écouteur ; les deux femmes se rapprochent et retiennent leur souffle. La voix est d'abord ténue, puis de plus en plus audible :

— Écoutez-moi… Laissez les mots imprégner votre conscience… et votre corps. Ouvrez-vous aux pensées qui viennent à vous… sans retenue. Ce ne sont que des mots… Laissez-moi vous déshabiller avec les yeux… Je vous devine dans l'ombre. Votre souffle s'accélère… je sens votre chaleur… votre peau est brûlante… ardente… Vous avez follement envie de vous dévoiler… toutes ces beautés secrètes… cachées sous des couches de tissu…

La femme répond en chuchotant :

— Et je crois qu'à force de rester cachée, ma beauté finit par se faner…

— La beauté n'est pas faite pour demeurer cachée, madame, elle doit se partager pour s'épanouir…

Jorris parle plus fort, au point que Bérénice se demande s'il sait qu'elle est en train de l'écouter, à deux chambres de là.

— Profitons d'être seuls, vous et moi. Nous pouvons tout nous dire, tout entendre… Respire profondément. Écoute ma voix, mes mots te sont destinés, à toi, et toi seule.

De plus en plus troublée, Bérénice essaie de se contenir, afin que Solange ne perçoive pas son émotion. La voix continue :

— Je sais que tu m'entends… Je veux que tu oses enfin être toi-même, je veux voir ton âme toute nue. Si tu es là aujourd'hui, près de moi, ce n'est pas un hasard… Ma main et ma voix te guideront.

La femme murmure des mots inaudibles, respire un peu fort ou pousse des gémissements, comme si elle ne pouvait plus se contenir. Solange s'étonne :

— Ça c'est bizarre : d'habitude il ne leur dit presque jamais « tu »…

À présent, Bérénice est convaincue qu'il s'adresse à elle. S'ensuivent des bruits de vêtements. L'oreille collée au mur, Solange est toute retournée, elle ne bouge plus et ne respire plus. Avec ces froissements et ces dialogues fiévreux, on pourrait tout imaginer, dans la chambre 11…

— Sésame, ouvre-toi… Tu es belle, tu sais, plus belle que tu ne le crois… Je sais que tu m'écoutes…

Secouée par les émotions, la femme bredouille :

— C'est comme si… comme si je sortais d'un… placard… doré peut-être… mais étouffant ! Ah, monsieur, si vous saviez à quel point j'étouffe…

— Je le sais, madame, je le sais. Vous avez tant besoin de respirer, d'être touchée, caressée, aimée… Vous en mourez d'envie…

— Oh oui ! Et si Dieu m'a donné un joli corps, ce n'est quand même pas pour que personne ne l'aime, pour que personne ne le regarde…

— Laissez-vous guider, madame, laissez-vous flotter, je serai vos ailes, je serai vos mains… Je sais que vous revenez de loin… Vous n'avez pas toujours vécu dans le luxe et la soie, vous avez été maltraitée, abusée. À la ferme, quand vous aviez 12 ans, vous étiez le jouet de vos deux frères aînés. De vraies brutes…

— Quoi ? Mais… Mais comment savez-vous ? C'est impossible ! Mon Dieu ! Qui êtes-vous ? demande la femme bouleversée, pleine de peur et de stupeur.

Elle retient un sanglot en se souvenant de tout ce qu'elle a subi.

— Je suis ton désir, continue Jorris d'une voix grave, et tu es venue à moi pour ça… Libère-toi de tes démons. Ce sont eux qui te tiennent enchaînée ! Laisse-les s'envoler, ils ne t'appartiennent plus. Désormais, tu es libre de satisfaire tes désirs et je suis là pour recevoir le jaillissement de ta beauté…

La femme se met à pleurer. Jorris reste muet. S'ensuit un silence ponctué de chuchotements qui s'accélèrent. Bientôt, les sanglots de la dame se font de plus en plus déchirants, mais à bien les écouter, ces plaintes sont les râles d'un plaisir culminant.

Dans la chambre 8, les deux femmes se regardent, les joues en feu et l'œil brillant, plus perturbées que jamais. Bérénice n'en revient pas d'être en train de faire ça, comme une vulgaire voyeuse ! Mais surtout son cœur saigne de tristesse et de jalousie. Elle qui croyait Jorris exceptionnel et leur relation unique, elle découvre qu'il n'est qu'un objet sexuel pour des femmes de passage... Tremblante de rage, écœurée, les larmes aux yeux, Bérénice arrache l'écouteur du mur avec un cri de colère. Solange sursaute :

— Non mais ça va pas ? Qu'est-ce qui vous prend ? Vous pleurez, mademoiselle ?

— Non, pas du tout ! Mais je trouve ça vraiment dégueulasse d'écouter des gens faire l'amour comme ça... C'est moche, et en plus c'est interdit !

Solange la contemple avec des yeux ronds :

— Faire l'amour ? Quoi ? Vous n'êtes donc pas au courant ?

— Au courant de quoi ?

— De Jorris... C'est pas ça du tout !

— Comment ? Vous rigolez, Solange, j'ai tout entendu !

— Mais non, mademoiselle. C'est un jeu pour lui ! Il reste assis au fond de son fauteuil, dans l'ombre, il n'en bouge pas, il ne les touche pas, il fait tout avec sa voix, ses mots, ses yeux, sans effleurer un seul de leurs cheveux !

— Mais c'est impossible !

— C'est parce que vous ne connaissez pas Jorris ! C'est un être magnétique, rien ne lui résiste. Tous ceux qui le connaissent le respectent. Il est là depuis très longtemps. C'est un grand ami de la Daoune et il a sa chambre attitrée depuis des années, la 11... Beaucoup de femmes payent cher pour passer un moment avec lui, vous savez. Mais c'est la Daoune qui empoche tout. En échange, Jorris peut dormir et manger ici quand il veut.

Bérénice a la tête qui tourne. Un instant, elle se demande si Solange n'est pas en train de lui raconter une blague :

— Mais les cris de cette femme, alors ?

— Eh bien, c'est ça la magie de Jorris… Son esprit est si fort qu'il sait déclencher le plaisir des femmes à distance. Mais surtout ne dites rien à Claudia ! Et puis il faut réparer le fil de l'écouteur…

Quand Solange s'en va, Bérénice reste désemparée. En quelques instants, elle est passée par les montagnes russes de l'amour et de la haine. Il est encore tôt dans la matinée, mais elle se sent épuisée. Elle n'arrive plus à évaluer ses émotions, car quoi qu'elle fasse, Jorris est toujours là… Ainsi, cet homme serait un véritable expert en amour. Il semble si maître de lui, si calme et clair, pas étonnant que les femmes lui fassent confiance.

Bérénice est troublée par les confidences de Solange. Ainsi, Jorris reçoit des visiteuses dans sa chambre sans jamais les toucher ! Et en plus, il réussit à leur procurer du plaisir. Serait-il un ange lumineux tombé du ciel ? Ou bien un démon pervers ? Quoi qu'il en soit, une telle rencontre ne peut être le fruit du hasard, alors même que la jeune cinéaste cherche désespérément l'amour avant de tourner cette fameuse scène qui la tétanise, entre Julius et Astrid…

L'indication que Jorris lui a donnée sur les deux acteurs a joué un rôle déterminant la veille, lors de la lecture. Peut-être, après tout, pourrait-il l'aider à mieux diriger cette scène ? S'il se trouve sur son chemin, n'est-ce pas la preuve que cet homme est la solution ? Ou bien la dissolution…

*

Jorris espérait distraire son âme avec les femmes seules envoyées par la Daoune, mais sans doute la dernière était-elle trop facile à satisfaire pour lui changer les idées. Et puis cette grande dame était conquise d'avance ; la réputation de Jorris l'avait précédée et beaucoup de femmes arrivaient chez lui dans un état d'excitation avancé, en fantasmant sur ce qui allait se passer. Il ne restait plus à Jorris qu'à les cueillir, avec plus ou moins de panache selon son humeur et le niveau de sa partenaire. Il en avait fait se pâmer plus d'une à l'extrême, qui revenaient régulièrement l'écouter, le regarder, se montrer à lui et s'abandonner pour leur moment d'extase et de jouissance. Certaines essayaient bien de le séduire, de le faire craquer, mais Jorris restait imperturbable à toutes les provocations féminines. Pas une fois il n'avait eu de contact physique avec l'une d'elles.

Or, tout le temps où il dialoguait avec cette femme, Jorris ne cessait de penser à Bérénice, à sa peau de rousse. Il se doutait qu'elle avait trouvé l'écouteur caché dans la chambre 8. Sinon, Solange avait dû le lui montrer. Lorsqu'il parlait à cette grande dame, tout à l'heure, une partie de ses sentiments s'adressait à Bérénice. Mais en la voyant se jeter au cou de Célestin, ce blanc-bec de figurant, son estomac s'était noué. Jorris se croyait imperméable à la jalousie. Serait-ce un signe de sa métamorphose ? C'est précisément le moment où une main délicate choisit de frapper à sa porte. Électrisé, Jorris sait que c'est elle. Il ouvre la porte sur Bérénice, émue et rayonnante, qui prend le temps de le regarder avant de lui dire :

— Bonjour Jorris. J'ai quelque chose à vous proposer…

11

LE PIÈGE

Pauline habite derrière la plage dite du Boiteux, à Hossegor, en haut de la charmante avenue des Sauges, l'une des dernières routes en ciment construite par les Allemands pendant la guerre. Il faut pénétrer dans la propriété qui appartenait à sa grand-mère, surmontée par une belle villa basco-landaise aux volets clos, puis traverser un parc boisé avant de dénicher la petite maison en bois cachée au milieu des bananiers, derrière des palissades qui rappellent plutôt les Caraïbes que le Sud-Landes. Une flopée d'oiseaux s'envole à leur approche. On dirait une cabane de pêcheur ou de surfeur, avec un deck et un auvent, décorée de nombreux bois flottés, objets de pêche, bouées, planches, coquillages, algues séchées et autres trésors polis par l'Océan que l'on glane sur les plages.

— La maison de mes rêves ! s'exclame Octavio en la découvrant.

Pauline éclate de rire :

— Ah bon ? Ça te plaît ? Mais c'est minuscule, tu sais ? Et qu'est-ce que tu ferais de ta marmaille, ta famille ?

— Justement ! Je rêve d'une planque comme ça ! On se croirait à la Jamaïque !

— Ah là là, j'te jure, t'es pas vétérinaire, toi, Octavio, tu serais plutôt un rasta, non ? Allez, viens, je vais te préparer un ti-punch !

Octavio s'étire comme s'il était chez lui. Tout lui plaît chez Pauline, l'ambiance, les odeurs, les tissus, les images, les bouquins, le désordre, le confort :

— Je me sens super bien chez toi !

Par la fenêtre on ne voit que des plantes, un coin de potager et le ciel. Par la porte entrouverte, on entend le grondement des vagues, distantes d'à peine cinq cents mètres… Pauline montre fièrement sa maison :

— C'est chez moi depuis mes 18 ans, un cadeau de Yolande, ma grand-mère, décédée l'année dernière. C'est la maison de la plage. Quand j'arrive ici, le temps s'arrête, c'est comme des vacances éternelles, tu comprends ?

Tout en parlant de façon volubile, presque chantante, Pauline prépare les boissons avec du citron vert, du sucre de canne et du rhum. Elle y rajoute une poudre d'épices à sa façon, puis tend le verre à Octavio pour trinquer.

— C'est vrai, dit-il, on est hors du temps ici, et qu'est-ce que c'est bon !

Ils trinquent et Octavio l'embrasse dans le cou, déclenchant des frissons dans tout le corps de Pauline. Le ti-punch est délicieux, pas trop sucré, parfumé, avec un rhum ambré.

— Et là, qu'est-ce que c'est ? demande Octavio, désignant une porte métallique au fond de la pièce.

— Ah, ça c'est mon labo. C'est là que j'ai mes petits chéris !

— Tes quoi ?

— Mes talitres, Octavio ! Tu veux les voir ?

— Euh, bof… maintenant ?

Octavio n'a pas l'air d'en avoir très envie, mais Pauline le regarde en souriant, les yeux brillants, et chuchote :

— Dis oui ! Dis oui !

— Alors oui, répond-il en jouant le jeu, je meurs d'envie de les voir, tes petits amphipodes adorés !

Pauline sort un gros trousseau d'où elle extrait les clés pour les serrures de la porte blindée avant de l'entrouvrir en lui disant :

— Tu vas t'habituer à la lumière, tu verras, c'est pour mieux reproduire leurs conditions naturelles.

Il fait chaud dans le labo sans fenêtre et cette étrange lueur mauve donne un relief irréel aux choses. Octavio distingue le terrarium qui trône dans la pièce, une cuve en plexiglas remplie de sable, puis des rayonnages, un lavabo, des microscopes, des instruments, des boîtes en plastique, deux ordis, un bureau en désordre… Pauline referme la porte et ils se retrouvent enfermés dans ce petit espace surchauffé avec cette lumière psychédélique…

— Ça va ? Pas trop dépaysé ?

— La lumière ça fait bizarre, répond Octavio, on se croirait complètement défoncé en boîte de nuit.

Elle éclate de rire :

— Parfait, ça veut dire tu es dans le bon mood ! Viens, je vais te présenter mes deux amoureux…

Pauline s'installe au bureau et allume son ordi. Pendant qu'il charge, des loupiotes illuminent le terrarium. La jeune femme s'en approche, désignant de minuscules galeries que l'on voit en coupe, derrière le verre :

— Regarde, ils se sont creusé de belles galeries et j'essaie de comprendre leur utilisation. En tout cas, ils se reproduisent toujours au croisement de deux galeries…

— Sans doute parce qu'il y a plus de place, dit Octavio distraitement.

Pauline le regarde avec un demi-sourire :

— Ah, je vois, monsieur pratique l'amour sportif?

— Mais non ! C'est juste que ça paraît logique pour des bestioles de vingt millimètres !

Pauline fait mine de s'offusquer :

— Des « bestioles » ? C'est comme ça que tu parles de mes *Talitrus saltator*, les grands architectes de la plage ?

Octavio hausse les épaules et désigne une caméra sur pied, presque collée à la vitre du terrarium. Pauline lui répond :

— Ça, c'est ma caméra de voyeuse... Je les mate et je les filme pendant qu'ils copulent. Après, je peux tout agrandir et examiner, ou envoyer des images à des chercheurs...

— Dis-donc, ça a l'air chaud, la vie sexuelle des talitres ! ajoute Octavio.

— Plus que tu ne le crois, répond-elle en allant à l'ordinateur.

Sur l'écran, elle fait défiler des dossiers, puis en choisit un qui s'ouvre sur de très gros plans de talitres dans leur galerie de sable :

— Nous les humains, nous nous croyons très évolués avec notre sexualité, mais en réalité notre appareil génital, mâle ou femelle, est d'une simplicité biblique, si je puis dire. Un pénis, un vagin, point à la ligne. Les requins ou les serpents ont deux pénis. Et les talitres possèdent toutes sortes de particularités qui rendent leur sexualité passionnante. Regarde ça, par exemple...

Elle agrandit l'image sur un agrandissement de l'arrière du corps du minuscule crustacé, où l'on distingue deux appendices :

— Ces deux petites flèches sont des apophyses génitales. Ça doit faire beaucoup d'effet pendant l'accouplement…

— Et où est son édéage ? demande Octavio pour montrer qu'il connaît quand même son métier.

— Ah, je vois que monsieur est un connaisseur. C'est vrai qu'édéage, c'est quand même plus élégant que pénis, n'est-ce pas ?

— Non, non, c'est juste le terme précis pour le pénis des insectes…

— Mais les talitres ne sont pas des insectes !

— Oui, oui, je sais ! Mais édéage est aussi valable pour les crustacés, Pauline.

— Et pour les femelles, tu dis quoi ? demande-t-elle, rebelle.

— Eh bien on appelle ça l'atrium génital.

— Ah ouais, c'est vachement sexy : « Vas-y, chéri, mets ton édéage dans mon atrium » !

Tous deux éclatent de rire en se prenant dans les bras. Collé à elle, Octavio chuchote à son oreille :

— J'aurais jamais cru que des puces de mer me feraient bander…

— Ah bon ? Je pensais que c'était moi ?

Pauline a l'art de rendre les hommes fous. Elle sait quels mots dire pour les faire craquer. Aussi Octavio se jette-t-il sur elle avec une certaine sauvagerie ; enfin une femme libre d'elle-même ! Il y a là une courte banquette en moleskine juste à la bonne hauteur, sur laquelle ils s'allongent fiévreusement. Avec une impudeur folle, elle ouvre ses jambes en le regardant dans les yeux. Ses cuisses semblent briller dans la lumière irréelle. Dans cette ambiance surchauffée avec cette lueur mauve saturée, onirique, la fièvre de l'amour s'empare d'eux. Soudain, Pauline est frénétique, comme s'ils n'avaient que très peu de temps devant eux. Son souffle s'accélère tandis qu'elle déboutonne le pantalon d'Octavio d'une main experte. Son sexe en jaillit, enfin libéré. Elle le regarde avec intérêt et appétit, puis le caresse en s'extasiant :

— Ohhh, mais quel bel édéage vous avez là, mon cher talitre en chef…

Octavio, habitué aux rapports silencieux avec Louise, est follement excité par les mots de Pauline et son humour légèrement obscène. Il joue le jeu avec une voix de grand méchant loup :

— C'est pour mieux remplir et satisfaire votre bel atrium, mon enfant !

— Montrez-moi donc comment vous faites… Mais vite ! lance-t-elle pantelante.

Ainsi, pendant que deux talitres s'accouplent dans le terrarium tout proche, au carrefour des galeries, deux humains s'accouplent au carrefour de leur vie.

*

Maïté Cazaubon a retourné cent fois le problème dans sa tête depuis qu'elle a rencontré la fameuse Pauline sur le parking de la plage des Casernes. En parlant avec elle, la duègne a bien compris à qui elle avait affaire : une croqueuse d'hommes prête à tout pour parvenir à ses fins. Elle le porte sur elle avec ses formes rebondies, ses nichons sans soutien-gorge, ses lèvres gourmandes, ses vêtements hippies à moitié transparents, et ce fumet de sexe qui l'entoure. Maïté a l'habitude. Son mari, Félix, savait être un époux aimant, mais ne se gênait pas pour la tromper. Il est évident qu'Octavio va se faire bouffer tout cru par cette femme aux dents longues. La spécialiste des puces de mer, tu parles ! Ce serait plutôt les puces de lit avec elle… En même temps, la vieille gouvernante voit bien que, depuis la naissance d'Antonin, Louise n'éprouve plus de désir et qu'elle ne regarde pas son mari. Elle semble oublier que les hommes ont des besoins qui les poussent parfois à la faute… Si Maïté ne fait rien, le couple court à sa perte, ce qui serait désastreux pour le petit, et peut-être même pour toute la famille ! Aussi en est-elle arrivée à la conclusion qu'elle doit agir au plus vite et crever l'abcès. En l'occurrence, cet abcès s'appelle Pauline.

Maïté va organiser une réunion de famille dont on se souviendra longtemps. Mais d'abord, il faut trouver une belle carotte pour attirer la catin d'Octavio… Voilà pourquoi elle a besoin de son vieil ami Roland, brocanteur et bouquiniste, qui habite à une douzaine de kilomètres dans les terres, caché derrière un recoin de forêt à Saubion. À présent que sa vieille deux-chevaux démarre au quart de tour, Maïté n'hésite plus à prendre la route, et elle doit bien reconnaître que cette liberté nouvelle l'enivre.

Roland est une espèce de lutin jovial et érudit qui collectionne objets et livres anciens depuis des lustres. Toujours accueillant et jamais avare d'anecdotes, il vit avec sa belle dans une vieille ferme du XVIIe, véritable bric-à-brac où l'on trouve de tout, des pots de résine, des bougies, une armoire, des meubles, des outils anciens, des objets de la Première Guerre, un âne affectueux, une meule de pierre, un comptoir en zinc et des rayonnages de vieux bouquins concernant la région.

Depuis qu'elle a décidé de sauver le couple Octavio-Louise pour le bien-être du petit Antonin, Maïté Cazaubon se sent une âme de guerrière. Et c'est en méditant une vieille expression de sa grand-mère, « On n'attrape pas les mouches avec du vinaigre », qu'elle a eu l'idée d'appeler Roland à la rescousse. Elle lui explique la situation : il s'agit d'une allumeuse qui fricote avec Octavio, l'un des héritiers du Doigt Mordu, marié à Louise avec laquelle il vient d'avoir un enfant. Or, cette briseuse de ménage s'est mis en tête de défendre les bestioles des plages et elle cherche à embringuer Octavio dans sa croisade, comme vétérinaire. Il faut rompre ce lien dangereux et pour cela, Maïté doit trouver un appât, quelque chose qui puisse passionner Pauline au point de l'attirer dans sa toile d'araignée.

Avant tout, le brocanteur a servi deux petits verres de son meilleur scotch des Highlands écossais. Maïté hausse les épaules pour lui rappeler qu'elle ne boit pas, mais Roland a levé la main pour l'arrêter :

— Oui, oui, je sais, mais laisse-moi un peu fouiner dans mes vieux bouquins...

Après avoir sorti quelques livres poussiéreux consacrés à la navigation, aux ports, à la pêche, aux Landes, l'hôte des lieux lève un index, comme s'il venait d'avoir une idée géniale. De sous un établi au bois dépoli, Roland tire une cantine métallique qui n'a pas été ouverte depuis belle lurette et qui contient des vieux bouquins en mauvais état. Après avoir sifflé les deux petits verres de scotch et remué de la poussière, il exhume un gros livre écrit par un zoologue du Muséum et illustré de nombreuses gravures, entièrement consacré aux invertébrés et autres petites créatures qui vivent dans le sable des plages... Avec ça, la pseudo-chercheuse, Pauline, ne résistera pas.

Tandis qu'au retour, la voiture cahote sur le chemin de sable menant à la route, la vieille gouvernante savoure le tour qu'elle s'apprête à leur jouer au Doigt Mordu. Tous l'ont sous-estimée ; tous, sauf Hubert, bien sûr, qui la connaît depuis longtemps. *Ils vont voir de quel bois je me chauffe !*

*

Jamais Bérénice ne s'est sentie aussi intimidée. Ce qu'elle va demander à Jorris n'est guère facile à formuler. Il l'a laissée entrer avec un sourire complice. La chambre 11 baigne dans une pénombre agréable qui permet d'entrevoir des objets, des fleurs séchées, des livres, des cahiers. Elle dispose d'un petit balcon. Curieusement, une odeur d'humus flotte dans l'air, comme lorsqu'on vient de retourner la terre. L'idée que d'autres femmes défilent ici dérange Bérénice, mais elle décide de se lancer sans attendre :

— Voilà, je voudrais vous faire une proposition... C'est à propos de la scène que je dois tourner après-demain avec Julius et Astrid...

— Ah oui, je l'ai lue dans le scénario. C'est vrai qu'elle manque un peu de chair et d'imprévu, réplique Jorris d'une voix neutre.

— Ah bon ? Vous trouvez ? Eh bien, justement, je voudrais vous demander des conseils professionnels à ce propos...

— Mais à quel titre ? Je ne travaille pas dans le cinéma, moi...

Bérénice est soudain gênée :

— Oui, mais vous… vous êtes un homme d'expérience. C'est pour la direction d'acteurs, je voudrais savoir comment guider ces deux comédiens sans avoir l'air trop bête…

— Ne t'inquiète pas, tu n'auras pas l'air bête, Bérénice, car tous deux te respectent et t'écoutent. Par contre, si tu doutes de toi, alors ils douteront de toi. C'est aussi simple que ça.

— Vous avez raison. Mais est-ce vous pourriez relire la scène et me donner des indications ? Je suis sûre que ça m'aiderait ; d'ailleurs, je dispose même d'un budget pour mes recherches…

Jorris écarquille les yeux :

— Un budget ? Tu… tu voudrais me payer ?

Soudain Bérénice prend conscience de ce qu'il y a d'ambigu et de gênant dans sa proposition :

— Enfin… Je disais ça, parce que… c'est dans le cadre du travail…

Un instant Jorris la regarde tel un félin qui fixe sa proie avant de bondir toutes griffes dehors. Mais Bérénice n'est pas une proie ordinaire, puisqu'elle lui transmet ses émotions. Un curieux silence flotte entre eux, au rythme des cœurs effrénés. C'est l'un de ces moments suspendus, intenses, où tout peut basculer. D'une voix douce, Jorris lui dit :

— Si tu veux me payer, Bérénice, commence par me tutoyer…

Avant qu'elle n'ait pu répondre, les lèvres de l'homme se sont posées sur les siennes comme un papillon de chair. L'impossible est en train de se reproduire… Leurs corps sont soudés par un arc électrique. Tous deux demeurent enlacés, tandis que mille idées folles traversent leurs esprits. Fiévreuse, Bérénice ne résiste plus à l'étreinte. Et pourtant,

Solange lui avait bien dit que Jorris ne touchait jamais une femme… Là, maintenant, oui, elle pourrait s'abandonner pour la première fois de sa vie…

Mais un choc violent contre la fenêtre interrompt leur effusion. Bérénice sursaute, le cœur battant à tout rompre ; elle croit qu'on a jeté un caillou sur le carreau, mais non, c'est un oiseau noir qui s'est cogné contre la vitre, un corbeau un peu sonné qui finit par repartir en battant mollement des ailes… Le charme est rompu, la réalité leur revient en plein visage. Ils sont aussi désemparés l'un que l'autre par le choc, l'apparition de l'oiseau, la vitre fendue… Ils ne savent pas que c'est l'œuvre de Jacquotte. Décoiffée, terriblement gênée, Bérénice lorgne sa montre et sursaute en voyant l'heure :

— Oh là ! Je suis en retard et j'ai vingt-deux figurants qui m'attendent…

— Ah oui, souffle Jorris un peu ébranlé, eh bien ne fais surtout pas attendre ces fringants jeunes hommes ! Mais ne t'inquiète pas, Bérénice, je vais réfléchir à ta scène et voir si je peux t'aider…

Elle lui répond le cœur sur la main, en prenant soin de le tutoyer :

— C'est vraiment gentil de ta part, Jorris. Merci beaucoup, tu me sauves…

— Pas encore, répond-il énigmatique, pas encore…

*

De l'autre côté de la vitre fendue en forme d'étoile, un beau pin lyre surplombe l'hôtel. Les deux commères sont installées sur la fourche, comme des sorcières à l'affût, et La Nèhe se moque de son amie :

— Dis donc, ton corbeau, il y a été un peu fort, non ?

— C'est ce qu'il fallait. Normalement, Jorris ne touche pas les femmes.

— Oui, ben là on peut plus dire ça... ironise La Nèhe.

— Crois-moi, Jorris c'est comme des sables mouvants, plus tu t'en approches, plus tu t'enfonces, et moins tu arrives à t'en extirper...

— Mouais, souffle La Nèhe en se balançant sur sa branche...

— Quoi, « mouais » ?

— Tu serais pas un peu jalouse quand même, toi ?

— Jalouse, moi ? Tu rigoles ! Non, j'ai conclu un pacte avec Hubert... Ou c'est plutôt l'inverse. Bref, il veut que je veille sur la petite comme le lait sur le feu. Juste le temps du tournage. Bérénice est au centre de beaucoup de choses : le film, Le Doigt Mordu, son grand-père retrouvé, un nouveau petit frère, etc. Ça fait beaucoup pour elle, c'est pourquoi j'ai accepté. Mais elle ne doit surtout pas s'en douter...

— Oui, eh bien alors bouge de ta branche, ma Jacquotte, parce que la gamine est déjà en route pour aller rendre visite à ses vingt-deux étalons !

*

En sortant de l'hôtel pour aller à l'auberge de jeunesse, Bérénice a les jambes en coton et le cœur qui bat trop fort. Sa bouche est sèche, son front moite et ses idées confuses, au point qu'elle se demande si elle a de la fièvre. Serait-elle malade ? Impossible, juste avant le tournage final... À la vue du vélo électrique dont elle n'a toujours pas rechargé la batterie, elle préfère y aller à pied. Elle descend au bord du canal pour le longer jusqu'au pont Notre-Dame. La marée monte et l'eau est d'un beau vert profond. En transparence, des petits poissons argentés picorent des algues sur des rochers échevelés où se cachent les crabes.

Encore hantée par la présence de Jorris, Bérénice contemple ce canal qui est au cœur du film. Tout en le longeant, la jeune femme repense à la scène qu'elle doit tourner avec les gemmeurs... Aujourd'hui, ce canal long d'un petit kilomètre semble avoir toujours été là, bordé de pins sur ses remblais, avec ses perrés et ses romantiques bancs de pierre semi-circulaires. Avant qu'on décide de le creuser, on circulait librement sur son emplacement, à pied ou avec un chariot, entre le hameau d'Hossegor et les terrains boisés proches de l'Océan, exploités par les gemmeurs. Sauf que, une fois le canal creusé, au lieu d'avoir cent mètres à parcourir, ils se voyaient obligés de contourner le lac avec leurs bros et leurs barriques, soit un détour de six kilomètres ! Dans le film, les figurants venus de Paris devaient exprimer la colère des gemmeurs en saccageant une partie du chantier, avant d'affronter le personnage d'Antoine, le responsable des travaux.

En arrivant à l'auberge de jeunesse, Bérénice redoute de se trouver face à Célestin. L'étreinte de la veille n'était qu'une petite folie sans lendemain. Pourvu qu'il ne l'embête pas devant tout le monde... À moins qu'il ne se livre à un combat de coqs avec le dénommé Paulsi, meneur autoproclamé, content de lui, qui la regarde d'un œil gourmand, sûr de pouvoir la croquer.

*

Le philtre amoureux concocté par La Nèhe a fonctionné au-delà de toute espérance. Quelques heures plus tôt, dans l'obscurité du dortoir, Paulsi s'est réveillé avant tout le monde, dans un état d'excitation avancé, sans se douter qu'il était sous influence... La vie lui semble plus belle que jamais. Il adore cet endroit, Hossegor, les vagues, les surfeurs, c'est un vrai paradis, ici ! On se sent en accord avec la nature, enfin libre ! Libre de quoi ? Il ne le sait pas encore, mais quelque chose de merveilleux est sur le point de se produire ; ça, il en est sûr !

Dans le dortoir, ça ronfle et tout le monde dort, sauf lui... Ou presque, car il sent qu'on bouge au-dessus. C'est Célestin, dont le bras pend hors du lit. Paulsi regarde sa main fine, ses doigts de fille et ce poignet délicat. Pour lui faire une blague, il lui caresse les doigts et trouve sa peau douce. Mais la main de Célestin se referme sur celle de Paulsi avec fermeté. D'abord surpris, le meneur des figurants joue le jeu et lui renvoie son geste. Leurs doigts s'entrelacent. Célestin s'est réveillé tout émoustillé, dans d'excellentes dispositions, il se sent libre et heureux, lui aussi. Il a flairé une odeur virile et suave venant d'en bas.

Sans un mot, sans penser à rien, Paulsi se lève dans le noir, tout nu, et se retrouve à la hauteur de Célestin allongé, lui aussi nu et en érection. Comme il sent bon l'amande... Comme sa peau est douce. Paulsi n'a jamais eu un sexe d'homme aussi près de son visage ; il le trouve ravissant et ne résiste pas à l'envie spontanée de le goûter, d'abord timidement, puis goulûment, pendant que Célestin gémit de plaisir en pressant sa main dans les cheveux de son camarade. Sans faire le moindre bruit, Paulsi se redresse et grimpe la petite échelle qui mène au lit du dessus, le sexe fièrement dressé, puis il se blottit tendrement contre Célestin et rabat les draps sur eux.

Ni l'un ni l'autre n'a jamais fait l'amour avec un garçon, mais ce matin-là, dans les ténèbres du dortoir, emportés par la folie amoureuse du philtre de La Nèhe, tous deux se laissent aller comme jamais. Aucune fille ne leur a encore apporté autant de plaisir. Couverts par le concert de ronflements, ils vivent ce matin-là le plus fort orgasme de leur courte vie.

*

Perchées sur le luminaire du dortoir, deux chouettes invisibles observent la scène avec des sentiments mêlés. Jacquotte fait semblant d'être en colère :

— Ah, ben bravo, La Nèhe ! Toi et tes philtres, franchement, c'est du grand n'importe quoi... Je te rappelle qu'ils étaient censés tomber amoureux de Bérénice ! Pas l'un de l'autre !

— Oui, oui, t'es marrante, toi ! Faut pas croire que l'amour est une science exacte, ma Jacquotte ! Tu l'as sans doute oublié, toi, enfermée sur un bateau avec ton seul amant !

— Oh, bla bla bla, tu ne vas pas recommencer avec ça ? Tu radotes et tu ne sais même pas de quoi tu parles... Si tu continues à pérorer, La Nèhe, je te boucle à nouveau dans ta fontaine, là-bas dans les barthes...

— Mais non, je sais que tu ne le feras pas, ma petite Jacquotte. Tu t'ennuierais beaucoup trop sans moi, avoue !

Et ainsi de suite… Elles ne peuvent s'empêcher de batailler pour un oui ou pour un non, c'est même leur façon à elles de passer le temps, ce temps qui ne passe pas pour elles.

12

LES ROCHES DU DOIGT MORDU

De deux choses l'une : ou bien Zack est sur le point de faire une découverte, ou bien il va devenir cinglé. Personne, au Doigt Mordu, n'est au courant de ses recherches, mais ses proches le voient s'enfoncer dans son travail et sa solitude au détriment de son apparence. Lui qui était relativement coquet ne se coiffe plus, son visage est de plus en plus livide et ses ongles trop longs. Zack n'est plus le jeune homme fringant qu'il était lorsque le professeur Olafsen de l'Université de Copenhague, le grand spécialiste des Vikings, l'a nommé responsable du site, plus d'un an auparavant.

Juste après sa découverte, ce lieu, situé en contrebas de la villa, avait connu une grande fréquentation. Journalistes, chercheurs, universitaires, tous triés sur le volet, avaient défilé en suivant les protocoles de sécurité pour pouvoir observer ou étudier cette incroyable sépulture viking du IXe siècle contenant la carcasse d'un bateau, des ossements et des objets, bijoux, armes, vêtements. La crypte du Doigt Mordu est l'un de ces rares bateaux-tombes destinés à honorer un guerrier viking. Il en existe plusieurs dans le monde et certains contiennent parfois les dépouilles des proches enterrés avec leur chef. La crypte est devenue un site connu ayant fait l'objet de reportages dans de nombreux pays.

Au début, Zack n'était pas peu fier de présenter les lieux aux visiteurs de marque, il aimait communiquer avec les chercheurs, les journalistes ou les universitaires. À leur contact, le jeune homme avait acquis une véritable expertise. La culture viking est passionnante et très à la mode, aussi Zack échangeait-il avec toutes sortes de passionnés, y compris les plus farfelus. Mais au bout d'un moment, le travail est devenu répétitif, les visites se sont raréfiées et le jeune homme s'est retrouvé enfermé dans son job.

Des heures durant, il se tient face à ses ordis, dans son bureau, un Algeco de chantier installé à quelques mètres de la crypte, site grillagé et protégé par des caméras. Sa mission consiste aussi à photographier minutieusement chaque planche ou bordage, de façon à pouvoir réaliser une reconstitution du bateau-tombe en 3D aussi fidèle que possible. Il y passe donc beaucoup de temps seul, étouffant dans sa combinaison de protection, avec surchaussures, charlotte, gants et masque… Quelques jours plus tôt, Zack est allé dans la crypte pour photographier la poupe du bateau, ainsi que le banc du navigateur, une planche située à l'arrière de l'embarcation dont on pense qu'elle servait à celui qui tenait le gouvernail. Le bois était marqué par le temps, griffé, entaillé, grignoté par l'usure.

Ce n'est que plus tard, penché sur son ordi pour examiner ses photos, qu'il a remarqué quelque chose de bizarre. En agrandissant l'image, le jeune homme a distingué des signes au milieu des cicatrices du bois. Il se trouve que Zack venait de lire un article sur la fameuse pierre de Tyrifjorden, la plus vieille pierre runique au monde, découverte accidentellement en Norvège lors des travaux entrepris pour la construction d'une voie ferrée, près du lac qui lui a donné son nom. Ces inscriptions, gravées il y a près de deux mille ans, ont fait reculer la date des premières écritures runiques de plusieurs siècles ! Les lettres runiques sont des pierres gravées, parfois tombales, constituant le plus vieil alphabet scandinave connu. En zoomant sur les éraflures du bois, Zack a cru reconnaître un ou deux signes runiques, l'un ressemble à un diabolo et l'autre est un trait vertical décoré de quatre triangles du côté droit. L'alphabet runique, ou *futhark*, est composé de vingt-quatre signes qui peuvent servir à la fois de chiffres et de lettres. Il a été employé par plusieurs peuples au fil des siècles, dont les Celtes et les Vikings. Mais les runes étaient avant tout utilisées par les initiés pour les arts divinatoires et la magie…

Dès lors, Zack s'est plongé dans une recherche effrénée pour tenter de déchiffrer ce qui ressemblait à une inscription. Craignant par-dessus tout de paraître ridicule, il a décidé de n'en parler à personne avant de parvenir à un résultat. Or depuis quelques jours, une lueur d'espoir est venue éclairer ses semaines de recherches dans la crypte et face à ses ordinateurs. En effet, les signes runiques ont pris une nouvelle signification lorsqu'il a mêlé chiffres et lettres dans le message. Un mot fondamental est apparu : *vika*. Ce terme désigne une unité de distance nautique calculée sur le temps de rame d'un homme. Dès lors, le message pourrait contenir une position géographique sur l'Océan. Une île ? Un récif ? Une épave ? Un trésor ?

Zack s'est mis à fantasmer sur une découverte qui pourrait le rendre riche et célèbre. Il sent qu'il tient une piste et passe le plus clair de son temps à décoder le message des runes en correspondant avec divers chercheurs. La solution lui a été fournie par un spécialiste des Vikings en Aquitaine. Grâce à ces échanges, Zack a pu parvenir à trouver un sens à ce message. Il y est fait référence à Odin, dieu des origines, ainsi qu'à Njörd, dieu des mers et de la bonne fortune. Le tout est suivi d'une position géographique. Le jeune homme pensait qu'il s'agirait d'une île lointaine, mais il a eu la surprise de découvrir que ce point se situait en réalité à moins de dix kilomètres au large de Capbreton. Que pouvait-il donc y avoir sous l'eau à cet endroit-là ?

C'est pour tenter de répondre à cette question que Zack s'est rendu au club des Aquanautes afin d'y rencontrer un plongeur expérimenté qui explore régulièrement les eaux locales. Avec son look décontracté à la James Dean, Nico déplie des cartes bathymétriques sur le comptoir du club, situé au bord du canal entre Hossegor et Capbreton. Il explique à Zack qu'il plonge souvent aux abords du canyon qui prend naissance à quelques centaines de mètres du bord. Il lui montre la carte détaillée de la tête du Gouf, sinuant sur plusieurs kilomètres, avec des points au feutre marquant la date et la profondeur de ses plongées. Sans entrer dans les détails, Zack lui tend un post-it sur lequel il a inscrit la position estimée d'après ses recherches. Nico ouvre son ordinateur pour chercher à quoi cela correspond. Il ne lui faut pas longtemps pour trouver la réponse :

— Ah, ben ça ! Pile poil ! s'exclame Nico en désignant un monticule situé près de la rive sud du canyon.

— C'est quoi ?

— Ce sont des roches connues depuis longtemps par les pêcheurs de Capbreton : les roches du Doigt Mordu.

— Les… quoi ? demande Zack, halluciné.

— Oui, c'est le nom de votre maison là-haut sur le tuc, mais sous l'eau c'est juste un amas rocheux situé à environ soixante-dix-quatre-vingts mètres de fond ; d'ailleurs, j'ai déjà plongé dessus…

— Le Doigt Mordu ! répète Zack, presque assommé par cette information et ce qu'elle peut impliquer…

*

Au Doigt Mordu, Thomas et Octavio, les deux beaux-frères, sont en train de déplacer une lourde armoire achetée par Louise dans un vide-grenier. Après avoir placé du tissu sous les quatre pieds en chêne, ils la font glisser sur le plancher du rez-de-chaussée. Elle doit être installée dans la chambre de Louise et Octavio, que ça n'enchante pas d'ailleurs, pour y ranger les affaires du petit Antonin… Âgé d'un an seulement, il n'en prend pas moins une place folle dans le couple et la maison. Enfant de la chance, car totalement inattendu, Tonino est pourri gâté par sa mère, avec la complicité de Maïté. Dans la cuisine, Jo et Rodrigo sont en train de mijoter un plat merveilleux de leur répertoire ; d'après le parfum, il doit y avoir un gratin au four. *Quel bonheur*, se dit Louise, *d'avoir à domicile des jeunes dont les devoirs consistent à cuisiner !*

C'est dans cette ambiance familiale et conviviale que résonne un vieux klaxon en haut de l'allée, ce qui est fort inhabituel puisqu'il y a un code au portail. Tous s'approchent du perron pour savoir qui arrive ; puis ils se demandent ce que fait cette voiture du siècle dernier, une

Simca 8 en parfait état, juste devant la maison. Quelle n'est pas leur surprise lorsqu'ils en voient sortir une femme habillée en hippie élégante, avec des sacs et des valises… Il leur faut quelques instants pour comprendre qu'il s'agit de Wendy ! Thomas pousse un cri en reconnaissant sa femme, partie depuis plus d'un mois. Il est désorienté, car elle ne devait rentrer du Canada que la semaine suivante. Au volant de la voiture, un vieil homme élégant, à la moustache blanche alambiquée ; il sort de sa berline et salue l'assemblée avec une prestance inattendue.

Après avoir embrassé tout le monde avec ferveur, Wendy explique, de façon animée, qu'elle a eu l'occasion d'avoir un billet d'avion au dernier moment et que, suite à une « impulsion positive », elle a décidé de rentrer plus tôt sans prévenir personne. Elle ajoute en avoir ressenti une liberté nouvelle qui l'a rajeunie. Tous l'observent, un peu éberlués, comme si elle avait complètement changé de personnalité. Quant au chauffeur de la Simca 8, qu'elle appelle professeur, Wendy raconte qu'il fait partie d'un club d'amateurs de vieilles voitures rencontré à l'aéroport de Bordeaux-Mérignac par une appli de covoiturage.

Une fois le chauffeur vintage reparti, les retrouvailles reprennent et Wendy embrasse à nouveau tout le monde comme s'ils s'étaient perdus de vue depuis des années. Elle pousse des cris un peu excessifs en constatant à quel point le petit Antonin a grandi en six semaines, et s'extasie devant son « regard de Bouddha »… C'est vrai que la voyageuse canadienne, exaltée, semble pour le moins différente, mais tous mettent cela sur le compte du voyage et du décalage horaire, sans trop se demander pourquoi elle est habillée comme pour le festival de Woodstock.

Une fois qu'elle a pris chacun à tour de rôle dans ses bras, telle l'Indienne Amma qui enlace jusqu'à deux cents personnes par heure, elle se tourne vers Thomas, son mari. Il est toujours là, vaillant, solide, sachant tout faire, sa courte barbe bien taillée, et il la regarde en souriant tandis qu'elle s'avance avant d'enrouler sensuellement ses bras autour de son cou. Collée à lui, sans se soucier du regard des autres, Wendy l'embrasse amoureusement sur la bouche. D'abord surpris, Thomas reste un peu guindé, mais après tout il n'a pas vu sa femme depuis des semaines, et il est finalement très heureux de la prendre dans ses bras. Ce baiser est si spectaculaire, comme au cinéma, que les autres, un peu gênés, se mettent à applaudir, façon mariage. Pour un peu, on leur jetterait une poignée de riz en bénédiction. Décidément, Wendy n'est plus la même. Certes, elle est partie pendant des semaines dans son Canada natal, elle a même touché un petit héritage là-bas, mais jamais on ne l'avait vue aussi exubérante…

Ses affaires posées dans la chambre, la nouvelle Wendy revient, en jogging cette fois, pour parler aux uns et aux autres. Lorsqu'elle fait plus ample connaissance de Rodrigo, le compagnon de son fils Jo, elle a un véritable coup de cœur pour ce garçon à la fois pétillant et prévenant. Thomas est allé chercher leur deuxième fils, Zack, qui n'en revient pas de trouver sa mère au Doigt Mordu. Wendy l'embrasse, puis le regarde, soucieuse devant sa mine de zombie, ses cheveux en broussaille et ses ongles de clochard.

Très vite Wendy reprend ses marques dans la maison, mais elle est incroyablement plus décontractée qu'avant son départ. Elle papillonne dans chaque pièce, donne un coup de main aux garçons, puis elle va papoter avec Louise et son beau bébé, mais on dirait presque qu'elle plane tant elle est gentille et volubile. Profitant qu'elles sont toutes deux à l'écart, Louise ne résiste pas et lui pose à voix basse la question qui la taraude :

— Dis donc, tu m'as l'air bien épanouie, toi, depuis le Canada ! Tu as rencontré quelqu'un, ou quoi ?

Wendy se tourne vers elle, choquée, et chuchote en retour :

— Rencontré quelqu'un ? Ah, non, pas au sens où tu l'entends, en tout cas…

— Comment ça ?

— Oh, c'est une longue histoire, ma Louise. Tu sais, j'ai été en forêt dans l'Ouest canadien, sur l'ancien territoire des Indiens Kootenays. C'était un véritable voyage initiatique. Je crois bien que j'ai laissé l'autre Wendy là-bas. Comme un serpent qui change de peau… Je me suis totalement immergée dans la forêt et j'ai même eu la chance de voir des ours de près ! Et puis surtout, on a dormi à la belle étoile et…

— Mais qui ça, « on » ? l'interrompt Louise en levant un sourcil suspicieux.

— Ah oui… Je t'explique : au début, on était un groupe de quatre, avec Anton, notre guide… Un homme incroyable qui a vécu des choses très dures ! Il nous a emmenés à deux jours de marche, dans un endroit secret, une grotte proche d'une rivière avec des sources chaudes et des bains de boue bénéfiques ; un ancien lieu sacré des Indiens Kootenays. Après ça, les trois autres randonneurs sont repartis vers Vancouver, mais moi j'ai continué avec Anton…

— Juste toi et lui ? Carrément ?

— Oui, Anton, c'est un sage, il peut survivre dans les bois à mains nues. C'est un vrai chaman de la forêt. En regardant le ciel, il voit la trace des oiseaux qui l'ont traversé. En observant un caillou déplacé, il sait qu'un lion des montagnes est passé par là… Tout lui parle, Louise : les ruisseaux, les oiseaux, les plantes, les nuages, avec lui tout prend un sens…

— Mais… est-ce que vous avez… ?

— Mais non ! Ce n'était pas du tout l'idée, enfin ! Et de toute façon, Anton n'est pas comme ça. Il vit au cœur de la forêt plusieurs mois par an et…

— Eh ben, justement…

— Non, Louise, ce n'est pas son style, je te dis. J'étais en totale confiance avec lui. Il m'a guidée à la recherche de mon animal-totem… Le troisième soir, sous les aurores boréales qui formaient des tourbillons verts et mauves dans le ciel étoilé, j'ai eu une grosse poussée de fièvre et des visions… On avait fait un petit feu dans une clairière pour y camper. Je ne savais plus très bien où j'étais, la forêt me paraissait solarisée, avec des pins immenses… Anton ressemblait à un vieux sorcier. Je voyais défiler plein d'animaux autour de moi, dans les arbres, dans le ciel, des panthères, des coyotes, des corbeaux, des écureuils, mais aussi des licornes et des sirènes, tout tourbillonnait. J'entendais des cris, des rires, des aboiements, des grondements… Heureusement, Anton était là ! Il me tenait la main et me guidait dans cet ouragan intérieur…

— Tu avais peut-être absorbé une plante hallucinogène ?

— Mais non, pas du tout, enfin ! Je n'avais rien mangé, ce jour-là !

Louise se tourne vers elle, un brin taquine :

— Et finalement, c'est quoi ton animal-totem ? La cougar ?

— Oh, t'exagères ! proteste Wendy en rougissant.

— Mouais, n'empêche, j'ai bien vu comment tu embrassais Thomas…

— Oui et alors ? réplique Wendy piquée au vif. C'est quand même normal que j'aie envie de mon mari ! On ne s'est pas vus depuis presque six semaines et je voudrais qu'il découvre la nouvelle Wendy ! J'avais besoin de sentir son corps et ses lèvres, tu comprends ?

Sa question jette un froid, vu la fraîcheur des relations entre Louise et Octavio depuis l'arrivée du bébé. Au fond d'elle, Louise est convaincue qu'il n'est pas vraiment heureux de cette naissance inattendue, ce qui expliquerait qu'il soit devenu si distant…

*

Veste de velours ou anorak ? Indécise, Bérénice a beau regarder le ciel par la fenêtre de sa chambre d'hôtel, elle n'arrive pas à se faire une idée sur la météo, ni sur ses vêtements. Le moment du tournage approche et sa tête est en vrac. Impression inquiétante d'être une funambule suspendue dans le vide. D'un côté elle se sent forte, pleine d'énergie créatrice, mais de l'autre sa rencontre avec Jorris la déstabilise. Une petite voix dans sa tête n'arrête pas de lui chuchoter : « *C'est lui ! C'est lui !* » Pour la première fois de sa vie, elle a l'impression d'avoir rencontré un homme qui la comprend des pieds à la tête, qui peut la guider vers des cieux qu'elle n'a jamais osé approcher. Avec lui elle se sent en sécurité. Il saura quoi faire…

Pour l'instant, elle doit se concentrer sur son rendez-vous. D'ici une vingtaine de minutes, une voiture viendra la chercher pour l'emmener visiter le décor et vérifier les derniers réglages. Il s'agit de la cabane de chantier où Jenny doit retrouver Antoine en pleine tempête. Rufus a insisté pour que ce décor soit installé en milieu naturel, de façon à ressembler le plus possible au chantier de l'époque. Il tient à la présence physique des arbres, du vent et de la boue. Par la magie des effets spéciaux, la cabane apparaîtra telle qu'elle devait être en 1876 sur le chantier du canal, alors que les travaux étaient presque finis. C'est là que les deux amoureux vont se retrouver et enfin devenir amants. Ils savent que leur vie peut basculer, mais ne se doutent pas que le ciel va aussi s'en mêler…

Toujours dans sa chambre face au miroir, Bérénice se repasse en tête les images qui vont être tournées le lendemain, comme si le film existait déjà… Une voix familière coupe ses visions :

— Velours ou anorak ?

Bérénice est face à son propre reflet, sa veste en velours à la main, perdue dans ses pensées, sans même plus distinguer son propre reflet… Cette voix, c'est Jacquotte :

— Ton cœur balance ?

— Jacquotte !

Bérénice pousse un cri en la voyant dans le miroir.

— Tu es là ?

— Je suis toujours là pour toi, Bérénice, tu le sais bien… Je veille.

Aux oreilles de la jeune femme, cela sonne à la fois comme un réconfort et une menace. N'osant pas parler de Jorris, elle essaie de noyer le poisson :

— Je suis nerveuse parce que je dois tourner une scène du film demain…

— Oui, oui, je sais, répond calmement Jacquotte. Mais ne t'inquiète pas. Astrid et Julius sont de grands professionnels…

— Oui, mais ils se détestent et…

— Ça, c'est ce que tu crois…

— Ah bon ? répond Bérénice un peu vite. Toi aussi tu crois qu'ils sont attirés l'un par l'autre ?

— Moi aussi ? relève Jacquotte prestement. Tu penses à Jorris ?

La question de Jacquotte tombe comme une enclume. La bouche sèche, Bérénice bredouille :

— Ah, euh, non, enfin oui… Mais tu… vous… tu le connais ?

— À ton avis ? demande Jacquotte plus durement qu'elle ne l'aurait voulu.

— Oui… Je suppose. Je ne sais pas.

— Pour l'instant, occupe-toi de tes amants du canal, ma petite. Essaie d'occulter le reste. Mets-toi dans une bulle de travail, sinon tu n'y arriveras pas. Tu te trouves exactement dans la même situation que le héros de ta scène de film, Antoine : on t'a confié de lourdes responsabilités malgré ton jeune âge, avec pour but d'achever un énorme travail. Tu joues gros, Bérénice, tout comme Antoine…

— C'est vrai ! Je n'avais même pas pensé à ça, dit la jeune femme en se touchant le front.

— Tu vois : dans la vie tout s'emboîte… Tu verras, tu comprendras.

*

Tapi sur le sable contre un gros tronc d'arbre délavé, Jorris est presque invisible, fondu dans la plage. À l'abri du vent, face aux vagues, il s'est installé à La Gravière pour relire une fois de plus la scène que Bérénice doit tourner le lendemain. Elle n'a aucune raison de se faire du souci, il le sait avec certitude et aimerait pouvoir la rassurer. Mais il sait aussi que leur attraction mutuelle est si forte qu'il risque de la déstabiliser.

Les feuilles du scénario frémissent comme des ailes blanches cherchant à s'échapper de la reliure pour s'envoler vers l'horizon. Les pensées de Jorris, confuses, finissent par retourner vers Bérénice. Quoi qu'il fasse, elle est en filigrane. La seule fois où il a ressenti cela, c'était avec Elvina, mais Jacquotte s'en était mêlée et Jorris lui en avait beaucoup voulu. Avec Jacquotte, c'était une longue histoire…

Plus de deux siècles auparavant, Jorris l'avait sauvée d'une mort certaine. Au large, une chasse à la baleine avait mal tourné ; ce jour-là, l'écume des vagues était chargée de sang. Dans ce chaos liquide, il avait secouru une jeune captive qui s'était jetée à l'eau pour échapper aux pirates. Jacquotte allait se noyer à coup sûr. Jorris l'avait sauvée avant de l'installer chez lui, près de l'étang Noir. Pendant des jours et des nuits, elle délira, revenant à elle sans comprendre où elle se trouvait, ne se souvenant plus de son passé, rêvant de baleines et pleurant comme une petite fille… Il lui fallut beaucoup de temps, et l'immense patience de Jorris, pour surmonter ce qu'elle avait vécu et accepter la métamorphose qu'elle était en train de subir. Elle n'était plus un être de chair et de sang, mais un esprit. Un courant d'air doté d'une conscience et d'une apparence, mais sans enveloppe corporelle. Ainsi, peu à peu, sous la houlette de Jorris, Jacquotte apprit à devenir une personnalité entière, composée à la fois d'une femme-pirate nommée Jacquotte Delahaye et de la fille d'un armateur bordelais capturée en mer par le capitaine Irwin. Ainsi, riche de ces deux facettes, Jacquotte s'exerçait à développer sa double personnalité fantomatique. Elle et Jorris s'amusaient bien et passaient de longues soirées, parfois des nuits entières, à explorer les alentours, observer les humains à leur insu, faire des farces et se raconter des horreurs ou des secrets, puisque dans leur sphère d'existence, tourments et plaisirs se confondent.

Jorris sentait bien que Jacquotte cherchait à se rapprocher de lui plus encore. Il l'aimait beaucoup, mais tenait à garder ses distances. Ainsi, en bons compagnons d'infortune, ils vécurent ensemble des guerres et des désastres, des victoires et des abondances ; au fil du temps, leur lien surnaturel semblait indéfectible. Jusqu'à ce jour funeste de septembre 1924 où Jorris rencontra Elvina… Malgré tout ce qu'il avait fait pour Jacquotte, elle avait détruit sa relation avec la jeune femme au point de la menacer elle-même. Elle avait beau clamer avoir agi pour le protéger, Jorris ne voulait rien entendre. C'était à lui de diriger son propre destin, pas à ce lambeau flottant de Jacquotte !

Revenant à la réalité, Jorris s'extirpe de ses souvenirs… Il a tant d'images, d'émotions stockées dans les arborescences de sa mémoire, il pourrait s'y perdre. Voilà des centaines d'années qu'il contemple ce coin d'Océan où, autrefois se jetait un fleuve puissant. Il s'en souvient encore. Aujourd'hui, il ne reste plus que les graviers venus des montagnes avec les torrents, les rivières et le fleuve. Tout change et rien ne change. Mais depuis sa rencontre avec une mortelle, un doute existentiel l'habite. Est-il réellement amoureux ? Faut-il donc mourir pour savoir qu'on n'est plus immortel ?

13

CROUPIONNADE

Cette nuit-là, Wendy tente d'expliquer à Thomas qu'au cœur de la forêt canadienne, elle a trouvé son animal-totem, la louve. À la fois cheffe de meute et mère protectrice, telle la louve du Capitole qui allaita Romulus et Rémus, tout comme Wendy avait allaité Jo et Zack. Aussi veut-elle désormais intégrer sa part d'instinct dans sa vie de tous les jours… Docile, Thomas acquiesce sans comprendre ce que cela implique. Mais lorsque vient la nuit et le moment de se retrouver nus l'un contre l'autre, il découvre avec surprise la nouvelle personnalité de sa femme, habitée par un désir animal. Elle le hume, le renifle, le lèche, comme pour mieux le retrouver après une longue absence. Thomas n'est pas habitué à ce genre de manifestations, surtout venant de sa femme qui, d'ordinaire, reste assez réservée dans leurs ébats.

Nue à quatre pattes sur le lit, Wendy ne s'est pas douchée ; elle ne craint pas de ressembler à une femelle en chaleur qui flaire le mâle offert à son bon vouloir. Le grand Thomas, avec ses muscles et son autorité naturelle, se comporte alors tel le mouton soumis au loup. Dans la pénombre de la chambre, sur le lit défait, il a du mal à la reconnaître. Elle respire fort, ses cheveux sont en désordre et ses yeux luisent de désir. Sa respiration se transforme en un râle dès qu'elle se met à le caresser. Leur ardeur s'accroît et Thomas glisse dans un rêve érotique. Une odeur musquée flotte entre eux, lorsque, sans crier gare, Wendy se jette sur lui avec un grondement féroce. Thomas est effrayé mais ivre de désir. Cette femme-là semble devenue maîtresse dans l'art de l'amour. S'il s'agissait d'une autre, il aurait des soupçons, mais Wendy n'est pas ce genre de femme, elle ne fait rien dans le mensonge. Tétanisé, Thomas s'est laissé enfourcher par cette créature endiablée qui s'allonge sur lui en mordant son épaule à pleines dents. La chaleur monte, Thomas sent surgir en lui une pulsion sexuelle qu'il n'a plus ressentie depuis l'adolescence. Quelque chose de sauvage s'exprime entre eux ; ils ne sont plus Thomas et Wendy, charmant couple franco-canadien, mais deux animaux en rut animés d'une fièvre irrésistible, avec des crocs, des griffes, des coups de reins déchaînés, des grognements bizarres et gutturaux, des gémissements de surprise, de douleur, de jouissance. C'est une renaissance, une découverte renversante, jamais ils n'ont été aussi loin. Lorsqu'elle parvient au comble du plaisir, son animal-totem s'exprime pleinement et c'est un long hurlement de louve qui s'élève au Doigt Mordu, tandis que Thomas, au septième ciel, laisse exploser son plaisir en elle.

*

Sur la côte sud des Landes, le lever du soleil est un moment magique, car la lueur rasante des premiers rayons venus de l'est illumine frontalement l'écume des vagues venues de l'ouest, dans un feu d'artifice d'eau et de lumière. Au sud, les Pyrénées prennent des teintes mordorées. La Rune, les Trois Couronnes et le Jaïzkibel sortent de la brume dans l'aube de septembre. Quelques bateaux de plaisanciers rôdent non loin, en quête d'un banc de chipirons dans lequel faire « dandiner leur turlutte ».

À quelques mètres de la plage, deux silhouettes en néoprène semblent occupées dans l'eau. On pourrait croire qu'ils pêchent, eux aussi, car l'un d'eux tient une perche munie d'une sphère. Mais ces nageurs ne sont pas en quête de poissons : ils se passionnent pour la biophonie, véritables chasseurs de sons sous-marins munis d'un hydrophone, ce micro subaquatique capable de détecter des basses ou hautes fréquences, des sons émis par des animaux ou des grondements telluriques en provenance des profondeurs. En effet, dans l'eau les sons se déplacent quatre fois plus vite que dans l'air. Le milieu marin est une fantastique chambre d'écho et la surface agit tel un miroir acoustique qui répercute les sons, vivants ou mécaniques. Les chants de baleines peuvent ainsi être entendus d'un bout à l'autre de l'Océan.

Nos deux passionnés cherchent à établir une carte acoustique des abords du Gouf. Été comme hiver, ils profitent du lever de soleil pour collecter les sons environnants autour du canyon. La biophonie permet d'évaluer la densité de la biodiversité marine de façon bien plus efficace qu'aucune caméra. Grâce à cette technique, ils peuvent identifier la présence de visiteurs, dauphins, baleines ou cachalots, ou reconnaître la signature sonore de certains poissons, comme les maigres qui grognent ou les chinchards qui couinent, sans oublier le caquètement des crevettes ou les stridulences des homards. Mais ce qui les passionne par-dessus tout, ce sont les borborygmes émanant du canyon lui-même. Entre eux, ils en parlent comme d'un gros animal assoupi qui parfois rêve et parfois s'éveille, constamment animé de courants contraires et imprévisibles, de vagues sous-marines plus ou moins puissantes, de glissements de terrain, éboulis ou avalanches qui peuvent se propager sur de longues distances… Tout cela génère des sons distincts qui sont autant de signes de vie du Gouf. Les deux nageurs paraissent excités par ce qu'ils viennent d'entendre dans les écouteurs étanches :

— Quand je pense qu'on dit de la mer que c'est le monde du silence ! dit l'homme.

— Y a pas plus bruyant que l'Océan, ça grouille de sons ! répond la femme à moitié immergée, les yeux fermés pour mieux capter ce que perçoit l'hydrophone dirigé vers la tête du canyon.

— Mais là, y a quand même un truc bizarre, non ?

Elle se concentre et lève l'index :

— Oui, ça y est, je l'entends… Ça fait « bôm bôm bôm bôm » !

— On dirait que ça vient du Gouf… On va s'approcher.

Équipés de palmes, ils ondulent vers le large et s'installent derrière la barre. Après avoir immergé l'hydrophone en direction du canyon, ils se figent pour mieux percevoir le mystérieux message abyssal…

— C'est si régulier qu'on pourrait croire à une activité humaine… C'est peut-être un forage sous-marin…

— Faut faire écouter ça à Nico !

Nico, c'est l'expert de la plongée sur le Gouf, celui-là même que Zack a sollicité pour la position indiquée par les runes vikings. À peine sortis de l'eau, ils l'appellent, et il leur donne rendez-vous à *L'Acapulco* tout proche. En les voyant arriver dans leurs combis encore mouillées, échevelés, rayonnants, le plongeur rigole :

— Le matin, y en a qui sortent du plumard, mais vous, vous sortez toujours de la flotte !

Pétillante, ses cheveux blonds dans le vent, tout sourire, la femme répond :

— N'oublie pas que c'est notre bur… eau, Nico ! On y travaille presque tous les matins.

Les cafés fumants qui arrivent sont les bienvenus pour se réchauffer. Nico écoute les sons dans l'écouteur. L'homme commente :

— On a entendu ça ce matin. C'est bizarre et répétitif. Presque mécanique : « Bôm bôm bôm bôm ! » Et puis ça recommence : « Bôm bôm bôm bôm ! » On se demandait si ce sont des forages ou des explosions provoquées dans le sous-sol marin pour y chercher des terres rares, du gaz ou du pétrole ?

Nico écoute attentivement, se repasse les sons, sourcils froncés, puis hoche la tête, comme si cela confirmait quelque chose :

— Non, non, je ne crois pas que ce soit mécanique, et puis il n'y a aucun navire de recherche dans les parages en ce moment. Par contre, ça pourrait confirmer mes observations : depuis quelque temps, j'ai l'impression qu'une portion de la rive sud du canyon est en train de s'effriter… Pour l'instant ce sont juste des coulées de sédiments, mais ça pourrait provoquer une turbidite majeure…

— Une quoi ?

— C'est une avalanche de sédiments qui peut entraîner d'énormes glissements de terrain, répond Nico. Comme celui du canyon du Var en 1979. Il a été suivi par un tsunami sur Nice et Antibes, qui a causé la mort d'une dizaine de personnes…

— Ah oui, quand même ! souffle la femme en secouant la tête.

— Et les explosions, alors, c'est quoi ?

Nico finit son café et regarde ses amis :

— Ce sont peut-être des remontées de gaz, des éruptions gazeuses. Comme Old Faithful, le geyser du parc Yellowstone, qui se déclenche toutes les 88 minutes. Mais ça peut aussi annoncer une activité tellurique majeure, peut-être sismique.

— Un tremblement de terre ?

— Non, pas vraiment, juste une agitation du sous-sol ; mais ça peut affecter la morphologie du canyon. D'une année sur l'autre, de profondes ravines apparaissent et disparaissent dans la tête du Gouf, à seulement quelques centaines de mètres des plages…

*

Pendant que le trio continue à parler, à l'autre bout de la terrasse du bistrot, une tablée s'est formée dans un recoin abrité par des bâches transparentes. Ce sont les habitués du Doigt Mordu. Un petit rituel a été instauré par Benoît l'an dernier : le premier mercredi du mois, le jour des sirènes, les hommes présents au Doigt Mordu se réunissent à *L'Acapulco*. Qu'ils soient trois ou dix, la règle est immuable, et celui qui y déroge doit payer l'addition. Aujourd'hui, ils sont presque au complet ; Jo et Rodrigo, ainsi que Zack, vont arriver de leur côté. Sont présents Hubert, qui trône avec son air de patriarche épanoui, épaulé par le fidèle Benoît, dont la devise est « Flic un jour, flic toujours ». À ses côtés Octavio, qui semble guetter son téléphone et, en bout de table, Thomas, aussi décalé que fatigué. Will, le patron de *L'Acapulco*, jovial avec ses faux airs d'un Robert de Niro jeune, salue le groupe :

— Salut, les Mordus ! Alors, qu'est-ce que je vous sers ? Je viens de recevoir des huîtres super du banc d'Arguin…

— D'accord, dit Hubert emballé, avec un petit verre de jurançon blanc bien sec.

— Eh ! Tu n'oublies pas qu'on a une croupionnade tout à l'heure ? lance Benoît.

— Mais qui fait encore des croupionnades ? demande Will, curieux, son torchon sur l'épaule.

— Té ! C'est Maïté, répond Benoît, ça l'a prise comme ça, elle veut organiser une réunion familiale !

— Un mercredi à midi ? insiste Will, intrigué.

— Tu sais très bien qu'on ne discute pas avec Maïté, Will. Elle gère, et nous, on suit. Alors on va aller sagement goûter sa croupionnade, pas vrai ? demande Benoît à la cantonade.

Tous rigolent, car une croupionnade n'a rien d'un repas allégé pour aspirants véganes. C'est un plat traditionnel landais qu'on sert dans les grandes occasions, composé de carcasses de canards et de croupions mêlés, oies, canards, poules.

— Je vais quand même prendre six huîtres, reprend Hubert en souriant.

Will note les commandes, jusqu'au moment où il ne reste plus que Thomas, qui ne dit toujours rien.

— Et toi, Tom ?

Il ouvre un œil tandis que les autres ricanent.

Will ne comprend pas la situation et se penche vers lui :

— Ça va ? T'as l'air tout chose ? T'es malade ?

Thomas secoue la tête :

— Non, non, c'est ma femme, elle est rentrée hier…

— Ah bon ? reprend Will, mais elle va bien ?

— Ah, ça oui ! réplique Thomas un peu vite. Pour aller bien, elle va bien !

Avec un sourire égrillard, Will tend le doigt vers son cou et son épaule :

— Ah d'accord ! Et ces griffures, là ? T'as croisé un chat sauvage venu du Canada, ou bien t'as débroussaillé des ronces au Doigt Mordu ?

Il lui adresse un clin d'œil, puis fronce un sourcil :

— Mais on dirait que tu n'es pas content ?

Avant de répondre à voix basse, Thomas regarde autour de lui :

— C'est pas ça, Will, mais Wendy n'est plus la même depuis son retour. Elle a trouvé son animal-totem, et maintenant elle se prend pour une louve…

— Une quoi ?

— Sérieusement, je suis griffé de partout, elle est infatigable, c'est dingue !

Benoît, jamais en retard d'une blague lourdingue, ajoute :

— Ben, si ça peut aider, je veux bien te remplacer de temps en temps…

Thomas hausse les épaules :

— Arrête tes conneries, Benoît. Wendy est déchaînée, elle est quasiment ingérable… Je crois qu'elle a réveillé toute la maison !

— Mais c'était bien, au moins ? demande Hubert qui n'avait encore rien dit.

Thomas se redresse et ses yeux s'agrandissent, comme pour se remémorer sa folle nuit :

— Oh là là, si tu savais ! J'ai jamais vécu un truc pareil ! Jamais…

— Eh ben alors ? La vie est belle, non ? lance Hubert. Allez, Will, sers un p'tit vin blanc à notre ami, qui en a bien besoin.

Tous éclatent de rire sans remarquer l'air gêné d'Octavio qui n'a rien osé ajouter pendant ces échanges scabreux, car la vision de la pulpeuse Pauline palpite toujours en lui.

Un peu plus tard arrivent Jo et son doux ami Rodrigo :

— On a donné un coup de main à Maïté pour préparer les légumes de la garbure et surtout les croupions…

— Ah ben tiens, justement, on parlait de ça ! lance finement Benoît avec un rire gras.

Le groupe s'agrandit, on rapproche une table et les deux garçons racontent les préparatifs de Maïté, qui a été chercher des carcasses de canards (qu'on appelle « demoiselles ») chez Marcel, son ami d'Hagetmau. Pendant ce temps, *L'Acapulco* vit sa vie du matin : une belle dame aux cheveux blancs, arrivée sur son vélo californien, vient chercher ses cigarettes ; un pêcheur gratte un jeu de chance sur son coin de table ; les discussions des turfistes vont bon train sur le prochain cheval gagnant ; et les retraités se retrouvent là pour acheter le journal, boire un café, parler pêche ou météo… Des cris d'enfant attirent leur attention ; Zack arrive avec le petit Antonin :

— Un coup il veut marcher, le coup d'après il ne veut plus… Et après, ça recommence !

Octavio se lève pour aller à la rencontre de son fils, mais dès qu'Antonin voit Rodrigo, c'est vers lui qu'il court, car il l'adore. Zack a essayé de se coiffer un peu, mais c'est pire, on a l'impression qu'il sort d'une soufflerie. Au moment de s'asseoir parmi eux, Zack remarque Nico, attablé de l'autre côté de la terrasse avec ses deux amis en combis, et le jeune homme s'empresse d'aller vers eux. Il les salue, puis se tourne vers le plongeur :

— Dis-moi, je voulais savoir s'il était possible d'organiser une plongée sur les roches du Doigt Mordu ?

Perplexe, Nico se gratte la tête :

— Ah ? Mais dans quel but, Zack ? Tu sais que le temps est très limité à ces profondeurs, autour de soixante-dix mètres. Alors il faut vraiment savoir ce qu'on veut y faire.

— Écoute, répond Zack, je pense avoir découvert quelque chose de dingue en lien avec la crypte !

— Oui, je veux bien te croire, répond Nico philosophe, mais il y a un autre problème. À mon avis, cette zone de la rive sud est en train de devenir instable. C'est-à-dire dangereuse…

Zack semble surpris :

— Comment ça, dangereuse ?

— On a écouté des enregistrements sous-marins captés par hydrophone, tout à l'heure. Non seulement il y a des sons d'éboulements, mais aussi des remontées de gaz. Tout ça ne présage rien de bon.

— Raison de plus pour y aller rapidement ! lance Zack, les yeux exorbités.

Coupant les conversations, le grondement d'une moto envahit le quai. Ils voient passer l'homme en noir sur son destrier, dont le rugissement rappelle celui d'un fauve. Son passage sème un certain trouble. Benoît s'apprête à se lever pour vérifier la plaque, mais Hubert le retient par la manche :

— Attends, Ben ! Bouge pas, faut que je te parle de ça…

Will regarde la moto s'éloigner, perplexe :

— Ce type-là, je ne l'ai jamais vu sans casque.

Les sourcils froncés, Benoît se tourne vers son ami :

— Qu'est-ce qui te prend, Hubert ? On le tient, le gars, il est là, tout près…

— Oui, oui, bien sûr, mais écoute, Y a du nouveau… Faut lâcher l'affaire. J'en sais un peu plus sur lui…

— Tu… quoi ? Et tu ne me disais rien ?

— Attends, attends. Ça concerne Bérénice.

— Raison de plus pour s'en occuper, non ? Tu es son grand-père.

— Justement, Benoît, justement. Le plus sage, pour l'instant, c'est de ne rien faire du tout, tant que ma petite-fille n'a pas fini son tournage, tu comprends ?

— Euh, je comprends ce que tu dis, mais je ne comprends pas pourquoi…

— Il ne faut surtout pas la déstabiliser. Elle porte déjà beaucoup de poids sur ses épaules et elle est en pleine crise émotionnelle… Alors ne me questionne pas, mon cher commissaire, je ne veux plus en parler pour l'instant.

*

Pendant ce temps-là, Maïté Cazaubon a fait des merveilles, et une délicieuse odeur de cuisine flotte dans sa maison. Elle a l'habitude de préparer des repas de famille, cela lui rappelle sa jeunesse lorsque tout le monde se réunissait autour de la grande table près de la cheminée pour des occasions particulières. On sonne au portail; Maïté regarde l'horloge comtoise et constate que son invitée surprise est à l'heure. Son piège a donc fonctionné. Il a suffi de demander à son fils Mateu et ses amis chasseurs de glisser une enveloppe avec un mot sur le pare-brise de la camionnette jaune garée à la plage des Casernes pour que Pauline l'appelle, émoustillée par sa proposition. Maïté affirmait avoir retrouvé un vieux livre ayant appartenu à son défunt mari qui pourrait l'intéresser. Suivait l'énoncé du titre et des auteurs de cet ouvrage ancien, en partie consacré aux petites créatures des plages, dont les talitres si chers à Pauline.

Et la voilà sur le pas de la porte, souriante, pimpante, reniflant la bonne odeur qui s'élève du chaudron, avec un petit bouquet de fleurs des champs à la main pour Maïté, qui le reçoit en grimaçant, car elle déteste dire « merci » et n'aime pas les cadeaux. Dès qu'elle aperçoit le vieux livre, Pauline bondit de joie comme une enfant devant le sapin de Noël. Elle l'ouvre précautionneusement et le feuillette, s'extasiant devant les gravures et les observations qui défilent sous ses yeux:

— C'est incroyable que vous ayez retrouvé ça! Quelle coïncidence! Heureusement qu'on s'est rencontrées aux Casernes! C'est passionnant, merci beaucoup, madame...

— Appelez-moi Maïté. Vous pouvez consulter le livre et photographier des pages si vous voulez.

— Oh oui, merci encore, c'est cool. Et votre mari? Lui aussi s'intéressait à la vie des plages?

Surprise par la question qui la met face à son mensonge, Maïté ne sait que dire, d'autant que son mari n'aimait pas la plage. Mais l'arrivée impromptue de Louise lui évite de baratiner. Car, c'est bien connu, un mensonge en entraîne toujours un autre… Maïté présente les deux femmes, sans que Pauline se doute un instant qu'elle est en train de saluer l'épouse de son amant. D'ailleurs, elles sympathisent d'emblée, et toutes deux aident Maïté à monter les plats vers Le Doigt Mordu. Pauline s'est facilement laissé inviter à déjeuner par les deux femmes, et elle découvre avec admiration la maison perchée sur le tuc, ignorant que c'est aussi celle d'Octavio. Elle est charmée par les gens, l'endroit, et sa rencontre magique avec Maïté ; décidément les dieux sont avec elle, comme si son récent coup de cœur lui portait bonheur.

Tandis qu'elles installent la table dehors, Jo, Rodrigo et Zack arrivent du port avec le petit Antonin. Ils reconnaissent Pauline et tout le monde se salue. Wendy, qui chantonne dans sa robe à fleurs, sert à boire de l'hydromel bio fait par un ami breton. Antonin, qui aime bien être entouré, finit par se rapprocher de Pauline pour qu'elle le prenne dans les bras. Elle n'a jamais eu d'enfant, et n'en veut sans doute pas, mais elle aime bien s'en occuper quand ils ne chouinent pas. Aussi prend-elle Antonin contre elle avec un certain naturel. L'enfant se laisse faire et semble très à l'aise dans les bras de cette jeune femme joviale et potelée. À croire qu'il tient de son père…

Et c'est justement le moment où arrive le groupe qui revient de *L'Acapulco*, Octavio en tête. Lorsque ce dernier aperçoit Pauline en grande conversation avec Louise, Antonin sur sa hanche, il étouffe un cri et s'étrangle de surprise. Il regarde à nouveau, espérant avoir halluciné, mais non, c'est bien Pauline qui lui tourne le dos, portant son fils contre elle. Par quel maléfice peut-elle bien se trouver là ? Octavio songe à partir en courant, mais Louise voit arriver la troupe et les accueille en lançant :

— Ah ! Enfin, voilà les hommes !

Pauline se tourne, s'apprêtant à sourire aux nouveaux venus, lorsqu'elle se fige d'horreur en découvrant Octavio. Elle en laisse presque tomber le petit ! Leurs regards effarés se croisent, et il lui fait vite comprendre qu'ils doivent feindre de ne pas se connaître. De loin, Maïté observe le tout avec son sourire de sorcière ; elle a bien réussi son coup…

Choquée, Pauline pose Antonin aux pieds de sa mère et cherche le moyen de s'esquiver. Voyant cela, Maïté lui demande de venir l'aider, mais la jeune femme bredouille qu'elle ne veut pas s'imposer dans une réunion familiale et qu'elle reviendra tranquillement consulter le livre. C'est le moment que choisit Jo pour venir la voir avec Zack. Il explique à Pauline :

— C'est Zack, mon frère. Il ne veut même pas me croire quand je lui dis que vous défendez les puces de mer !

Pauline est très embarrassée, elle a l'impression que tout le monde la regarde. Elle essaie, tant bien que mal, de répondre au jeune homme :

— Oui, oui, euh… c'est vrai, Zack, je les défends, mais tu sais, ce ne sont pas vraiment des puces, explique Pauline mal à l'aise et guettant Octavio du coin de l'œil, ce sont plutôt comme de minuscules crevettes qui vivent dans le sable…

— Ah, tu vois ? lance Jo à son frère.

Zack hausse les épaules, car il a bien d'autres préoccupations que les puces. Ce que lui a dit le plongeur, tout à l'heure, le tracasse. L'idée qu'il vient peut-être de faire une découverte majeure, mais qu'elle risque d'être balayée par un glissement de terrain, le plonge dans le désarroi. Se pourrait-il que les roches du Doigt Mordu disparaissent, emportant avec elles leur secret dans les profondeurs du canyon ? Si les Vikings ont pris la peine de désigner cet endroit précis dans un message caché, c'est forcément qu'il y a quelque chose d'énorme là-bas…

Pauline profite de l'inattention de Zack pour se défiler. Au passage, elle voit Louise tendrement appuyée contre Octavio, avec leur enfant entre eux, et soudain c'en est trop, son sang se glace, elle en a la nausée, l'impression de s'être fait flouer. Avec un mélange de colère et d'écœurement, elle s'enfuit.

Perchées dans le gros rhododendron, Jacquotte et La Nèhe observent la scène avec perplexité :

— C'est encore toi qui as fait ça ? demande La Nèhe.

Jacquotte joue les vexées :

— Ah non, pas du tout ! Je croyais même que c'était toi qui avais tout manigancé avec la folle des bestioles ?

— Moi, j'te dis qu'il va y avoir du roulis et du tangage au Doigt Mordu !

— Tout ce qui compte, c'est de protéger notre Bérénice, lance Jacquotte en se remémorant son pacte avec Hubert.

— Oui, enfin, c'est surtout ta Bérénice… Et ton Hubert, pas vrai ?

— Si tu veux, si tu veux, répond Jacquotte faisant mine de souffler de la fumée de cigarette, comme pour montrer que, par moments, elle se fout de tout.

14

ACTION !

D'habitude, Jorris pense au temps qui passe avec sérénité, sans se préoccuper de sa santé et sans penser aux autres, puisqu'ils vont tous mourir avant lui… Mais quelque chose a changé, une fêlure qui laisse passer la lumière. À la nuit tombante, il revient pieds nus de La Gravière, des embruns dans les cheveux, du sel sur les lèvres et du sable dans les poches. Une fois encore, il repense à la scène d'amour que Bérénice doit tourner demain. C'est son dernier jour… Il sait que cette jeune femme est aussi pure que lui, même si elle fait tout pour le cacher. Mais on ne cache rien à Jorris, sur qui le temps glisse comme l'eau sur l'aile du corbeau.

Il a une idée qui pourrait aider la jeune cinéaste à réussir son challenge. Aussi rentre-t-il à l'hôtel, pressé de s'enfermer dans sa chambre, mais la Daoune l'attend à l'accueil. Il sait ce que cela signifie. Il doit y avoir une femme dans sa chambre. Mais ce soir c'est impossible. Jamais il n'aura la force de satisfaire une inconnue avec son esprit, ses mots, ses gestes… Non, pas ce soir. Lorsqu'il fait mine de refuser, la vieille femme s'approche de lui, le visage fermé :

— Tu vas y aller Jorris. Je te le demande.

— S'il te plaît, Yvonne, pas ce soir…

— Mais qu'est-ce qui t'arrive mon garçon ? Tu ne m'as jamais fait ça, dit la vieille en fronçant les sourcils. C'est quand même pas cette jouvencelle de cinéma qui te tourne la tête ? Tu sais très bien que ça ne mènerait à rien. Ça n'a aucun sens. Par contre, ici tu as une chambre, tu es nourri, choyé depuis longtemps, alors quand il le faut, tu fais un effort, s'il te plaît, et tu montes là-haut pour payer ton loyer…

— Tu ne vas quand même pas me forcer ?

— Écoute-moi bien mon petit Jorris : c'est toi qui m'y obliges. Il se trouve que je ne peux pas dire non à la personne qui t'attend là-haut. Impossible. Fais cet effort, je te le demande une dernière fois. Demain si tu veux, prends quelques jours… Mais ce soir, tu y vas, un point c'est tout !

Jorris allait se rebeller, refuser et s'en aller, mais soudain sa curiosité est piquée au vif. C'est la première fois qu'il a ce type d'échange avec la Daoune, et il ne l'a jamais vue se dresser ainsi pour les femmes qui défilent à l'hôtel et qui la paient grassement en échange des services de Jorris. Les épouses esseulées ou mal mariées étaient nombreuses à monter dans sa chambre pour quelques instants de plaisir, puisque, techniquement, il n'y avait pas faute, vu qu'il ne les touchait jamais…

— Bon, d'accord.

Jorris s'en va et monte les escaliers avec nervosité, pendant que la vieille râle d'avoir dû ferrailler. Le mainate s'en donne à cœur joie et, on ne sait pourquoi, se met à siffler les premières mesures de la *Marseillaise*.

Dès qu'il pousse la porte de sa chambre, Jorris sent qu'il y a quelque chose de bizarre. Une forte présence sur son lit, dans la pénombre, un parfum d'iode, de poivre, de tabac exotique. Les jambes se décroisent ; pas un mot, pas un bruit. Intrigué, il referme la porte et s'installe dans son fauteuil, face au lit. C'est de là qu'il fait l'amour à ses visiteuses, par l'esprit. Or, cette femme a choisi de jouer le mystère, le silence ; eh bien pourquoi pas, songe-t-il, cela laisse beaucoup de voies ouvertes. Dans l'obscurité, il commence à discerner une silhouette sombre et mobile, avec deux yeux plus noirs que la nuit. Un signal s'allume en lui, mais sa curiosité le démange. Elle ne doit pas être bien lourde, car le lit semble aussi lisse que s'il était vide. Elle porte une voilette noire, mystérieuse et sexy. Même s'il est intrigué, l'esprit de Jorris est ailleurs ; il se demande où se trouve Bérénice. Alors une idée naît en lui. Vu qu'il va devoir satisfaire cette dame, autant ne pas perdre trop de temps. Cherchant l'inspiration, il s'adresse à l'inconnue comme s'il s'agissait de Bérénice. Ainsi, il lui sera plus facile d'accomplir son service, comme le dit si élégamment la Daoune. À croire qu'elle le considère comme l'un de ses employés, au même titre que Claudia ou Solange. La voix qui s'adresse enfin à lui est rauque, basse, difficile à identifier :

— Il paraît que vous savez parler aux femmes…

Jorris répond, méfiant :

— Tout dépend de la femme… Parfois ce sont elles qui me parlent.

— Elles se confient à vous.

— Oui, je suis une tombe…

— Vraiment ? Est-ce donc pour cela que vous êtes toujours le même, imperméable au temps ?

Jorris se tait ; le signal de danger clignote plus fort. S'il osait, il allumerait la lumière, mais ce serait un aveu de faiblesse. Qui est-elle ? Que sait-elle ? La voix reprend, sur un ton enfantin :

— Parlez-moi d'amour, s'il vous plaît, monsieur… J'en ai tellement besoin.

— Alors donnez-moi quelque chose de vous, d'abord.

— Eh bien, je suis venue faire la paix.

— Nous étions donc en guerre ? demande-t-il.

— En exil, Jorris, en exil… Pendant plus d'un siècle.

— Jacquotte ?

Jorris s'attendait à tout, sauf à ça. La dernière fois qu'ils s'étaient vus, un siècle auparavant, c'était à Hossegor en 1924, après la tragédie de la petite Elvina !

— Je te l'ai dit : je suis venue faire la paix. L'éternité est bien trop longue pour qu'on reste fâchés.

— Et… pourquoi aujourd'hui ?

— Tu le sais, Jorris, puisque tu es habité par Bérénice.

— Mais, tu ne… ?

— Attends, laisse-moi parler : Bérénice n'est pas Elvina. Et surtout, elle est comme ma fille. Elle ne connaît pas encore sa propre dimension, mais son âme va s'épanouir…

— Oui, oui, je sais, Jacquotte, moi aussi j'ai vu tout ça en elle.

— Moui… Tu vois beaucoup de choses en elle, on dirait. Pas vrai ? Ton petit cœur séculaire bat donc encore ? Alors j'espère que tu vas lui dire…

— Mais lui dire quoi ?

— Eh bien : que l'homme qu'elle trouve si séduisant est âgé de presque 800 ans ! Et surtout, qu'il risque de mourir à cause d'elle, si jamais il se laisse aller à ses sentiments… La petite Bérénice est tellement sensible. Et la vérité finit toujours par surgir, tu le sais bien, Jorris…

— Ah, non, ne viens pas me parler de vérité, Jacquotte, ça ne te va pas du tout ! Tu es la plus belle menteuse que j'ai jamais connue…

— Fais gaffe, Jorris… Bérénice est la petite-fille d'Hubert et je veille sur elle…

— C'est-à-dire ?

— Rien ne doit lui arriver. Rien, tu entends ? Elle est jeune et fragile…

— Eh bien moi, franchement, Bérénice ne me donne pas l'impression d'avoir besoin d'une nounou ! Et toi, Jacquotte, tu ne connais plus grand-chose à l'amour…

Cette dernière phrase est destinée à la blesser. Mais plutôt que de répliquer en une escalade, Jacquotte choisit l'esquive ; un vent violent ouvre soudain la fenêtre de la chambre. Les rideaux volent en tous sens et l'instant d'après, elle a disparu.

*

Pour Jorris, la nuit se transforme en torture. Les minutes passent, les heures s'éternisent. Il hésite à sortir pour assouvir ses sombres instincts, ceux-là même qui le maintiennent dans son éternelle jeunesse. Le temps se nourrit de sang frais et la nuit l'appelle, il ressent ce picotement dans la gorge, cette soif animale pour le liquide alchimique qui coule dans les veines des êtres à sang chaud. Jorris sort de sa chambre tel un somnambule. La blancheur lunaire le guide tandis qu'il descend les escaliers de l'hôtel avec le silence d'un chat guettant sa proie ; une fois en bas il s'apprête à sortir lorsque, du coin de l'œil, il remarque que Claudia a oublié de recouvrir la cage du mainate. L'oiseau est là, immobile, perché sur son barreau, telle une proie toute désignée. Il suffirait de quelques gouttes de sang chaud pour que Jorris puisse dormir tranquille…

L'hôtel silencieux est plongé dans l'ombre et tout le monde dort. Il ouvre la porte de la cage sans le moindre bruit. Ces courtes secondes qui précèdent le moment où il tient enfin sa proie procurent à Jorris une excitation particulière, une forme de jouissance nécessaire à sa survie. Il tend la main vers l'oiseau, puis, d'un geste aussi habile que fulgurant, il le saisit et le maintient dans son poing en l'empêchant de battre des ailes. Son petit cœur tout chaud s'emballe sous ses doigts. Afin qu'il cesse de s'agiter, Jorris le retourne dans sa main. Dans cette situation, à l'envers, l'oiseau désorienté ne bouge plus ; Jorris le tient à sa merci. Il sent ses plumes frémir, il suffirait qu'il referme son poing pour que cesse cette petite vie et qu'il puisse enfin absorber le liquide sacré…

*

Bérénice a mis son réveil très tôt ; lorsqu'il sonne dans le noir, elle sait qu'elle n'a aucune envie de se lever tant la journée qui l'attend l'angoisse. Des flux d'adrénaline courent déjà dans ses veines. Désagréable, insistante, la sonnerie du réveil recommence son sale boulot. Bérénice rêve de s'enfoncer dans sa couette comme dans un igloo de plumes pour tout oublier, y compris les mille tonnes de responsabilités qui pèsent sur ses épaules. « *Bé-ré-nice !* » Elle croit entendre une voix dans sa tête, qui l'engueule. Cette petite voix qui tantôt la remet sur les rails, tantôt la pousse à faire des folies…

L'image de Jorris est partout en elle, comme si elle avait dormi collée à lui.

Troisième rappel du réveil, cette fois beaucoup plus énervé. Cela risque de s'entendre dans tout l'hôtel... Bérénice sort un bras de la couette pour couper la sonnerie. La jeune femme a l'impression de peser des tonnes, comme si elle n'avait pas fermé l'œil. La chambre est en désordre, ses habits sont éparpillés, son ordi est resté ouvert en veille et une liasse de papiers s'étale nonchalamment sur la commode. « Houla ! » Le sol tangue sous ses pieds, Bérénice a froid, puis elle a chaud, avant de sentir une pellicule de sueur sur sa peau ; son ventre lui fait mal. Elle se demande même si elle couve quelque chose, elle ne sait pas qu'elle a tout simplement le trac. Ce matin, l'équipe l'attend de pied ferme dans la clairière où a été installé le décor pour la scène finale.

Lorsqu'elle croise son propre reflet dans le miroir, elle prend peur ; au réveil, cheveux défaits, elle ressemble à un épouvantail. Trop d'émotions se bousculent en elle ; sa propre histoire avec Jorris se mélange dans sa tête avec l'histoire des deux personnages du film, qui se mélange elle-même avec l'histoire des deux comédiens...

— *Basta cosi !*

Encore cette voix. Mais pourquoi lui parle-t-elle en italien ? Dans quelle réalité a-t-elle glissé ?

— Allez, prépare-toi, ma petite...

Cette fois-ci, elle la voit, en superposition de son propre reflet sur le miroir, deux visages fondus en un ; c'est Jacquotte qui la tance gentiment :

— Tu n'as pas de temps à perdre, Bérénice. Tout doit être prêt. Tu pars au combat, donc tu ne laisses rien au hasard, et surtout, tu crois en toi. Tu n'as pas le droit de douter, car le doute s'auto-réalise. Personne ne pourrait faire mieux que toi. Personne, tu entends ?

— Oui, Jacquotte, je vais me battre !

— Non, Bérénice, si tu es suffisamment forte et bien préparée, tu n'auras pas besoin de te battre. Au fond de toi tu es une guerrière, mais tu ne le sais pas encore. Tu vas te faire belle pour leur montrer qui tu es. Dans ta tête, tu leur diras : « *Assez joué avec la gentille petite Bérénice, vous allez voir ce qu'est une maîtresse femme !* » Toi aussi, tu es capable de rugir. Ensuite, tu vas t'équiper de pied en cap et tu vas enfiler ton armure d'invincibilité. Dès lors, rien de mal ne pourra plus t'arriver, tu comprends ? Quand tu auras pris le pouvoir et que tu l'assumeras, tout va devenir simple comme bonjour…

— Oh merci, Jacquotte ! Ça me fait tellement de bien de t'entendre. Tu as raison, parfois j'ai peur de m'imposer…

— Et c'est exactement ce qu'on te demande ! Les acteurs ont besoin d'être dirigés d'une main de maître. Tu es légitime. Et même bien plus que ça. Tu vas les épater… Julius et Astrid croient tout connaître de l'amour, mais tu vas leur susurrer tes petits secrets à l'oreille…

— Mais qu'est-ce que tu racontes, Jacquotte ? Je n'ai pas de petits secrets ! Et pour ce qui est de l'amour…

— Chut ! Ne dis rien. N'oublie pas : c'est toi qui mènes la bataille, tu parcours tes troupes sur ton cheval blanc, tu les regardes de là-haut, avec ton autorité suprême. À l'intérieur de cette histoire, tu es leur déesse. Si jamais tu flanches, ils douteront de toi, et tout flanchera. Tu n'as pas le choix, Bérénice, tu dois enfourcher cette scène et la chevaucher avec eux. Mets-toi dans la peau de Jenny. Elle vient à ce rendez-vous en cachette, au risque d'être reniée, répudiée… Demande-toi pourquoi elle aime à ce point Antoine. N'oublie pas le froid et la pluie… Ils pataugent tous les deux dans la boue… Leur amour est inéluctable. Maintenant, fais-toi la plus belle possible, et que ça saute !

Jacquotte disparaît du miroir, mais Bérénice sait qu'elle ne perd pas une goutte du moindre de ses gestes, y compris lorsqu'elle se lave sous la douche. Le fait de se préparer méthodiquement pour se rendre aussi belle que possible, attise son sentiment guerrier. Elle se maquille comme un samouraï qui aiguise son sabre, se coiffe pour que sa chevelure soit volumineuse et s'habille de façon renversante. Elle voudrait séduire un prince charmant qu'elle ne s'y prendrait pas autrement. Au point que, lorsqu'elle descend l'escalier, le mainate est le premier à la siffler comme un mauvais garçon. Claudia, qui prépare un plateau de petit-déjeuner, se tourne vers Milord :

— Arrête de siffler, tu vas réveiller tout le monde.

— *Arrêêêêête !* répète Milord, insolent.

Claudia découvre la jeune femme qui finit de descendre l'escalier :

— Oh, bonjour Mam'selle Bérénice, vous êtes belle ! On dirait une star !

— Mais je suis une star, lance Bérénice, elle-même étonnée d'avoir répondu ça.

*

Dès lors, tout se déroule comme Jacquotte l'avait prédit, car Bérénice s'est installée dans son rôle, tel un général dominant ses troupes. Belle comme elle l'est, la jeune femme en impose, surtout qu'elle reste dans son travail de réal, sans pathos ni copinage. Il sera temps, plus tard, de rire ou de pleurer. Pour l'instant, le seul mot qui compte, c'est un terme devenu magique depuis l'extraordinaire invention des frères Auguste et Louis Lumière : « Action ! »

Mais avant cela, mille et une choses restent à régler, et une dizaine de techniciens s'agitent autour d'elle comme des abeilles. La lumière, le son, les costumes, les placements, Bérénice tranche les problèmes comme d'autres tranchent des têtes. Sans flancher, ni sans avoir la main qui tremble. Avec un brin de nostalgie, elle repense à la simplicité de ces moments où elle filmait ce qu'elle voulait, quand elle voulait dans les rues de Paris, équipée de sa seule petite caméra...

En bordure de la clairière, Julius et Astrid sont installés dans les camping-cars qui leur servent de loges. Bérénice a décidé de ne pas leur parler avant le tournage. Tout a été dit. L'essentiel pour eux est de rester concentrés et spontanés. Le décor est partiellement protégé par un barnum sous lequel a été reconstituée la cabane de chantier, avec des ouvertures permettant à la caméra de zoomer ou de prendre du recul. Autour d'eux, une forêt de pins que la brise fait ondoyer. Rufus avait ordonné que la terre et le sable soient remués, comme lors du chantier. En retrait, un camion muni d'un ventilateur géant attend qu'on lui donne l'ordre de le lancer à fond pour mieux figurer l'effet tempête.

Bérénice a enfilé des bottes en caoutchouc pour se déplacer autour du décor. Elle tient à ce que le costume de Jenny soit trempé et maculé de boue lorsqu'elle arrive. La scène se déroule pendant les intempéries de mars 1876.

Il fait un froid noir sous une pluie battante, et l'interminable chantier du canal d'Hossegor est un mélange d'eau, de gadoue et de sable. Les résiniers et les gemmeurs, opposés au creusement, viennent régulièrement le saccager et voler du matériel. Antoine a été prévenu par un ouvrier qu'ils risquaient de passer ce dimanche soir, c'est pourquoi il est allé sur le chantier à la tombée de la nuit. Il ignore que sa bien-aimée, Jenny, est venue de Biarritz en carrosse pour le rejoindre malgré le mauvais temps. Dans la cabane, Antoine a ravivé le petit poêle à bois et allumé deux lampes à pétrole en espérant que la pluie se calme. Sa seule présence dissuadera peut-être les résiniers de venir ce soir. C'est à ce moment dans le scénario que doit arriver Jenny, trempée jusqu'aux os, boueuse, épuisée…

L'équipe de tournage ultra-réduite se tient prête et l'assistant-réalisateur demande le silence sur le plateau. Julius est devenu Antoine : moustache, casquette, cape, veste souple, bottes boueuses. Il souffle sur le feu allumé plus tôt par l'assistant, puis referme la porte du poêle, attendant le signal de Bérénice. Le machiniste installe son clap devant l'objectif de la caméra et prononce clairement :

— *Les Amants du canal*, 42, première !

Il clappe, puis sort du champ. Alors Bérénice lance, d'une voix inflexible :

— Action !

Bérénice fait signe aux machinistes de lancer la soufflerie et le vent s'infiltre partout. Antoine remet une cafetière sur le poêle et allume une pipe de tabac, tout en guettant des présences par la fenêtre. Soudain il entend des bruits extérieurs. Un coup sur la porte le fait sursauter ; craignant que les résiniers viennent l'agresser, le jeune homme brandit un tisonnier. La porte s'ouvre violemment, laissant entrer le vent et la pluie. Une silhouette blanche jaillit dans la pièce :

— Jenny !

Antoine n'en revient pas. Elle est venue jusqu'ici, seule, de nuit, épuisée, trempée, maculée de boue, pour le retrouver ! La pluie colle les vêtements à sa peau, révélant les formes de son corps. Le dialogue se déroule, puis il la prend dans ses bras pour la réchauffer. Très vite, ils échangent des mots d'amour, les yeux soudés, tremblants d'émotion. Antoine se soucie peu de se couvrir de boue en la serrant dans ses bras, au contraire il veut tout partager avec elle. On y croit. Les deux comédiens sont tellement pris dans leur rôle qu'on en oublierait que c'est du cinéma. Oui, Antoine est promis à un beau mariage avec une marquise, l'argent et la notoriété lui tendent les bras, mais il ne pourra plus vivre sans Jenny. Quant à elle, simple orpheline, suivante de l'impératrice, elle joue gros et risque de se retrouver répudiée, voire pire, emprisonnée à la Petite Roquette pour avoir dévoyé un ingénieur de la Cour... Tandis que la tempête redouble au-dehors, Antoine lui caresse les cheveux avec intensité, leurs lèvres se tendent, leurs salives se mêlent, et la respiration de Jenny s'accélère. Tous deux gardent les yeux grands ouverts pour mieux plonger l'un dans l'autre. Le reste du monde n'existe plus. Emportés par leur désir irrépressible, ils basculent sur un lit de repos installé dans le coin de la cabane.

Les deux acteurs sont intenses, authentiques ; peu à peu leur étreinte devient plus serrée, plus intime, plus vraie que nature... Est-ce Antoine qui embrasse Jenny, ou Julius qui s'électrise peu à peu dans les bras d'Astrid ?

Le doute s'installe, mais les caméras tournent et personne ne bouge, tandis que la tempête forcit. Bérénice s'étonne que la scène dure plus longtemps que prévu. Qu'importe, elle réglera ça au montage. Les rafales couvrent leurs respirations, mais on entend des gémissements et des froissements de tissu lorsque les mains fiévreuses cherchent la nudité de l'autre. Leur ferveur paraît si sincère qu'un étrange sentiment s'empare de l'équipe, soudain gênée de se trouver là, en train de les filmer tels des voyeurs. Tandis que leurs mouvements deviennent plus empressés et maladroits, chargés de désir, Bérénice sent une vague de chaleur monter en elle, la scène n'en finit plus. Leur étreinte devait durer environ deux minutes, mais voilà qu'elle se prolonge de façon bizarre… Les deux amants sont si occupés qu'ils en oublient tout, même la présence de l'équipe réduite sur le plateau. Bérénice n'ose ni bouger, ni couper, tant l'intensité monte entre les deux comédiens.

Milo, le chef op', se tourne vers elle avec un regard interrogatif qui semble demander : « On fait quoi ? » En guise de réponse, la jeune femme hausse les épaules, hypnotisée par le spectacle des deux corps voilés dans l'ombre de la cabane, qui s'emboîtent avec une fièvre animale dans les mugissements du vent. Bérénice frissonne, moite de sueur et de gêne. La petite équipe de tournage, médusée, les observe dans la pénombre alors qu'il devient évident que les deux comédiens ne jouent plus, et qu'ils sont en train de s'aimer pour de bon. Leurs mouvements de bassin se font plus saccadés, ils échangent à pleine bouche des mots d'amour qui se perdent dans leurs respirations mêlées… Et lorsque Jenny pousse un cri, Bérénice serre les dents pour ne pas crier à son tour. *Mon Dieu, quelle étrange expérience ! Une leçon d'amour… Un aperçu… Quelle sensation merveilleuse ! Moi aussi, je voudrais connaître ça !* L'image de Jorris jaillit dans son esprit.

*

Dans un coin du plateau, perchée sous le barnum, une silhouette diaphane ricane de bon cœur. Sa comparse, elle, ne rit pas :

— Tu vas arrêter immédiatement de répandre ton philtre d'amour un peu partout, La Nèhe, tu m'entends ?

Cette dernière n'en finit pas de rire :

— J'en avais en rab, Jacquotte. Ç'aurait été dommage de le gâcher, non ? Tu sais bien que ce truc ne se garde pas. Tu as vu ? Julius était excité comme un lapin. Jenny a pris cher ! Ça va inspirer ta petite protégée…

Et La Nèhe rit de plus belle, avec une certaine vulgarité.

— Tu dépasses les bornes… Je t'avais demandé de ne pas toucher un cheveu de Bérénice…

— C'est ce que j'ai fait, proteste La Nèhe, je me suis occupée de Julius et d'Astrid… J'ai pensé que ça boosterait Bérénice.

— Et tu n'as pas pensé que ça pouvait bousiller la scène ?

— Au contraire, Jacquotte, au contraire…

— Mais ce n'est pas un film X, enfin ! Réfléchis !

— Oh là là, quelle rabat-joie ! Fais donc confiance à ta protégée, Jacquotte, tu verras qu'elle va en tirer une scène mémorable !

La Nèhe n'a pas complètement tort car, dans ce moment scabreux, Milo a eu un coup de génie en adaptant son cadrage. Son choix a été de zoomer sur les visages des deux comédiens, leur peau, leurs yeux, leurs bouches, leurs expressions qui montrent, mieux qu'aucune nudité, l'inéluctable montée du plaisir…

D'une voix douce, Bérénice souffle : « Coupez ! » Les caméras s'arrêtent, les lumières s'éteignent et l'équipe quitte discrètement le plateau, laissant les deux comédiens enlacés, seuls dans l'ombre.

15

IMMINENCE

Encore remuée par ce tournage peu ordinaire, Bérénice a besoin de décompresser. Aussi demande-t-elle au chauffeur de la déposer au pont d'Hossegor, car son hôtel ne se trouve qu'à quelques minutes à pied. Elle souhaite aussi rendre hommage à ce pont qui, à lui seul, symbolise l'histoire de la station, et qui se trouve au cœur du film. Rufus a voulu montrer que les charpentiers vikings arrivés ici au IXᵉ siècle avaient influencé la façon de travailler le bois et de construire des ponts. Le cinéaste danois a également profité d'avoir accès à la crypte pour faire prélever de l'ADN sur la dépouille du guerrier viking portant le même symbole en spirale que son grand-père. Il semble bien qu'il y ait un lien de parenté, en tout cas géographique, dans les îles de la mer Baltique.

Bérénice a besoin d'être un peu seule pour remettre ses idées en place. Un tournage suppose une immersion parmi des dizaines de personnes qui dépendent d'elle. C'est épuisant, il faut toujours anticiper, être aux aguets, ne pas écouter les oiseaux de mauvais augure ni ceux qui vous lancent des peaux de banane. Avant de lui laisser les rênes, Rufus lui avait donné un conseil : « Pendant le tournage tu dois t'imperméabiliser, Bérénice. Être étanche. Sinon, tu coules… » Penchée sur la rambarde au milieu du pont, elle contemple la marée descendante. *Hubert a raison*, songe Bérénice, *tout passe par les ponts, c'est une belle image du monde en mouvement. Ainsi, le génie humain n'est-il pas destiné à jeter des ponts sur le vide vers des lieux inconnus ?* Elle se réjouit de visionner les images 3D qui montreront l'apothéose du film, ce moment où le canal s'est finalement ouvert de lui-même lors d'une nuit d'apocalypse. Cela va clôturer la scène d'amour dans la cabane d'une façon spectaculaire et bouleversante.

Bérénice connaît cette euphorie, déjà ressentie lorsqu'elle était étudiante en cinéma et qu'elle venait de réaliser son premier court-métrage, *Les Pas perdus*, qui lui avait valu la reconnaissance de ses pairs. Il y a des fois, comme ça, dans la vie d'un artiste, où l'on sait avec certitude qu'on fait du bon boulot, lorsque tout s'agence tout seul, lorsque l'inspiration est fluide et que l'évidence s'exprime d'elle-même. C'est précisément ce que Bérénice ressent ce matin, après avoir tourné la scène d'amour des *Amants du canal.* Une excitation mêlée de joie l'envahit. Elle n'a qu'une envie, en parler avec Jorris, lui dire à quel point elle a dirigé le tournage en guerrière, comme s'il se tenait à ses côtés. Jamais elle ne s'est sentie autant en confiance avec un homme, même si elle perçoit cette part d'ombre… qui ne lui déplaît pas.

Elle s'approche de son charmant petit hôtel, en haut d'une rue en pente, et une première déception l'attend : la moto de Jorris n'est pas là. Seul l'Astrologue est installé à une table près de la réception déserte. Il lit le journal l'air de rien, face à une tasse de café vide, pendant que Bérénice récupère sa clé sur le tableau. L'homme marmonne un bonjour timide, la regarde, puis hoche la tête :

— Ah oui, Jupiter en double chez vous, la chance... Seulement méfiez-vous quand même, mademoiselle, car depuis peu, Mars est aligné avec Jupiter. Et Mars, c'est aussi la guerre. Alors c'est peut-être le moment de préparer la paix...

Puis l'homme se replonge dans le *Sud Ouest* du jour. Bérénice n'aime pas trop ce genre d'avertissement flou et énigmatique. Elle passe devant la cage du mainate en s'attendant à un sarcasme du volatile, mais celui-ci reste silencieux et immobile sur son barreau, comme s'il était empaillé. Elle monte les escaliers, longe le couloir et marque un arrêt devant la porte de la chambre 11 ; elle va même jusqu'à y coller son oreille avant de frapper légèrement, deux fois trois petits coups. Rien, pas un souffle ne lui répond.

Tout en rentrant dans sa chambre, Bérénice se demande où est passé son loup solitaire, ce mystérieux Jorris qui séduit des femmes sans les toucher.

*

C'est Hubert qui a mis le feu aux poudres, de retour au Doigt Mordu après avoir acheté du poisson au port. À la maison, les trois garçons s'activent, Jo et Rodrigo font cuire des haricots tarbais tout en préparant les braises du barbecue dehors, tandis que Zack, de son côté, épluche des pommes de terre, des navets et des carottes pour la garbure, potée aux choux locale, qui accompagne la croupionnade. Wendy supervise les opérations en chantonnant et en râpant du curcuma, dont la teinte orangée marque la peau de façon quasi indélébile. Le vieux marin pose le sac de poissons sur l'évier près de Zack. C'est un garçon solitaire avec lequel il aime bien causer de tout et de rien. Le jeune homme regarde les daurades :

— Ils n'avaient pas de tourteaux au port, grand-père ?

— Non, répond Hubert en haussant les sourcils. D'habitude je les achète à Basile, qui pose ses casiers aux abords du Gouf. Mais figure-toi qu'aujourd'hui, il n'avait rien sur sa table, car il lui est arrivé une drôle d'histoire… Depuis des années, il a ses propres coins de pêche, localisés sur son sondeur au mètre près. Eh bien figure-toi qu'avant-hier, il a posé six casiers à son spot habituel, une terrasse de la rive sud du canyon qu'il appelle le Valais, en référence aux petits vignobles suisses perchés sur des falaises si vertigineuses qu'il faut des alpinistes pour vendanger. Sauf que Basile, lui, ce n'est pas du fendant, ce vin blanc délicieux, qu'il vient chercher là, mais plutôt des homards et des langoustes…

— Bon, bon, tu t'égares, grand-père, s'impatiente Zack. Explique-moi donc ce qui lui est arrivé, à ton copain pêcheur.

— Eh bien lorsqu'il est revenu hier soir pour relever ses casiers, il n'y avait plus rien…

— Comment ça, rien ? demande Zack, alarmé.

— D'après Basile, la terrasse n'apparaît plus du tout sur son sondeur, elle a purement et simplement disparu en emportant tous ses casiers dans les profondeurs du Gouf…

Zack pousse un cri, car il vient de se piquer le doigt avec le couteau, ce qui ne l'empêche pas de poursuivre sa conversation :

— Mais c'est impossible ! dit-il en passant son index ensanglanté sous l'eau du robinet. Il y aurait des mouvements sismiques, des tsunamis, je ne sais pas, moi !

— Non, Zack, Basile est formel : il a vérifié avec Julien, un pêcheur professionnel qui possède un sondeur 3D. Pas de doute, le Valais a été balayé. D'après lui, il se pourrait même qu'il y ait d'autres glissements de terrain à venir dans le secteur…

— Sur la rive sud du canyon ? demande le jeune homme dont le sang coule toujours sous l'eau du robinet.

— Oui, pourquoi ? Hubert ne comprend pas la stupeur de son petit-fils.

— Mais… Mais parce que c'est là que se trouvent les roches du Doigt Mordu, enfin ! Tu devrais le savoir mieux que personne !

Hubert fronce les sourcils, ne comprenant pas où Zack veut en venir, ni pourquoi il est à cran. Il regarde le filet de sang sur son index et dit :

— Bon, à propos de doigt mordu, je vais te mettre un sparadrap…

Pendant qu'Hubert colle soigneusement un pansement sur le doigt de son petit-fils, ce dernier lui explique en quelques mots ses découvertes récentes à partir des runes de la crypte.

Le vieux marin est fasciné :

— Ça alors ! Ton histoire est incroyable, Zack. Tu as peut-être fait une découverte majeure, tu sais ? L'idée me plaît d'imaginer que les Vikings ont pu connaître ces roches malgré leur profondeur de soixante-dix mètres…

Tu penses qu'il y aurait un trésor sous la mer? demande Hubert en rigolant.

— Ou peut-être une épave? se hasarde Zack. Mais tu sais, Nico y a déjà plongé et il m'a envoyé les films. On ne voit rien d'autre que des rochers aux formes bizarres et quelques poissons...

— Ah bon! grommelle Hubert comme s'il avait une idée derrière la tête. Ça voudrait dire que le nom du « Doigt Mordu » pour la maison ne viendrait pas de l'histoire du pêcheur à la ligne violoniste mordu par un congre?

Zack hausse les épaules:

— Ça, c'est l'histoire que Maïté raconte à tout le monde.

— Oui, je sais bien, répond Hubert perplexe, mais qu'est-ce qu'il pourrait bien y avoir sous l'eau là-bas, qui nous échappe? Est-ce que tu en as parlé à Rufus ou au professeur Olafsen?

— Euh non, pas encore, répond Zack, penaud, je ne suis sûr de rien et je ne veux pas passer pour un allumé! Mais il y a autre chose, grand-père: deux amis de Nico utilisent un hydrophone qu'ils pointent vers le Gouf à l'écoute des sons sous-marins. Depuis quelques jours, ils ont capté des bruits inquiétants, comme des explosions régulières... Nico pense qu'il peut s'agir de remontées de gaz, précise Zack, mais en tout cas on dirait que ça bouge grave dans la tête du canyon! À ce train-là, les roches du Doigt Mordu risquent d'être menacées. En fait, tu sais, elles sont situées juste au bord du Gouf et pourraient très bien être emportées à tout jamais...

Hubert hoche la tête en assimilant ces informations. Son cerveau bouillonne d'idées; il sent qu'il y a quelque chose d'important derrière tout cela, en lien avec la crypte. Ses yeux brillent d'un éclat particulier lorsqu'il se tourne vers son petit-fils pour lui parler à voix basse avec un air de conspirateur :

— Écoute, Zack, j'aimerais que tu m'expliques tout ça tranquillement. Je voudrais voir les runes, les cartes bathymétriques et les images sous-marines. Il n'y a pas de temps à perdre. Je vais aussi appeler Nico et vérifier la météo des prochains jours. Mais pour l'instant : motus et bouche cousue…

*

L'un des points faibles de Jorris, c'est le sommeil. On ne vit pas éternellement sans quelques petits désagréments et il lui arrive, au fil du temps, de passer par toutes les phases : sommeil long, puis court, puis entrecoupé, nuits blanches, puis des périodes d'hibernation… Cela peut le prendre sans qu'il s'y attende, un besoin irrépressible de dormir ; dans ces moments-là, Jorris retourne dans sa tanière, sa cabane isolée au bord de l'étang Noir, son unique ancrage temporel, là où tout a commencé. Un univers mystérieux, plein de présences invisibles. C'est le règne du mou et de l'humide, où la puanteur côtoie des perles de lumière, ces marais hostiles, facilement répugnants, qui menacent de tout engloutir. Le râle d'eau s'égosille non loin, picorant la boue, zigzaguant entre les carex, ces plantes coupantes appelées « cheveux de sorcières » tant elles sont bizarrement échevelées. On ne sait si son cri est une agonie ou un avertissement. Entre deux hurlements, le silence pèse des tonnes.

En soulevant le tapis de la pièce qui tient lieu d'habitat à Jorris, on découvre une trappe qui se ferme de l'intérieur. C'est là, sous le plancher, dans ce vaste terrier doublé de bois, véritable nid douillet fait de paille et de peaux de mouton, que Jorris se roule en boule pour un temps indéfini sans que personne vienne le déranger, tel un ours en hibernation. C'est là qu'il retourne dans le giron de sa mère la terre, et qu'il peut enfin se ressourcer, parler d'égal à égal avec les dieux et les forces qui l'animent depuis 1252, l'année de son retour de la septième croisade en Terre sainte, d'où il a rapporté des secrets alchimiques… À l'époque, les habitants de Seignosse le craignaient et l'appelaient le baron de la tour du Diable. Ce jeune trentenaire ignorait à quel point il est dangereux de jouer l'apprenti-sorcier avec les clés du vivant. Avant d'ouvrir une porte, il faut toujours se demander ce qui se trouve derrière, faute de quoi on risque d'être aspiré dans quelque chose qu'on ne maîtrise pas. C'est ce qui est arrivé à Jorris. Lui qui cherchait la fontaine de jouvence, l'éternelle jeunesse, la transmutation du plomb en or… Tout ce qu'il a gagné, c'est une vie interminable, un voyage sans fin, sans but ni destination. Interdiction d'aimer. Alors la vie perd son goût et le rêve d'immortalité devient cauchemar. Chaque miracle a son revers.

Jorris n'est pas toujours maître de lui. Par moments, il sombre dans le grand nulle part ; à d'autres, il se jette dans les flots déchaînés, plongeant à des profondeurs insensées. Et puis il y a aussi ces fois où il redevient bestial, lorsque sa soif de sang chaud prend le dessus. Pour l'heure, tapi dans sa tanière, son esprit vogue là où le temps n'a plus cours, dans cette confluence où l'on peut se fondre aux âmes errantes, qu'elles viennent du passé ou du futur… Emporté dans la spirale sans fin, Jorris voit défiler des centaines de visages, jeunes ou vieux, hommes, femmes ou enfants, qu'il a vus naître, grandir, aimer, souffrir, vieillir et mourir… Puis naître, grandir, aimer, souffrir, vieillir et mourir, et ainsi de suite, toujours et encore… Pendant ce temps, Jorris ne changeait pas, son horloge biologique bloquée à 33 ans, pour des années, des décennies, des siècles ! Une question le hante : « Pourquoi suis-je là ? Pourquoi moi ? Jusqu'à quand ? » Puisqu'il ne peut ni aimer ni se reproduire sans briser le cercle magique qui le maintient en vie depuis plus de sept siècles. Mais aujourd'hui, force est de constater que quelque chose a changé. Ce qu'il ressent jusque dans sa chair le taraude. Impossible de chasser Bérénice de son esprit, même dans son sommeil profond. On ne peut nager contre le courant.

*

Bérénice a décidé de faire le tour du port à pied pour se rendre au *Baya*, sur le front de mer de Capbreton, où elle doit travailler avec la monteuse. D'après ce qu'elle lui a dit au téléphone, les choses se présentent plutôt bien, car Rufus a visionné les rushes de la scène d'amour depuis son bureau de Londres, et il semble ravi. Elle en saura plus tout à l'heure avec l'équipe, et de toute façon Rufus revient dans deux jours pour achever le tournage. Le long du port, Bérénice ne se lasse jamais du spectacle des voiliers, cotres, ketchs, cabin cruisers, vedettes, bateaux de pêche, canots, toutes les catégories se mêlent sur ces pontons où se côtoient des centaines d'embarcations. Profitant de la marée haute, les cormorans font de l'apnée entre les bateaux pour attraper du menu fretin.

Décidément, songe la jeune femme, *l'air de la mer me réussit mieux qu'aucun médicament!* Elle se sent heureuse, un sentiment rare chez elle. Heureuse de vivre, d'être là, près de l'Océan... Heureuse de faire du cinéma et d'avoir tourné cette scène incroyable avec Julius et Astrid... Heureuse, oui, mais une ombre plane sur cette joie: l'absence de Jorris. Oh, elle a bien essayé de questionner Claudia ou Solange à l'hôtel, mais elles sont devenues muettes comme des carpes... Et tant qu'elle n'aura pas revu Jorris, Bérénice n'aura pas le cœur en paix. Mais où chercher? Alors qu'elle retourne ces interrogations dans sa tête en longeant les quais, elle tombe sur Hubert et Zack, surchargés de gros sacs d'où dépassent des cordages, des bouées et autre matériel nautique... Le vieux marin s'illumine en la voyant:

— Ah bah ça, on peut dire que tu tombes bien, ma chérie! Prête-nous donc tes bras jusqu'au bateau...

N'osant pas leur expliquer qu'elle est attendue pour le boulot, Bérénice transporte une partie de leur chargement jusqu'au ponton où est amarré *L'Archimède*.

— Vous partez en voyage? demande-t-elle sur le ton de l'humour.

— Tu ne crois pas si bien dire! clame Hubert.

— Comment ça? Elle fronce les sourcils.

— On ne part pas loin en distance, mais plutôt dans le temps...

— Dans le temps? Mais enfin, qu'est-ce que vous faites avec ces cordes et ces bouées?

Cette fois c'est Zack qui lui répond, mystérieux :

— On prépare une expé… une plongée sur le Doigt Mordu.

— Quoi ? Bérénice ne s'attendait pas à ça.

— Oui, c'est encore top secret, continue Zack à voix basse, mais à toi on peut en parler, entre cousins… Pas vrai, grand-père ?

Hubert répond, un peu revêche :

— À Bérénice tu peux tout dire, Zack, tu entends ? Alors vas-y, explique-lui.

Tandis qu'ils cheminent sur la piste cyclable peu encombrée, Zack raconte à Bérénice ses dernières découvertes dans la crypte, les runes, ainsi que les informations de Nico selon lesquelles les roches du Doigt Mordu seraient menacées.

— Mais qu'est-ce qu'il pourrait bien y avoir sous l'eau ?

— On n'en sait rien, répond Hubert, c'est pour ça qu'on veut y aller. Zack a peut-être levé un lièvre…

Bérénice hoche la tête :

— Mais pourquoi êtes-vous si pressés ?

Hubert fait la moue :

— Il y a deux raisons. D'abord ces inquiétants éboulements qui se produisent depuis plusieurs jours sur la rive sud du Gouf. Mais aussi la fenêtre météo. J'ai appelé mon ami responsable Météo-France à l'aéroport de Biarritz. Je travaillais avec lui depuis le sémaphore de Socoa pour les alertes à la brouillarta… D'après lui, d'ici trois jours une grosse dépression arrive du nord-ouest sur le golfe de Gascogne avec beaucoup de vent et de houle pendant presque une semaine. Ensuite, une fois le vent calmé, il faudrait encore compter plusieurs jours avant que l'eau retrouve de la visibilité. Ça risque d'être trop tard. Beaucoup trop tard. D'après le sondeur d'un ami pêcheur, toute une terrasse du Gouf a déjà disparu dans le vide. En plus, Nico doit partir au Portugal pour une plongée scientifique dans le canyon de Nazaré.

Bérénice essaie d'emmagasiner les informations d'Hubert. Une fois devant le bateau, ils posent les sacs dans le cockpit et Zack repart au trot, car il doit accueillir une stagiaire envoyée par le professeur Olafsen. Bérénice est sur le point de filer à son tour vers le *Baya* lorsqu'Hubert la retient :

— Bérénice… Je sais ce qui te tracasse.

Elle s'arrête, intriguée, puis s'assied dans le cockpit face à son grand-père, en le regardant avec tendresse. Il se penche et prend sa main :

— Je vois bien que tu es préoccupée, tu n'es pas tranquille, ton esprit est ailleurs…

— Oui, oui, t'inquiète, c'est le tournage. Tu sais, gérer tous ces gens c'est très dur et…

Hubert fronce les sourcils en l'entendant débiter ses fausses raisons :

— Poh, poh, poh, pas à moi, jeune fille ! Ne me sers pas tes explications de boulot. Moi, je te parle de Jorris.

Le nom fait sursauter Bérénice, qui le regarde avec des yeux ronds :

— Quoi ? Mais comment tu… ? Qui t'a… ?

— Chut… À moi tu peux parler, Bérénice.

— Mais je…

Déstabilisée, elle ne trouve plus ses mots.

— Je vois bien dans quel état tu es. J'ai un peu roulé ma bosse, tu sais… Tes yeux brillent, tes joues sont rouges, tu respires vite, de façon irrégulière, tes paumes sont moites, tu es un peu ailleurs, et tu ne sais plus quoi dire… En un mot comme en cent : tu es amoureuse !

— Moi ? Mais c'est absurde !

— Voilà que tu recommences, soupire Hubert. Allez, sois franche, Bérénice, tu vas voir à quel point ça fait du bien. Parle-moi de Jorris.

Sortant de sa stupeur, elle reprend son souffle et décide de se lancer, car elle a toute confiance en son grand-père :

— Comment te dire ? C'est difficile à expliquer, mais je n'ai jamais connu quelqu'un comme lui et il me comprend au quart de tour. Je pense à lui tout le temps, c'est terrible !

— Ça devrait te rendre plutôt heureuse, non ?

— Ben oui, sauf qu'il a complètement disparu ! Je ne le trouve pas, voilà le problème ! En plus, je n'ai pas la moindre idée de l'endroit où il peut être. Sa moto n'est pas là, et à l'hôtel personne ne l'a vu. Je ne sais même pas où il habite, tu te rends compte ? J'ai tellement besoin de le voir, grand-père, si tu savais ! Il m'a vraiment aidée pour le tournage. Et puis j'ai des choses importantes à lui dire…

— Oui, oui, je n'en doute pas, marmonne Hubert, songeant à ce que Jacquotte lui a dévoilé concernant ce mystérieux personnage.

Face à lui, dans l'accueillant cockpit du voilier, Bérénice est en train de craquer ; au bord des larmes, elle se laisse aller dans ses bras :

— Tu as raison, grand-père, je crois que je suis amoureuse ! Ça fait tout drôle, jusque dans la moelle de mes os, dans le cœur, la tête, le ventre, partout je ressens des vagues de chaleur… Mais j'ai tellement peur qu'il lui soit arrivé quelque chose ! Je vais devenir folle si je ne le retrouve pas ! Il a peut-être eu un accident de moto ? Tu crois qu'on pourrait demander à Benoît de se renseigner ? Ou à son ami Martial ? Si ça se trouve, Jorris est tout seul dans un hôpital ? Ou bien blessé dans un fossé ? Dis, tu penses qu'il peut avoir eu un accident ?

— Mais non, Bérénice, je suis sûr que non. Tu dois avoir confiance en lui.

Les yeux rouges, la jeune femme secoue la tête :

— Oh là là, si jamais il lui est arrivé malheur, je ne m'en relèverai pas, je me connais. Mon cerveau est entièrement focalisé sur lui. Je ne pourrai rien faire d'autre avant de l'avoir retrouvé, ça c'est sûr. Et puis je crois qu'il a besoin de moi. Ah, c'est terrible, grand-père, si seulement je savais où il habite, je te demanderais de m'y emmener tout de suite. Je suis morte d'inquiétude…

En entendant ces derniers mots, et en voyant sa petite-fille à ce point désemparée, Hubert est ému. Il ne peut la laisser dans cet état. Aussi prend-il une étonnante décision. Après avoir rangé les sacs de cordages, il referme la descente du voilier puis saisit la main de sa petite-fille avec autant de douceur que d'autorité :

— Viens avec moi et fais-moi confiance. Je t'emmène quelque part, mais à une condition : tu ne me poses aucune question…

*

La surface de l'étang Noir est un miroir où le ciel se mire, avec ses gros cumulus joufflus et ses trouées d'azur. Quelques feuilles mortes flottent sur ce reflet céleste, nous faisant perdre la perspective : tout ce qui est en haut est en bas ! À quelques mètres, sortant de l'ombre, la cabane de Jorris, avec son ponton bancal où est amarrée une barque à fond plat. Tout est calme et silencieux, presque trop. Un ronflement de moteur se fait entendre dans l'épaisseur de la végétation.

La voiture se gare non loin de la cabane et Bérénice en sort, sidérée de se trouver dans les marais. Elle se tourne une fois encore vers son grand-père, demeuré dans la voiture. Derrière le pare-brise, il lui fait signe d'aller vers l'entrée. Soudain, la situation paraît bizarre et Bérénice a le trac d'aller frapper à la porte de cette cabane enfouie dans la végétation au bord d'un étang désert. Ici et là, des coquillages, des bois flottés, des grigris accrochés à la gouttière. Et puis à l'arrière, sous un auvent… la moto de Jorris ! Merci, il est là ! Le cœur de Bérénice bondit dans sa poitrine et elle a soudain l'impression de plonger dans un univers où tout devient possible, le pire comme le meilleur. En contemplant la moto elle se demande par quel mystère Hubert peut savoir que Jorris habite là, dans ces marais… Mais elle lui a promis de ne poser aucune question.

Bérénice frappe trois coups discrets sur le bois de la porte. Rien ne se passe, et pourtant elle sent avec toutes les fibres de son corps que l'homme qu'elle cherche se trouve là, tout près… Mais au dernier moment, après toutes ces heures de manque, d'envie de le voir, un nouveau sentiment l'envahit : la peur. Que fait-elle donc ici, au milieu des marais ? Cette cabane a beau être originale, elle n'en est pas moins nimbée de mystère, dans un environnement oppressant qui sent la fougère et le champignon. Ce n'est pas exactement le genre d'endroit qu'elle avait imaginé pour s'abandonner dans les bras d'un homme! La porte s'ouvre toute seule, sans grincement. Bérénice sent aussitôt le parfum boisé de Jorris. Elle s'avance dans la pièce après avoir refermé la porte. Chaque objet est à sa place. Tout est usé, lisse, sans la moindre poussière. Elle ne comprend pas où elle se trouve, mais un détail l'intrigue : sur le sol, le tapis relevé dévoile une trappe.

On pourrait se croire dans un film d'horreur, mais elle n'a pas peur, car elle sait qu'il est là et qu'il l'attend. Aussi ne s'étonne-t-elle pas lorsque la trappe s'ouvre. Une chaleur fauve s'en dégage, attirante, enivrante. Bérénice n'est déjà plus elle-même, comme si elle ne s'appartenait plus. Sans même réfléchir, elle ôte ses souliers et s'avance pieds nus vers la tanière de Jorris, dont les yeux brillent dans la pénombre. Elle est une sainte qui marche sur le chemin de lumière, mais aussi une guerrière au sang chaud qui part à l'assaut de sa propre destinée, sans fléchir face à celui qui l'attend et qui va la révéler à elle-même. Jorris savait qu'elle viendrait, car il l'a rêvé, lui qui ne rêve presque jamais. Il sent poindre en lui une peur nouvelle, celle de tout perdre. La fièvre avec laquelle il désire Bérénice est à la hauteur du précipice qui s'ouvre devant lui…

La première fois se déroule dans une folle intensité, sans un mot, dans le silence des corps et le clair-obscur des âmes. Ils ne connaissent rien à l'amour. Ni Jorris, sept fois centenaire, ni Bérénice, jeune et innocente. Dans l'intimité de ce nid animal, ils laissent tomber les barrières. Plus rien ne compte qu'eux. Les fluides se mêlent tout naturellement, comme s'ils appartenaient au même corps. Animées par une attraction qui les dépasse, leurs mains se trouvent et s'enlacent, doucement puis violemment, caressantes, audacieuses, intrusives… Leurs jambes s'enroulent telles des lianes, leurs peaux se collent l'une à l'autre tandis que leurs bouches se dévorent… Dans ce cocon de paille, de laine et de sexe, tous deux prennent leur temps, car ils n'ont aucune expérience. Bérénice imagine que Jorris est familier de l'amour et des femmes, alors qu'il n'en a connu aucune sexuellement, en plusieurs siècles ! Confiant, il se laisse guider, supposant, lui aussi, qu'elle est plus expérimentée, et craignant de mal faire. Peu à peu leur désir devient un brasier incontrôlable.

Dans l'obscurité propice aux visions, ils se dédoublent et se touchent, se caressent, s'embrassent et s'embrasent, sans plus savoir quelles parties du corps s'interpénètrent, car tout n'est que frénésie et désir animal… Ils flottent en apesanteur dans une bulle d'amour où tout est possible. Le grand Jorris qui a tant vécu redevient un gamin naïf et maladroit au fur et à mesure que Bérénice le guide vers ce point culminant où la vie et la mort fusionnent, telle une étincelle dans le bleu. Alors que Jorris va franchir une barrière irréversible entre l'avant et l'après, c'est son amante elle-même qui s'empale sur lui jusqu'au moment où, dans un spasme, une fine barrière cède. Une force sauvage s'empare des amants désormais voués l'un à l'autre. Jorris ne peut s'arrêter de l'aimer, encore et encore, enivré par les odeurs ferreuses du sang qui coule entre les jambes de Bérénice. Ce sang chaud lui parle, dévoilant l'intime secret de sa virginité. L'espace d'un instant il redevient cette bête sauvage qui parfois, la nuit, terrorise les barthes ou la forêt. Tout ce sang, ces vies prélevées remontent en lui tel un violent ressac. Il sait qu'au bout de ces plaisirs aussi extrêmes qu'éphémères, la mort se tient en embuscade, attendant de prélever sa dîme lorsque tous les bonheurs seront assouvis… Mais Jorris aime pour la première fois de sa vie, et ce qu'il ressent là vaut bien toutes les éternités du monde !

Bérénice lâche prise et s'en remet à ce prince noir qui lui fait chevaucher les étoiles. « *Si tu veux, faisons un rêve…* » Sur son corps elle sent des mains, des bouches… Elle s'abandonne à Jorris, qui semble se démultiplier en plusieurs personnages. Dans cette atmosphère de rêve, ou de transe, augmentée par l'obscurité, elle laisse monter en elle la boule de plaisir qui l'envahit, plus forte que tout, jusqu'au moment où elle ne peut plus se retenir… Un chant sauvage s'élève de sa gorge, quelque chose qui vient de loin, qui la transcende, elle, la jeune femme qui voulait connaître l'amour, et qui a découvert l'Amour.

16

L'ÉTERNITÉ, C'EST MAINTENANT

Le temps s'est arrêté, puis Bérénice se réveille. À l'instant où elle ouvre les yeux, elle sait qu'elle n'est plus la même et que tout a changé après ces moments d'extase entre les bras de Jorris. Lorsqu'elle ouvre la trappe, il ne bronche pas et continue de dormir profondément, nu et roulé en boule dans ses peaux de mouton, tel un enfant bienheureux que rien ne dérange. On pourrait croire qu'il ne respire pas ; aucun trait de son visage ne bouge et ses yeux semblent scellés.

Nue comme au premier jour, Bérénice s'extrait de leur cocon, aussi gracieuse qu'une magnifique Vénus sortant de son coquillage. Son corps n'est plus le même, elle a encore la sensation de sang séché sur l'intérieur de ses cuisses, mais ça ne la dérange pas, elle se sent plus légère, plus forte et mieux ancrée dans le sol pour faire face à la vie. À présent qu'elle a changé de prisme, plus rien ne sera pareil. Toujours dénudée au milieu de la pièce, Bérénice n'a ni chaud ni froid, et elle prend tout son temps pour observer la cabane de Jorris et les objets qu'elle recèle, certains d'un autre âge, des statuettes, des outils usés, des dessins empilés, des bouquins hétéroclites, des grimoires, des journaux anciens et récents, un odorant bouquet d'herbes sèches suspendu à une poutre, des plumes, des coquillages, un tambourin, quelques fruits, des noix et du miel sur un vieil établi dépoli… Elle aime tout ici, et se sent chez elle, emplie d'un plaisir nouveau, d'une fierté à se promener nue, chez lui, encore pleine de sa sève. Elle hume les traces de son odeur qui persiste sur sa peau, elle revoit, par flashs, les moments les plus fous de ce voyage hors du temps qu'ils ont accompli enlacés. Même si Jorris a une dizaine d'années de plus qu'elle, Bérénice voit bien à quel point il se montre timide et sensible. Tous deux semblent aussi inexpérimentés l'un que l'autre et leur maladresse respective s'avère délicieuse. Ensemble, ils ont tout découvert sans gêne ni pudeur, mais au contraire avec un émerveillement grandissant. Ce qu'ils ont vécu là, personne ne pourra le leur enlever ; et cet acte, aussi grave pour l'un que pour l'autre, scelle à tout jamais leurs destinées.

Bérénice se fige : parmi les livres sur les rayonnages, elle remarque ce gros roman de mer de couleur bleue, le même que celui qu'elle a emprunté à Hubert. Intriguée, elle le prend, le caresse, puis l'ouvre au hasard, avant de lire à voix basse : « Capter le présent ; l'étincelle de vie qui fuit – qui « fuse », comme l'avait dit une fois Mallerin… Des mots se détachèrent de ses songes, les délestant pour mieux voler, faisant naître aux commissures des lèvres du jeune Noé un radieux sourire. Il n'avait peur de rien, pas même d'éclater, tel un ballon de baudruche anéanti par un rayon de soleil… ou de lune. » Ces mots la font vibrer, comme s'ils s'adressaient à elle. Encore frissonnante des moments qu'elle vient de vivre, elle repense à Jorris. Bérénice n'en revient pas : enfin, elle a un amant ! Qui l'eût cru ? Comme quoi, l'amour arrive toujours là où on ne l'attend pas…

Sur cette pensée, deux bras l'entourent avec une douceur extrême et Jorris se colle contre son dos, nu lui aussi. Ils sont heureux et se comprennent sans mot dire. Comme elle tient le livre ouvert, il se penche sur son épaule et lit :

— « Capter le présent ; l'étincelle de vie qui fuit... »

— Oui... Tout comme une étoile filante qui n'est belle que dans sa chute, ajoute Bérénice sans mesurer la portée de ses mots.

Touché au point le plus sensible, Jorris chuchote dans le creux de son oreille :

— Mon amour, tu parles si bien et si vrai...

— Personne ne m'a jamais appelée mon amour, dit-elle d'une voix incertaine.

— C'est un grand honneur pour moi, répond Jorris.

Alors Bérénice pose le livre, se tourne vers lui et l'embrasse en l'enlaçant. D'une voix enfantine, elle susurre :

— Je suis tellement tellement bien avec toi, Jorris...

— J'aime quand tu dis mon nom, Bérénice...

— Jorris... Bérénice... Ça rime !

— C'est rarissime, reprend Jorris.

Épatée de se sentir à ce point libre avec un homme, elle se rapproche et chuchote :

— Ce qui est rarissime, Jorris, c'est d'être si bien avec quelqu'un... Je ne savais même pas que c'était possible...

— Euh... moi non plus, répond-il, jouant le jeu, plus amoureux que jamais.

Bérénice rigole, le dévore des yeux et parle comme une petite fille :

— Eh ben moi, je suis trop bien ici... Je veux rester avec toi à manger des fruits, là, assise toute nue sur tes tapis. Et puis je ne veux plus me doucher. Je veux passer tout mon temps là, avec toi, comme ça, et que ça dure des siècles…

— Des siècles ? demande Jorris avec un brin d'inquiétude.

Puis il prend sa main pour y déposer un baiser de prince :

— Tu es merveilleuse, Bérénice. Sans le savoir, j'ai longtemps attendu quelqu'un comme toi… Si longtemps. Et j'ai la certitude qu'avec toi, je ne regretterai jamais rien…

Pour Jorris, ces mots ont valeur de pacte, même si Bérénice n'en a pas conscience, puisqu'elle ignore les implications de leur amour. Collée à lui, elle savoure l'instant, si intense qu'il ne fuit pas ! Elle en remercie le ciel et leurs baisers deviennent si délicieux qu'ils en appellent d'autres, plus indiscrets, plus audacieux, plus salés… Ils se chuchotent des mots doux à l'oreille, des mots humides et interdits. Tous deux parlent le même langage et se comprennent au quart de tour ; leur désir s'en nourrit. Les voilà qui tanguent et roulent au fond de leur tanière, à nouveau assoiffés l'un de l'autre.

*

Hubert est chafouin. Il conduit lentement en direction du port, ses pensées éparpillées. En plus il a laissé sa petite-fille chérie derrière lui, à l'étang Noir, en compagnie d'un étrange individu… Sans les paroles rassurantes de Jacquotte, il n'aurait jamais osé l'abandonner là-bas. Malgré tout, il n'est pas tranquille. Trop d'idées sombres tournoient dans sa tête. Hubert n'aime pas avoir plusieurs soucis en même temps ; or là, ils s'accumulent. Seul à son volant, il marmonne :

— Comme disait un ancien président de la République : « Les emmerdes, ça vole toujours en escadrille… »

Pour Hubert, il s'agit plutôt d'une série d'inquiétudes concernant sa vie, la famille, son bateau, Bérénice, la maison, les roches du Doigt Mordu, Jacquotte, la météo… Bref, le vieux marin ne sait plus où donner de la tête. Une fois garé près du ponton, il remonte le quai. Zack est en compagnie de Nico et d'une jeune femme rayonnante aux longs cheveux noirs qui se sont donné rendez-vous au bistrot pour faire le point sur une éventuelle plongée. Hubert suggère de tenir la réunion à bord de *L'Archimède*, et quelques instants plus tard, tous les quatre se retrouvent attablés dans le confortable carré du voilier.

Nico étale des cartes bathymétriques sur la table en bois aux coins arrondis. Surexcité, Zack explique tout à Maeva, d'origine tahitienne, qui fait un master d'archéologie subaquatique. Nico leur donne des précisions tout en désignant les endroits où il a déjà plongé autour des roches du Doigt Mordu. Hubert est fasciné par ces reliefs sous-marins, insoupçonnables de la surface. Un monde de vallées, de montagnes, de canyons, de falaises et de ravins, de précipices et d'aiguilles rocheuses dont on ignore tout, ou presque. Il se tourne vers Nico :

— Mais d'où viennent ces roches, qui ont l'air posées là, au bord du canyon ?

C'est Maeva qui répond à sa place, avec un certain aplomb, comme pour afficher sa science :

— Elles ne sont pas tombées du ciel, vous savez ! En réalité, elles peuvent provenir d'un ancien surgissement rocheux suite à un mouvement tectonique, ou bien être la partie visible d'une veine de minerai plus dur qui a été érodée… Il faudrait pouvoir faire une datation…

Nico, qui a beaucoup bourlingué et accumulé de connaissances, sourit en coin tant il est habitué aux jeunes étudiants pleins d'entrain qui croient tout savoir, alors que la mer est plus vaste que toutes les consciences réunies. Avec l'Océan, seule prime l'expérience. Le plongeur leur montre des images filmées sur les roches par moins soixante-dix mètres. Maeva fait la moue, dubitative :

— Moui… Moi je ne vois pas trop ce que ces roches ont de si extraordinaire, dit-elle avec son sourire charmeur. Pas de structures régulières ou géométriques, ni d'épave apparente…

Hubert se tourne vers Nico :

— Il y a quand même des formes un peu étranges, non ? Reviens un poil en arrière… Encore, encore… Oui, là, stop !

Sur l'écran, le vieux marin désigne une colonne rocheuse recouverte d'algues et de coquillages, recourbée à son sommet. Nico avance image par image. Hubert pose l'index sur l'écran :

— Là ! Regardez, on dirait la figure de proue d'un drakkar ! Comme le cou et la tête d'un dragon !

— Ma parole, rétorque Maeva, vous êtes obsédés par les Vikings, ici ! Mais il n'y a pas que les Vikings, vous savez. Bien avant eux, les Polynésiens ont…

— Oh ! Regarde le gros poisson-lune ! s'exclame alors Zack, désignant sur l'écran le poisson argenté en forme d'obus aplati qui apparaît, image après image, venant se frotter amicalement aux plongeurs.

Hubert reprend la conversation en s'adressant à l'étudiante :

— Nous ne sommes pas obsédés par les Vikings, vous savez, Maeva, mais il se trouve qu'ils ont beaucoup plus marqué cette région qu'on ne le croit généralement, car les historiens ont zappé leur présence et leur influence locale. Le professeur Olafsen vous expliquerait cela mieux que moi. Et d'ailleurs, je crois que le prochain film de Rufus Andersen, coréalisé par ma petite-fille Bérénice, va également dans ce sens.

— Maeva n'a pas encore vu la crypte, explique Zack à Hubert, comme pour prendre sa défense.

La conversation se poursuit ainsi autour des Vikings, du Gouf, des contraintes techniques d'une telle plongée, mais aussi des rares coraux d'eau froide qu'on peut y trouver, comme l'explique Nico, riche de son expérience. Pendant qu'il parle, Hubert regarde son portable qui vient de vibrer. Il est si surpris en lisant le message de Benoît qu'il doit s'y reprendre à deux fois :

URGENT ! Il faut que je te voie
le plus vite possible. RDV dans 15 minutes
au club-house du golf d'Hossegor.

Pourquoi diable au golf? Et qu'est-ce qui peut bien être si urgent? Pourquoi ne m'appelle-t-il pas, ce couillon? peste Hubert intérieurement. Il n'a aucune envie de quitter le bateau, en outre la discussion est passionnante, mais Benoît ne lui laisse pas le choix. Sans trop s'expliquer, Hubert se lève et sort, en disant juste :

— Je m'absente quelques instants, faites comme chez vous !

*

Il y a moins de deux kilomètres entre le port et le golf, mais Hubert trouve que ça n'en finit pas, anxieux de ce que va lui annoncer Benoît. Il se gare parmi la verdure et les hortensias avant de humer la fraîcheur de ce golf prestigieux dans le style un peu Art déco des années 1920. Directement imbriqué dans la ville d'Hossegor, ce parcours typiquement britannique est considéré comme l'un des meilleurs de France. Son club-house à l'ancienne, avec boiseries et motifs écossais, est une véritable oasis de calme et de grâce, ouverte sur un océan de verdure. Benoît l'attend à une table extérieure, face au green et aux élégants golfeurs. Il tient un cigarillo éteint entre les doigts ce qui, chez lui, est signe de nervosité. Passé les salutations et la commande de deux cafés, l'ancien flic se tourne vers son ami :

— Bon, Hubert, je ne vais pas y aller par quatre chemins. On a un sérieux problème avec ton fameux Jorris de Saintonge, là…

— Mais enfin, je t'avais dit de lâcher l'affaire, Benoît ! J'ai de bonnes raisons de…

— Attends, attends, mon pote. Laisse-moi t'expliquer. Dans tous les cas, il faut que tu entendes ça. Comme j'avais lancé une recherche sur lui, j'ai eu un retour grâce à une ancienne collègue, Coralie…

— Ah, la gironde que tu aimes bien ? le taquine Hubert.

— Oui, oui, c'est ça, soupire Benoît en levant les yeux au ciel. Enfin bref, Coralie n'est plus aux stups, elle est passée à l'ADA, les douanes et accises, affectée à la frontière espagnole de Biriatou. Eh bien figure-toi que la semaine dernière, ils ont serré une femme très chic qui transportait une grosse quantité de cash dans sa 4x4 boueuse. Ça fait longtemps qu'ils la traquent, car on la soupçonne d'être à la tête d'un réseau de transport d'argent liquide. Ils l'ont appelée Lady Cash. Normalement, elle ne fait jamais de convoyage elle-même, mais ce jour-là, elle n'a pas eu de bol. En redescendant de son lieu de rendez-vous, quelque part au Pays basque près du col de Légarré au-dessus d'Itxassou, pas loin de la frontière, elle a dû passer dans de grosses flaques de boue, car il avait beaucoup plu la veille. Résultat, son immatriculation était partiellement masquée et Coralie l'a remarqué. Elle l'a interceptée au péage. Trouvant un peu bizarre de voir une femme si élégante dans une voiture boueuse, ils ont fait venir Sniff, leur malinois renifleur de billets, un vrai champion ce chien ! Et c'est comme ça que Coralie l'a serrée. Elle trimballait 200 000 euros en petites coupures, cachées dans un faux réservoir.

— Bon okay, s'impatiente le vieux marin, mais pourquoi tu me racontes tout ça, bordel ?

— Patience, Hubert, patience, je t'explique… Il y a quelques mois, Lady Cash a été filmée côté espagnol par une caméra de surveillance sur le petit port de Pasaia, proche de Saint-Sébastien. Elle se tenait sur un ponton, près d'un homme habillé en noir qui est parti à bord d'un bateau de type go-fast, équipé de moteurs très puissants. Ce jour-là, une grosse tempête arrivait sur la côte et tous les navires sont restés au port. Pourtant, le gars a bien pris la mer au crépuscule. Coralie avait eu un tuyau qu'une quantité d'or allait passer la frontière, et elle soupçonne le go-fast de s'être rendu de nuit en pleine tempête de Pasaia à Capbreton pour y décharger sa marchandise. D'après ce que j'ai compris, il pourrait bien s'agir de Jorris !

— Quoi ?

Hubert est pétrifié.

— Oui, ce gars-là, on l'a vu plusieurs fois se jeter dans des mers déchaînées ou des grosses vagues, puis ressortir intact de l'eau. Il est l'un des seuls capable de mener un go-fast dans la tempête, et d'ailleurs c'est le meilleur moyen de passer inaperçu…

— Mais comment peut-on être sûr que c'est lui ? demande Hubert qui n'ose pas y croire.

— Tout concorde. La dame dit qu'elle a juste échangé quelques mots avec lui et qu'elle ne le connaît pas, mais sa description correspond à ce fameux Jorris de Saintonge, ou de Saint-Ange… On le soupçonne de faux et usage de faux, d'usurpation d'identité, peut-être de complicité de vol, et maintenant de trafic d'or… Il est recherché par la police basque et espagnole, l'Ertzaintza, et crois-moi, ce ne sont pas des rigolos…

Sidéré, Hubert regarde son ami, parvenant à peine à bredouiller sa question tant l'inquiétude grandit en lui :

— Mais est-ce… Est-ce qu'il a du sang sur les mains ?

— Non, non, pas Jorris, répond Benoît. Mais c'est quand même un drôle de gaillard. Il joue avec plusieurs identités et se fait appeler le prince noir par la communauté des surfeurs, mais c'est surtout une tête brûlée… À Seignosse il prétend descendre d'un baron dont la lignée remonterait aux croisades ! Si tu veux mon avis, tout ça c'est de l'esbroufe, il enfume son monde, et je ne crois pas que ce soit une fréquentation idéale pour notre Bérénice. D'autant plus qu'elle est surexposée avec le tournage…

— Putain de bordel !

Hubert tape du poing sur la table à l'idée que sa petite-fille chérie est peut-être entre les mains d'un dangereux criminel poursuivi par toutes les polices !

*

Oui, Jorris a bien piloté le go-fast dans la tempête ce jour-là, mais il l'a fait pour l'or, pas pour l'argent. Il a transporté trois lourdes caisses pleines d'or jusqu'au chantier naval, au fond du port de Capbreton, et n'en a prélevé que trois plaques avant de décharger sa marchandise. Depuis des siècles, l'or ne l'intéresse pas pour sa valeur pécuniaire, mais pour ses propriétés alchimiques. C'est une étape du Grand Œuvre, un pont de lumière vers les forces du cosmos, le symbole d'une quête de la perfection, de la jeunesse éternelle. Jorris en avait toujours besoin pour sa transmutation intérieure, aussi avait-il accepté ce transport dangereux…

Pour l'instant, dans la douceur de sa cabane, Jorris est encore nimbé de ce bonheur improbable qui jaillit en lui telle une fontaine débordante d'amour. Mais derrière ce sentiment merveilleux se cache une ombre qu'il s'efforce d'ignorer, l'ombre d'un sablier qui s'est peut-être mis à couler. Bérénice est là, désormais, cheminant à ses côtés ; la voir à ce point heureuse provoque en lui une plénitude plus puissante que tout l'or du monde. Avec elle, l'éternité, c'est maintenant.

Pourtant, le poison du doute infuse en lui, faisant resurgir le souvenir d'Elvina, si pure et belle qu'il avait cru l'aimer, elle aussi. Il s'était laissé entraîner dans son sillage, suite à cette mésaventure sur le pont d'Hossegor, le jour de l'inauguration. Jorris allait se jeter à l'eau pour ne pas être arrêté par les gendarmes car ses papiers étaient des faux et ils risquaient de l'emprisonner; heureusement, Elvina l'avait tiré d'affaire. Dès la première seconde, elle avait été prête à tout par amour pour lui, un amour fou qui lui avait fait perdre la raison et l'appétit. Elvina ne dormait plus, ne mangeait plus tant elle pensait à Jorris. Mais cette adoration béate était aussi une preuve de faiblesse. C'est en voyant que cette relation mènerait à la catastrophe que Jacquotte avait décidé d'intervenir, et c'est pour protéger la jeune femme qu'elle lui avait révélé cette vérité: « Si tu te donnes à Jorris, tu le condamnes à mort… » Face à cet amour impossible, Elvina avait sombré dans la dépression, allant jusqu'à s'ouvrir les veines pour tenter de mettre fin à ses jours. Devant tant de détresse, son père avait décidé de quitter Hossegor, et on n'avait plus entendu parler d'eux.

Et voilà que, cent ans plus tard, Jorris est à ce point attiré par Bérénice qu'il finit par effectuer le grand saut… Est-ce donc cela, l'amour? Être prêt à donner sa vie pour l'être aimé? Et s'il se trompait, une fois de plus? S'il n'était pas vraiment amoureux? Et si jamais Bérénice, comme Elvina, apprenait le sacrifice que cela représente pour lui, comment réagirait-elle? Risque-t-il de provoquer un nouveau désastre s'il ne l'aime pas suffisamment? Ce serait aussi terrible pour elle que pour lui. Mais comment être sûr de ses sentiments?

— À quoi tu penses? demande Bérénice penchée sur lui.

— À toi! répond-il, vague.

Elle lui sourit, magnifique après l'amour, les cheveux défaits, les joues rouges, les lèvres brillantes, l'œil pétillant :

— Bon, allez, debout ! lance-t-elle avec énergie. J'ai un programme pour toi.

— Pour moi ? demande Jorris, surpris et ravi.

Pendant qu'il se lève, Bérénice continue, d'une voix douce et autoritaire :

— Oui, m'sieur ! Cette fois c'est moi qui dis où l'on va. Allez, on se prépare, et tu feras rugir ta moto...

Jorris est aussi intrigué qu'amusé. Il savoure cette autorité ludique et complice. Aussi décide-t-il de jouer le jeu et tous deux s'équipent, ferment la cabane et enfourchent la moto qui piaffe d'impatience, tel un étalon resté trop longtemps dans son box. Cramponnée à son amant, Bérénice donne ses indications tandis qu'ils roulent en direction de la côte, et plus précisément vers le port de Capbreton.

*

D'un pas vif, Hubert marche le long des quais sans parvenir à se calmer. Il a beau regarder les enseignes des restos qu'il affectionne dans ce quartier, *Goustut*, *Le P'tit Pêcheur*, *La Petite Table*, *Le Régalty*, rien n'y fait, il a toujours une barre au ventre. Dans sa tête, ses pensées se bousculent ; tout semble aller trop vite avec Bérénice. À présent que leurs destins sont liés, il tremble à l'idée qu'il puisse lui arriver quelque chose. Elle subit tellement de pression avec ce tournage, auquel s'ajoute cette soudaine liaison avec un homme pour le moins borderline… Au club-house, Benoît n'a fait qu'attiser son inquiétude. Avec un CV pareil, le fameux Jorris dont s'est entichée sa petite-fille est potentiellement dangereux. À cela s'ajoutent les allégations de Jacquotte… Et voilà qu'en plus, Zack découvre des runes dans la crypte, un point nautique indiqué par les Vikings qui correspondrait aux roches du Doigt Mordu… Roches qui semblent menacées d'un jour à l'autre par des glissements de terrain, comme l'a confirmé Nico ! C'est pourquoi il faudrait y plonger de toute urgence avant l'arrivée du mauvais temps… Hubert se passe les mains dans les cheveux avec un sentiment de ras-le-bol : *N'en jetez plus, la coupe est pleine !* songe-t-il en serrant les mâchoires.

Au moment où il s'approche du ponton, la tête en ébullition, une grosse moto noire s'arrête devant lui avec deux passagers. Tandis qu'ils retirent leurs casques, Hubert se fige sur place. Jorris et Bérénice le regardent en souriant :

— Grand-père, je voulais absolument que tu rencontres mon ami Jorris. Lui aussi est un homme de la mer.

Stupéfait, incapable de répondre, Hubert n'en finit pas de dévisager Jorris, qui le regarde en retour, impassible mais bienveillant. Difficile de se faire une opinion sur un visage aussi lisse. Ils se saluent poliment et Hubert sort son badge pour ouvrir le portillon métallique donnant accès au ponton. Ne sachant plus comment réagir, le vieux marin leur propose de le suivre jusqu'au voilier.

Une fois dans le carré de *L'Archimède*, Bérénice présente Jorris à Zack et Maeva comme un spécialiste de la mer. Nico et lui se connaissent de vue et se saluent en souriant. Sur la table, les cartes bathymétriques se sont couvertes d'annotations et de post-its. Hubert pose sa main sur l'épaule de Bérénice :

— Alors on vous met dans la confidence…

En quelques mots, il leur explique la découverte de Zack et l'urgence de la situation. Jorris est très attentif, fasciné par ces déclarations et les cartes, il finit par lâcher :

— Oui, je connais ces roches, j'y ai déjà plongé.

Nico, qui passe une bonne partie de son temps sur l'eau ou sous l'eau, pour le plaisir, pour des sauvetages ou pour la science, connaît les capacités hors-norme de Jorris. Il l'a vu à l'œuvre aussi bien dans les plus grosses vagues qu'en apnée profonde. Aussi se tourne-t-il vers lui :

— Ah, ben alors tu tombes bien, Jorris, j'étais justement en train d'expliquer à Zack et Maeva que j'allais avoir besoin d'un plongeur en binôme !

— L'homme providentiel… souffle Hubert de façon quasi inaudible.

17

UNE ÉTINCELLE DANS LE BLEU

L'eau du port est calme et les mâts des bateaux se balancent doucement, mais Jacquotte est soucieuse car il règne une agitation bizarre dans l'air. Hubert multiplie les préparatifs autour du bateau, mais il ne lui a rien dit. Depuis l'apparition de Jorris, il semble inquiet pour Bérénice. Un grand-père ne devrait pas se mêler d'une histoire d'amour concernant sa petite-fille... Bérénice n'est pas Elvina, et si elle est assez grande pour gérer un tournage de film, elle saura bien quoi faire face à Jorris. Et surtout, elle ignore qu'après plus de 700 ans d'existence sur cette Terre, il a décidé de devenir un simple mortel par amour pour elle ! Jacquotte ne peut s'empêcher d'en ressentir une forte jalousie, ce qui est absurde, vu qu'elle n'est elle-même qu'une chimère...

— Tu m'expliques pourquoi on traîne toute la journée au port ? demande La Nèhe en râlant. J'irais bien faire un petit tour dans les barthes, moi, ou même rendre visite à sainte Rita dans la chapelle...

— Arrête un peu de couiner, La Nèhe, si ça t'amuse, va te balader chez tes copains les moustiques, moi je reste ici. D'ailleurs ça sent bon... Une odeur de tête de seiche...

Les deux commères flottent dans l'air le long des quais, en se chamaillant à tout bout de champ.

— Ça vient de chez l'ami Goustut, rétorque La Nèhe en s'approchant du restaurant, il fait des saumures bizarres et des fermentations avec des abats de poisson ou des champignons venus d'Asie… Je l'ai croisé parfois du côté des barthes, quand il vient récolter de l'ail des ours…

Jacquotte ne l'écoute plus car elle distingue un mât en bois familier qui se déplace dans la forêt des voiliers :

— Mais qu'est-ce qu'il fait ?

Sans attendre, elle traverse le bassin pour s'approcher du bateau. C'est bien *L'Archimède* qui progresse à petite vitesse vers la sortie. Plusieurs personnes se trouvent à bord ; Hubert tient la barre. Jacquotte n'en revient pas. La Nèhe la rejoint et ricane, telle une mouette moqueuse :

— Tiens donc, il se fait la malle, ton chéri ?

— Mais non, il emmène sûrement des amis à la pêche ou en promenade !

Mais Jacquotte n'est pas au bout de ses surprises. Elle survole le voilier en observant chaque personne qui accompagne Hubert. Il y a Nico, le plongeur, puis Zack, sorti de sa crypte pour recevoir une jeune étudiante tahitienne, Maeva. Mais il y a également deux autres personnes installées à l'avant du voilier comme des vigies. Bérénice, ses flamboyants cheveux roux au vent et près d'elle… Jorris ! Ainsi, Hubert emmène Jorris en mer sans qu'elle le sache ! Une colère noire monte en Jacquotte.

*

Le voilier longe la digue Nord et s'engage dans la passe, à peine agitée par une légère houle. L'étrave de *L'Archimède* fend la surface aussi lisse que du velours, propulsée par son moteur en l'absence de vent. Les conditions semblent idéales pour plonger. L'objectif est simple : aller à la verticale des roches du Doigt Mordu, situées à neuf kilomètres du port par soixante-dix mètres de fond, sur la rive sud du canyon.

Pendant que *L'Archimède* fait route vers sa mystérieuse destination, un bon déjeuner se prépare pour leur retour au Doigt Mordu. Jo, Rodrigo et Wendy forment un trio de choc en cuisine et passent leur temps à rigoler. Depuis son voyage du Canada, Wendy est devenue non seulement plus cool, mais aussi plus rieuse. De leur côté, Thomas et sa sœur Louise sont allés faire de grandes courses chez les producteurs bio du coin, à Angresse et Saubion, pendant qu'Octavio s'occupe de son fils Antonin, qui commence à trotter.

À l'avant du bateau, Jorris et Bérénice semblent hypnotisés par l'eau qui défile en scintillant. Leur amour tout neuf les soude. Jorris a déjà revêtu sa combinaison de plongée. Il passe son bras autour des épaules de Bérénice et se tourne vers elle :

— Être là, avec toi, c'est presque irréel. C'est un peu chez moi, ici, tu sais… Ça peut te paraître bizarre, mais je plonge dans ces eaux depuis longtemps et je sais exactement ce qui se trouve sous la coque en ce moment même…

— C'est vrai ? demande-t-elle, émerveillée.

— Oui. Là, nous devons nous trouver à la hauteur du lieu-dit les roches du Champ de Talère ; à cet endroit précis, le canyon tourne avec un méandre très serré…

Bérénice se laisse aller contre son amant, bercée par sa voix grave et rassurante. Elle n'a jamais ressenti un tel bonheur. Et elle voudrait que ça dure longtemps, très longtemps…

— Avec toi, dit-elle, où que j'aille, j'ai l'impression de voyager !

— La vie n'est qu'un long voyage, ma bien-aimée…

— C'est drôle, par moments on dirait que tu parles comme un seigneur des temps anciens, lance Bérénice en le taquinant.

Jorris fait semblant de rire et l'embrasse. Cette remarque le ramène à son éventuelle mortalité. L'amour qu'il ressent est-il suffisamment fort pour qu'il ne soit déjà plus immortel ? Le voilier ralentit sa course. Derrière eux, la côte de sable n'est plus qu'un trait fin à peine visible. Au sud, le piémont pyrénéen est un géant endormi dans la brume. Nico vérifie la position sur le sondeur en bavardant avec Hubert. Dans le cockpit, Maeva est très à l'aise, car c'est une fille des îles, tandis que Zack essaie de faire bonne figure malgré le mal de mer qui l'envahit. Il règne une ambiance quasi militaire à bord pendant que Nico prépare le matériel de plongée. Moteur coupé, le bateau glisse sur son erre jusqu'à s'arrêter complètement.

Hubert laisse filer une ancre et son filin jusqu'au fond, avec une grosse bouée orange en surface, pour visualiser le lieu de la plongée. Zack filme la scène à l'aide d'une GoPro au bout d'une perche, tandis que Maeva utilise son smartphone pour immortaliser ces moments. Nico et Jorris s'équipent ensemble, tels deux professionnels aguerris. Ils installent leurs bouteilles, vérifient leur équipement et Nico rappelle quelques consignes à son nouveau binôme. Jorris hoche la tête en écoutant les instructions, mais il paraît renfermé. Combinaison, palmes, ceinture de plomb, montre-ordinateur de plongée, masque, bouteilles, détendeur, tout est en place. Nico lui montre la carte des fonds, explique comment il voit le déroulement ainsi que la gestion du temps dont ils disposent, en incluant les paliers de décompression pour remonter. Jorris fait mine d'écouter, mais il est en pleine tempête intérieure. D'un côté, il perçoit l'anxiété grandissante sur le visage de Bérénice ; de l'autre, il veut profiter de cette plongée pour en avoir le cœur net. Est-il encore immortel, oui ou non ?

L'idée est de descendre directement sur les roches avant de s'approcher du bord du canyon. À l'arrière de *L'Archimède*, une échelle métallique facilite la mise à l'eau. Nico descend le premier, fait son canard et disparaît sous la surface. Jorris s'apprête à le suivre, mais à peine a-t-il posé un pied sur l'échelle qu'il défait les sangles de ses bouteilles de plongée pour les retirer de ses épaules et les déposer, avec le détendeur, dans le cockpit. À bord, Hubert, Bérénice, Zack et Maeva le regardent, ébahis. Bérénice va lui crier quelque chose lorsque Jorris la fixe intensément derrière son masque, puis il se tourne vers l'Océan, plonge à la verticale et disparaît à son tour, sans la moindre éclaboussure…

*

Depuis qu'il a connu l'amour avec Bérénice, Jorris est torturé par le doute. Oui, il se sent des ailes, il pense à elle jour et nuit, rêve de passer son temps à ses côtés, oui, ce qu'il a vécu avec elle est la plus belle chose qui lui soit jamais arrivée, mais… Mais est-ce bien cela, le grand amour ? Un amour si fort qu'il peut l'amener à mourir ?

Heureusement, comme toujours lorsqu'il est sous l'eau, Jorris s'apaise et ses craintes se dissolvent. Son organisme se synchronise avec le grand calme du monde sous-marin. Quelques mètres plus bas, au bout d'une longue spirale de bulles argentées, Nico palme à la verticale du filin, en braquant son puissant projecteur vers le fond. Habitué aux longues apnées, Jorris suit sans peine en palmant, entraîné par le poids de sa ceinture de plomb. Ce plomb que les alchimistes transforment en or… Cette alchimie qui a rendu possible sa longévité. Vivre sans aimer ? Vivre sans mourir ? Est-ce le prix à payer ? Lorsque le sel de la vie se dilue dans l'océan de l'éternité, plus rien n'a de saveur…

Ainsi Jorris est-il en train de plonger vers ces mystérieuses roches pendant que son esprit vogue ailleurs ; il ne souffre ni de la pression, ni du manque d'oxygène. Nico lui fait signe pour lui montrer le contour des premières roches dans le faisceau de sa lampe, sans remarquer que Jorris ne porte plus ses bouteilles. Maintenant qu'ils s'approchent de leur objectif, les deux plongeurs distinguent des fumerolles qui s'élèvent du sol, telles des colonnes de fumée !

Vus d'en haut, on pourrait imaginer que ces empilements de roches forment un ensemble de constructions d'où s'élèvent des panaches rappelant les fumées de plusieurs feux de camp. Un village sous la mer… Jorris sait que vingt mille ans plus tôt, lorsque le niveau de l'Océan se situait cent-vingt mètres plus bas, cet endroit était à sec, et qu'il a très bien pu abriter des tribus venues du nord de l'Europe pour fuir la glaciation…

Intrigué par ces fumerolles qu'il n'a jamais vues, Nico nage dans leur direction vers le bord du canyon, suivi de Jorris qui ondule en dauphin, palmes groupées. Alors qu'ils s'approchent de la rive du Gouf, Nico s'arrête pour observer quelque chose plus bas, sur le fond. Il ne s'agit ni de fumerolles, ni de remontées gazeuses : les endroits d'où s'élèvent ces panaches correspondent à des crevasses en train de se former, comme si tout un pan de falaise se fendait, risquant de se détacher à tout moment ! Nico se tourne vers Jorris pour lui montrer le phénomène et lui faire comprendre que c'est extrêmement dangereux, lorsqu'il constate, effaré, qu'il ne porte plus ni bouteilles ni détendeur, par plus de soixante mètres de fond… Sidéré, Nico fait alors de grands gestes pour demander ce qui se passe et l'inciter à remonter au plus vite. Serein, Jorris lève les deux pouces pour montrer que tout va bien, mais un puissant grondement les surprend.

Le bord du canyon est sur le point de céder, les crevasses s'agrandissent à vue d'œil et des pans entiers se détachent de la paroi ! Une avalanche majeure va se produire, mais les deux plongeurs ne peuvent détourner le regard du spectacle qui se déroule plus bas. Les roches du Doigt Mordu sont ébranlées, elles se fendent, puis se disloquent avant de tomber au ralenti. Nico braque son projecteur. La vision est irréelle, d'autant que les roches qui basculent vers le fond du canyon révèlent quelque chose d'ahurissant…

En effet, dans cet éboulement qui soulève des nuages de sédiments, Jorris voit émerger des formes géométriques, des structures en ruine qui basculent à leur tour vers le fond. Les yeux écarquillés derrière son masque, il distingue des mégalithes, des pierres taillées évoquant des dolmens ou des menhirs, qui tombent et roulent vers les profondeurs. Un grondement sourd leur parvient, signe qu'un phénomène majeur se produit. Jorris croit même apercevoir deux statues primitives qui dégringolent ensemble dans les ténèbres abyssales, ultimes traces d'une civilisation du Paléolithique dont les tribus auraient vécu ici même, au bord du canyon…

Le grondement de l'avalanche s'amplifie et presse sur leurs oreilles jusqu'à faire mal aux tympans… D'un coup, le nuage de sédiments enfle démesurément et monte vers eux à l'accéléré. L'onde de choc les frappe de plein fouet. Un énorme glissement de terrain est en train de se produire sur la rive sud du canyon, emportant avec lui des millions de mètres cubes de matériaux. L'onde sous-marine qui s'ensuit est si puissante que Jorris se retrouve propulsé vers la surface, tournoyant en tous sens comme dans une vague géante, ne sachant plus s'il rêve ou s'il est en train de sombrer… Mais vu qu'il ne ressent ni peur ni douleur, il en conclut qu'il est toujours immortel. Quelle déception ! Tout cela n'aurait donc servi à rien ? Une jeune femme va encore souffrir à cause de lui ? Et lui va juste la regarder vieillir, puis mourir… Et Jorris se retrouvera plus seul que jamais…

Emporté par les flots, persuadé de n'avoir rien à craindre, Jorris perd la notion du temps. En réalité, il est sur le point de se dissoudre à tout jamais, au bord de la syncope, à court d'oxygène, aveuglé par sa conviction d'être immortel… Dans ce maelstrom, il aperçoit soudain une bulle ! Une bulle argentée qui danse devant lui, une perle dans le chaos… « *Réveille-toi !* » Jorris n'entend qu'un écho lointain. Il est sur le point de sombrer dans un profond sommeil. Qu'importe, puisqu'il finira toujours par se réveiller, encore et encore…

« *Réveille-toi, Jorris! Ce n'est pas le sommeil qui arrive... C'est la mort! Bouge, Jorris, bouge! Tu es en train de te noyer, tu comprends? De te noyer! Bouge, nage! Dépêche-toi, tu n'es plus immortel! Tu manques d'air, tu étouffes... Tu vas sombrer! Et ce n'est vraiment pas le moment de mourir...* »

Cette dernière phrase résonne dans sa tête comme un avertissement. Il croit alors entendre la voix de Bérénice qui l'appelle depuis la surface... Jorris comprend que la bulle d'espoir, c'est Jacquotte! Elle est venue jusqu'à lui pour le sauver, tout comme Jorris l'avait sauvée de la mort rouge, plus de deux siècles auparavant. *Jacquotte est venue me sauver... Alors ça veut dire que je peux mourir!* Vite, remonter à la surface, retrouver Bérénice!

*

Lorsqu'enfin, à trois secondes de la syncope, Jorris perce la surface de l'Océan et qu'il respire un grand coup, c'est comme s'il naissait une deuxième et dernière fois. Ébloui par le ciel et cette bouffée d'oxygène, il comprend qu'il a failli mourir. C'est à la fois terrible et merveilleux. Grâce à Bérénice, il a franchi la barrière interdite de l'amour qui le fait accéder au monde des vivants, c'est-à-dire au monde des mortels.

Il remonte à bord, sous les yeux inquiets d'Hubert, Zack et Maeva. Bérénice l'accueille et le prend dans ses bras, encore livide d'inquiétude:

— J'ai eu tellement peur, Jorris! Tellement peur! On a vu cet énorme nuage noir monter des profondeurs et envahir la surface... Et puis juste après, il y a eu un gros mouvement de houle et *L'Archimède* a roulé bord sur bord… Grand-père a tout de suite compris ce qui se passait en dessous. Vous auriez pu être emportés… Heureusement, vous êtes là tous les deux !

Nico nageait en surface, non loin du bateau, prêt à intervenir pour secourir Jorris. À son tour il remonte à bord, sonné par ce qui vient d'arriver, et se débarrasse de son équipement :

— Là, franchement, on a bien failli y passer. Surtout toi, Jorris, mais qu'est-ce qui t'a pris de laisser tes bouteilles sur le bateau ?

— Je… je voulais me tester, bredouille Jorris. Je reconnais que c'était complètement stupide et dangereux. Excuse-moi, Nico. Mais j'ai compris la leçon, une fois pour toutes. C'était nécessaire. Je ne serai plus jamais le même homme, désormais !

En disant cela, il regarde amoureusement Bérénice.

Hubert est encore secoué ; on a frôlé la catastrophe. Voyant que les plongeurs se ressaisissent, il demande :

— Mais qu'est-ce qui s'est passé au fond ? D'un seul coup, l'eau s'est remplie d'un immense nuage marron. On aurait dit le Mordor…

— C'est un peu ça, souffle Nico. Il y a eu un gros glissement de terrain. Des pans entiers de la paroi se sont détachés sous nos yeux pour former une avalanche dans le canyon… L'onde de choc nous a projetés dans tous les sens. On a de la chance d'être encore en vie !

Jorris ne dit rien, chamboulé à l'idée qu'il a failli mourir ! Sans l'intervention de Jacquotte, il aurait disparu avant même d'avoir vécu sa vie de mortel ! Jorris n'est plus le maître du temps. Vertige. Combien d'années lui faudra-t-il pour s'adapter ? Combien de temps lui reste-t-il à vivre ?

— Promets-moi de ne plus jamais me faire peur comme ça ! chuchote-t-elle.

— Je te le jure, mon amour.

Sans perdre de temps, Hubert redémarre le moteur, remonte l'ancre et met le cap sur le port. Le retour se déroule dans une ambiance étrange. Personne ne parle. Jorris ne fait pas allusion à ce qu'il a vu : ces pierres taillées, sculptées, façonnées de main humaine, qui ont basculé dans le vide… Il ignore si Nico les a vues aussi. Jorris se serre contre Bérénice, savourant cet instant avec une jouissance inconnue. Savourer l'instant, encore quelque chose de nouveau à découvrir…

18

LES AMANTS DU CANAL

Bien de l'eau a coulé sous le pont d'Hossegor au gré des marées, marquant les heures, les jours, les saisons… En ce début de printemps, un événement prestigieux illumine la station. Le film de Rufus Andersen et Bérénice Conti, *Les Amants du canal*, va sortir sur les écrans, mais le réalisateur a tenu à organiser son avant-première à Hossegor, de façon à remercier ceux qui ont aidé à sa réalisation. En plein centre-ville, entre le légendaire *Café de Paris* et la Poste, se trouve le cinéma *Rex*, une ancienne salle des fêtes des années 1930 avec son architecture basco-landaise typique, colombages sur la façade et toit triangulaire. Le soir tombe et la ville bruisse de rumeurs car on annonce la venue de plusieurs célébrités qui ont attiré les médias qui, à leur tour, n'ont pas manqué d'attirer l'attention de nombreux badauds.

L'entrée du cinéma est sécurisée, tapis rouge, barrières, gros bras, et il faut montrer patte blanche à deux reprises avant de gravir les marches du *Rex*. Quelques gendarmes s'assurent que tout va bien, lorgnant eux aussi sur les stars qui entrent en priorité, sous les feux des flashs et les cris des fans, comme Julius et Astrid, arrivés ensemble dans la même limousine. Parmi les invités triés sur le volet, on reconnaît les proches de Bérénice, la petite tribu du Doigt Mordu, sauf Maïté qui a proposé de garder Antonin pendant le film. Elle déteste ce genre de pince-fesses snob où l'on risquerait de se moquer d'elle, et d'ailleurs elle a invité Pauline à partager son confit de canard en compagnie du petit. Curieusement, une réelle amitié s'est nouée entre ces deux femmes suite à leur rencontre, et en plus, Antonin adore Pauline !

Au premier rang, tout à fait sur la droite, sont discrètement installés Bérénice et Jorris, qu'on appelle désormais les inséparables. Près d'eux, leurs proches, Hubert et Benoît, Louise et Octavio, Thomas et Wendy, Zack et Maeva, Jo et Rodrigo… Non loin, discrets dans leur veste de daim, les deux chasseurs de sons sous-marins ont aussi été conviés. Le cinéma se remplit de gens du coin et de célébrités, comédiens, journalistes, sportifs, élus. Perchées dans les cintres, Jacquotte et La Nèhe observent le public tels deux *snipers* en quête d'une cible.

Une fois la salle pleine, Rufus s'avance sur scène pour expliquer comment il en est venu à réaliser ce film sur Hossegor, lui un homme de la Baltique. Tout a commencé deux ans plus tôt par sa rencontre avec Bérénice Conti, alors étudiante dans une école de cinéma à Paris. Elle avait postulé pour un stage avec lui. Bluffé par ses vidéos et son court-métrage, Rufus l'avait choisie. Plus tard, lorsque Bérénice avait découvert la crypte et le bateau-tombe au Doigt Mordu, le réalisateur danois avait été l'un des premiers à y pénétrer. Et c'est à cette occasion qu'il avait reconnu, sur la dépouille du guerrier viking, le symbole en spirale qu'arborait son grand-père danois ! Il se tourne alors vers Bérénice et la désigne au public :

— C'est grâce à Bérénice Conti que j'ai écrit *Les Amants du canal*, évoquant la création d'Hossegor, avec l'influence des Vikings, mais aussi celle de l'impératrice Eugénie, une femme visionnaire… Il m'a donc paru naturel que mademoiselle Conti soit coréalisatrice, et je crois pouvoir affirmer que son talent rayonne à travers tout le film. Elle a réussi l'impossible, en particulier avec Julius et ma chère fille, Astrid…

Quelques rires polis parcourent les rangs, car leur idylle n'a plus rien de secret. Astrid lance une remarque, sans doute acide, à l'intention de son père, mais ses mots se perdent dans le brouhaha. La salle applaudit chaleureusement, tandis que Bérénice se lève, fière et intimidée. Elle salue le public, puis Rufus, et se rassied bien vite auprès de son compagnon, son chevalier, son protecteur, son ange gardien. Elle se sent si bien, si protégée près de cet homme qui ne cherche jamais à se mettre en lumière, mais fait tout pour qu'on admire Bérénice à sa juste valeur. Plus il se sent mortel, plus Jorris est amoureux d'elle.

*

L'émotion grandit dès que la salle est plongée dans l'obscurité et que le film commence. Sur l'écran, le public découvre Jenny, la jeune orpheline rouquine, suivante de l'impératrice Eugénie, leur promenade sur la colline surplombant l'étang et le moment où elle dessine le paysage, jusqu'au coup de gomme imaginé par Eugénie, montrant pour la première fois la possibilité d'un canal entre Hossegor et Capbreton… Ce dessin devient le trait d'union reliant Antoine à Jenny. Il marque le début de leur idylle, une histoire d'amour aussi compliquée que le creusement du canal… En effet, comme le montre le film, il fallut plus de sept ans à des centaines d'hommes pour le concrétiser. Sur le papier, cela paraissait simple, comme l'avaient estimé les ingénieurs de l'empereur, mais les aléas furent si nombreux que ce chantier devint un véritable travail de Sisyphe, inlassablement recommencé au fil des ans.

Antoine est injustement tenu pour responsable de ces retards, et sa crédibilité est en jeu. On ne lui pardonne pas d'avoir dédaigné une marquise pour s'éprendre d'une vulgaire suivante, et rien ne leur est épargné. Jenny elle-même subit moqueries et humiliations des femmes de la Cour. Au bout de sept années de travaux interminables, le canal fait l'effet d'un serpent de mer dont tout le monde parle, mais que personne ne verra jamais…

Séparés à plusieurs reprises par la guerre, ainsi que par les déplacements de la Cour, Antoine et Jenny finissent par croire que leur amour n'aboutira jamais tant les obstacles s'accumulent. Antoine a réussi à se faire nommer sur place pour achever les travaux, et Jenny a obtenu de résider une partie de l'année à la villa Eugénie, soi-disant pour des raisons de santé. Antoine lui commande des dessins techniques et des plans pour la voir le plus souvent possible. Mais tout a une fin ; au printemps 1876, les travaux semblent proches du dénouement. Des batardeaux, barrages de terre et de bois, contiennent l'eau de l'étang en amont, et celle de l'Océan en aval. Entre les deux, une longue tranchée a été creusée de main d'homme, et des chemins de planches ont été aménagés pour le passage des ouvriers et des brouettes. Encore quelques semaines et l'on pourra ouvrir ce canal si controversé. À condition que la pluie et la tempête se calment…

En ce jour de mars 1876, Antoine et Jenny se retrouvent enfin seuls, la nuit, dans la cabane de chantier qui, à leurs yeux, se transforme en un palais abritant leur amour. Dehors, le vent souffle en furie. Antoine prie pour que cesse la pluie torrentielle, car les ruissellements entraînent des coulées de sable, détruisant au fur et à mesure le travail des jours précédents. Mais ce soir, Antoine tient Jenny dans ses bras et la Terre peut bien s'arrêter de tourner ! Tous deux rient et s'enlacent, se tutoient et se vouvoient, se cherchent et s'échappent, se goûtent et s'amusent. L'ivresse d'être enfin seuls, la nuit, les emporte dans une valse endiablée, renforcée par les hurlements du vent…

Dans la salle, on sent monter l'émotion. Bérénice se crispe dans son fauteuil, car vient maintenant la scène entre Julius et Astrid qui lui a donné tant de soucis, mais qui l'a finalement poussée elle-même à trouver l'amour ! Elle n'en appréhende pas moins les réactions du public. Rufus lui avait bien dit : « Entre le sublime et le ridicule, il n'y a que l'épaisseur d'une feuille de papier à cigarettes… »

Dans la pénombre de la cabane, les visages des amants sont des paysages. Une joue devient une dune, et un œil un lever de soleil… C'est la première fois qu'ils peuvent s'aimer librement et leur amour, si longtemps retenu, s'exprime dans leur moindre geste, tandis qu'au-dehors la tempête gronde. Le vent se mue en mélopée qui les guide dans leur danse nuptiale. Aucune autre musique n'accompagne les images de leurs caresses, de leurs baisers. On pourrait croire à une scène d'amour classique, les mains se cherchent, les lèvres se soudent… Mais très vite quelque chose dérape, qui ne semble pas prévu au scénario, comme un passage joué avec une certaine maladresse, qu'on aurait oublié de couper au montage. Milo, le chef opérateur, a trouvé la bonne ambiance, jouant en maître avec l'ombre et la lumière, plus suggestive que démonstrative. Il a filmé en plans serrés les visages, les yeux, la bouche, les lèvres, les dents, les langues, la salive, les mains, les doigts, la peau, la sueur… Peu à peu, le spectateur se demande si les deux comédiens se sont laissé emporter par leur passion dans le feu de l'action, oubliant qu'il s'agit d'un film. Des mouvements saccadés, maladroits trahissent leur désir, jusqu'au point culminant où toute retenue cède, et soudain ce ne sont plus Antoine et Jenny qui font l'amour devant la caméra, mais Julius et Astrid… Leurs expressions ne trompent pas, leurs visages sont déformés par le plaisir, regards soudés et bouches grimaçantes, comme s'ils n'en revenaient pas eux-mêmes de ce qui leur arrive. C'est un moment de vérité, de cinéma. La jeune Jenny peut enfin se donner à l'homme qu'elle aime plus que tout, et Antoine échappe au carcan de sa famille en prenant la liberté d'aimer cette femme-là, et pas une autre. Ni indécence, ni obscénité dans ces images, rien que la vérité toute nue.

L'émotion parcourt la salle. Certains spectateurs retiennent leur souffle, d'autres, au contraire, respirent plus fort, et il en est qui ricanent ou chuchotent pour évacuer leur gêne. Blottie dans son fauteuil contre Jorris, Bérénice frissonne. L'histoire d'Hossegor, c'est aussi leur histoire à eux, et ce canal en est le symbole vivant. Vient la dernière partie du film qui va bluffer les spectateurs, avec d'incroyables images numériques de la tempête et de la vague géante, plus vraie que nature, qui changea le cours de l'histoire en cette nuit de 1876...

Comme si les forces de l'amour se répercutaient jusque dans le ciel, le vent forcit et une masse sombre envahit la voûte étoilée, tel un ogre affamé qui engloutit tout sur son passage. Pendant qu'Antoine et Jenny se donnent l'un à l'autre, la tempête soulève une mer déchaînée. Les vagues forment des montagnes, d'abord noires, puis blanches, qui rugissent en se lançant à l'assaut des côtes. Tout à leur amour, les deux amants ne se doutent pas du danger qui s'approche au galop. Au cours de cette nuit terrible, neuf bateaux font naufrage et des milliers d'arbres sont arrachés, emportés par les flots. Protégée des rafales par les remblais du canal, hors du temps et du monde, la cabane en rondins abrite les deux amants sous son aile, pendant qu'opère la magie de l'amour, qui fait d'une étreinte une éternité.

Non loin, en mer, la vague errante, bien plus monstrueuse que les autres, puise sa force colossale dans les profondeurs du canyon. À l'approche du rivage, cette masse surdimensionnée se met à déferler avec la puissance d'un raz-de-marée, tel un mur que rien ne peut arrêter. Lorsque cette vague percute l'estacade de Capbreton, les poutres volent comme des allumettes, puis elle s'engouffre avec une violence inouïe dans le chenal du Boucarot. Dans le port, elle déborde sur les quais, puis renverse les bateaux au mouillage, avant d'aller exploser contre le premier batardeau. Avec la puissance de cent canons, ce barrage pourtant bien construit vole en éclats. L'eau froide et salée de l'Atlantique jaillit dans le chantier du canal, que la vague remonte en pulvérisant tout ce qu'elle touche. Lorsqu'elle déferle dans l'étang d'Hossegor, elle achève en un clin d'œil ce que les hommes n'avaient su finir en sept années. Les vagues de l'Océan envahissent les eaux douces de l'étang qui se mettent à onduler, à écumer, tandis que le niveau monte brutalement, jusqu'à submerger ses rives… Puis la vague reflue de la terre vers la mer, emportant tout dans son sillage, végétation, arbres, constructions, animaux…

Le lendemain matin, la tempête passée, une foule stupéfaite se presse le long du canal enfin ouvert, avec ses eaux agitées où flottent de nombreux débris, des arbres et quelques moutons morts. Ainsi, le rêve d'Eugénie est devenu réalité. L'étang est un lac marin, une lagune d'eau de mer qui se vide et se remplit au rythme des marées. Mais le canal n'est encore qu'un lit de sable instable, dont les rives sont dévorées par les flots. Tant qu'un pont ne sera pas construit, on ne pourra le traverser qu'en barque.

Les abords du canal et du lac ont été ravagés ; de nombreux arbres déracinés flottent sur l'eau ou encombrent les berges, mêlés aux débris du chantier. Parmi les restes de la cabane, on a retrouvé des effets ayant appartenu à Antoine et Jenny, et il a bien fallu se rendre à cette triste évidence : tous deux avaient disparu pendant la catastrophe…

L'histoire tragique des amants du canal fait partie des légendes folkloriques qu'on se racontait dans les familles. En réalité, peu de temps après ce raz-de-marée, dans la confusion générale, personne n'avait remarqué un carrosse noir tiré par deux chevaux blancs, filant vers le sud, vers l'Espagne toute proche… Ainsi, personne ne sut jamais que les amants du canal, profitant du chaos de l'après-tempête, s'étaient enfuis au loin, là où ils pourraient vivre leur amour au grand jour…

*

À la fin du film, les applaudissements pleuvent sur Rufus et Bérénice, debout au premier rang. Prise d'une folle impulsion, Bérénice se tourne vers Jorris et l'embrasse devant tout le monde. Les applaudissements redoublent. Inspirés par cet élan romantique, les deux stars du film, Astrid et Julius, s'embrassent à leur tour pour montrer leur amour au monde entier, ce qui fait croître l'éclat des flashs et les applaudissements... Étourdie par ce moment de joie, de gloire et d'amour, Bérénice est sortie en même temps qu'Hubert, avant la foule, car elle a besoin de prendre l'air, et surtout elle voudrait savoir ce que son grand-père pense du film. Ils marchent dans la fraîcheur du soir; le vieux marin semble illuminé:

— Quel beau film ! J'en suis tout retourné ! Maintenant je sais avec certitude que tu es une vraie artiste, et je suis drôlement fier de toi ! Désormais, si on me demande qui je suis, je pourrai répondre: « Je suis le grand-père de Bérénice Conti ! »

Tous deux se mettent à rire, heureux de marcher ensemble vers le canal. C'est une soirée lumineuse avec un ciel sans nuages. Hubert hoche la tête, encore plongé dans les images du film:

— Tu sais, après ça, je ne verrai plus jamais Hossegor de la même façon. J'ignorais que les travaux du canal avaient été achevés par l'irruption d'un raz-de-marée...

— Oui, répond Bérénice, c'est même attesté par des écrivains ayant vécu ici, comme Paul Margueritte, mais aussi le marquis de Folin, l'océanographe qui fut l'un des découvreurs du Gouf !

Ils rient, devisent et marchent jusqu'au pont d'Hossegor. D'un côté le lac marin, de l'autre le canal et le port de Capbreton.

— Tu te rends compte, grand-père, qu'il aura fallu cinquante-cinq années entre le début du chantier et l'existence d'un vrai pont ! Toute une vie, quoi…

Appuyés à la rambarde, ils contemplent la marée qui s'écoule entre les piles du pont vers l'Océan, un spectacle hypnotique :

— Il aura fallu beaucoup de ténacité… souffle Hubert.

— Et surtout d'amour, ajoute Bérénice.

— Oui, surtout d'amour. C'est lui qui nous propulse, qui nous révèle, qui nous rend invincibles. On peut tout par amour, pas vrai, Bérénice ?

Hubert la regarde avec tendresse. Il sait qu'elle a trouvé l'amour de sa vie. À ce moment, un bruit étrange provient du ciel, comme des grincements, des gloussements, des caquètements. Tous deux lèvent la tête et découvrent le spectacle émouvant des oies sauvages qui volent en formation, lors de leur migration vers le nord, sans jamais cesser de communiquer entre elles. Souriante, Bérénice se tourne vers son grand-père :

— Oui, grand-père, tu as raison, on peut tout par amour… Et moi, je ne suis plus une oie blanche !

FIN

DU MÊME AUTEUR,
HUGO VERLOMME

Cowabunga ! Surf Saga, Le Chêne, 1976

Détour (récit), Le Dernier Terrain Vague, 1976

Mermere (roman), JC Lattès (prix Fiction), 1978, 1989

Larima Baie (roman), JC Lattès, 1985

Les Enfants du Capitaine Nemo (avec Jacques Rougerie), Arthaud, 1986

Fous de glisse (coauteur Alexandre Hurel), Albin Michel, 1990

Le Manuel du jeune Robinson (jeunesse, 4 vol.), Fleurus, 1992

L'Homme des vagues (roman), Gallimard Jeunesse, 1992
(Prix Versele, prix Pithiviers, prix Saint-Exupéry,
prix de la Ville de Marseille)

Le Guide des voyages en cargo, JC Lattès, 1993, 1995, 1996, 1998, 2000

Les Indiens de la Ville Lumière (roman), Gallimard Jeunesse, 1995

Cent pages de vagues (anthologie), Pimientos, 2001

Le Livre des dauphins et des baleines
(coauteur Brigitte Sifaoui), Albin Michel, 2001

Bodysurf, Aux origines du surf (album)
(coauteur Laurent Masurel), Atlantica, 2002

Sables, Les Enfants perdus de Mermere (roman), JC Lattès, 2003

L'Eau est là, (roman), JC Lattès, 2005,
(Grand Prix de la Mer Adelf, Prix Corail du Livre, Antibes)

Le Guide des voyages en cargos et small ships, Les Équateurs, 2006

Coups de folie en mer, Histoires extraordinaires (essai) Arthaud, 2006

La Guerre du pochon, Paradoxes pour un écocitoyen (essai)
Éditions Yago, 2006

Les Sept couleurs de Monsieur Gris (roman), Éditions Yago, 2008

Passion bodysurf, Le corps et la vague,
(coauteur Marc Muguet), (album), Yago, 2008

Îles tragiques, Histoires terribles et magnifiques (essai)
(coauteur David König), Arthaud, 2009

Le Secret du capitaine Killian (roman), Gallimard Jeunesse, 2009

Le Guide des voyages en cargo et autres navires, Les Équateurs, 2011

Samouraï Océan, t.1 (roman), Gallimard Jeunesse, 2013

Vagues, Mode d'Emploi, Éditions Pimientos, 2014

199 citations de surf, Éditions Pimientos, 2016

Hossegor, *The place to be*, Éditions Pimientos, 2016

Demain l'océan, Albin Michel, 2018

La Piste de l'eau, Quai des Brunes, 2020

Le Doigt Mordu, coécrit avec Valentine Karwoski, Feel SO Good, 2022

Le Gouf, Grand canyon du golfe de Gascogne, Éditions Arteaz, 2022